다른 생각의 탄생

다른 생각의 탄생

초판 1쇄 발행   2017년 6월 20일

지은이   장동석
펴낸이   조미현

편집주간   김현림
책임편집   고혁
디자인   유보람

펴낸곳   ㈜현암사
등록   1951년 12월 24일·제10-126호
주소   04029 서울시 마포구 동교로12안길 35
전화   02-365-5051
팩스   02-313-2729
전자우편   editor@hyeonamsa.com
홈페이지   www.hyeonamsa.com

ISBN 978-89-323-1853-0 03810

이 도서의 국립중앙도서관 출판시도서목록(CIP)은
서지정보유통지원시스템 홈페이지(http://seoji.nl.go.kr)와
국가자료종합목록시스템(http://www.nl.go.kr/kolisnet)에서
이용하실 수 있습니다.(CIP제어번호 CIP2017013318)

다른 생각의 탄생

온전한 나를 위한
세상 모든 책과의 대화

장동석 지음

ⓖ 현암사

더불어 읽는 즐거움

매일 책을 읽고 글을 씁니다. 굳이 마감에 걸린 원고가 없더라도 항상 무언가를 읽고, 읽은 만큼 써야 하는 게 '출판평론가'라는 직업인 혹은 생활인의 숙명입니다. 언제 어디서든, 원하는 사람들이 있으면 당황하지 않고 "주머니에서 물건 꺼내듯" 이야기를 풀어내려면 그래야만 합니다. 딱히 직업인이 아니라도 '더불어 읽는 즐거움'이 세상에서 가장 큰 유희라는 것을 믿기에, 누군가 책 이야기를 들려달라고 하면 주저하지 않으려고 애씁니다. 저도 애널리스트 친구에게는 증시를 묻고, 사진작가 친구에게는 사진에 관해 묻습니다. 그들이 저에게 책에 관해 묻는 것은 당연한 일인 셈이지요. 김훈 작가가 『남한산성』에서 사용한 문장처럼 저도 "다만 당면한 일을 당면할 뿐"입니다.

당면한 일을 당면할 뿐이지만 간혹 저의 책 이야기에 일종의 반기를 드는 분들이 있습니다. 두 시간 넘게 강의를 하고 나면 몸은 녹초가 됩니다. 당연히 반기 가득한 질문이 버겁게 느껴질 때도 있지만 제 마음은 오히려 기쁩니다. 왜냐고요? 제가 각종 원고로, 방송으로, 때론 강의를 통해 장황하게 책 이야기를 하는 이유는, 책에 대한 '다른' 생각을 스스럼없이 말하는 사람들이 많아졌으면 하는 바람 때문입니다. 각기 다른 100명의 사람이 똑같은 책을 읽었다고 생각해봅시다. 100명에게서 단 하나의 대답이 나오는 게 정상일까요. 아니면 100개의 서로 다른 대답이 나오는 게 정상일까요. 100개까지는 아니어도 서로 다른 여러 대답이 나오는 게 지극히 자연스럽겠지요.

제가 다녔던 중학교는 1학년 때 한국 단편소설을 모든 학생들이 읽도록 권했습니다. 국어 선생님에게 독후감을 제출하면 약간의 가산점도 있었습니다. 어차피 읽어야 할 책이라면 독후감도 쓰고 가산점도 받아야겠다고 다짐했습니다. 그렇게 현진건의 「운수 좋은 날」, 나도향의 「벙어리 삼룡이」, 황순원의 「소나기」, 염상섭의 「표본실의 청개구리」, 주요섭의 「사랑손님과 어머니」, 이범선의 「오발탄」 등의 작품을 읽었습니다. 읽긴 했지만 쓰는 건 차원이 다른 문제였습니다. 지금이라면 한나절 끙끙 대다가 어떻게든 썼으련만, 그때는 독후감 쓰기에 젬병이었습니다. 하지만 탈출구는 있었습니다.

연년생 형과는 초등학교, 중학교, 고등학교를 함께 다녔습니다. 형이 워낙 모범생이라 "○○ 동생"으로 불릴 때가 많아 은근히 싫었지만 이런저런 덕을 볼 때도 많았습니다. 눈치채셨죠. 가장 큰 덕은 바로 독후감이었습니다. 매사에 성실했던 형은 중학교 1학년 때도 숙제 아닌 숙제인 독후감을 꼬박꼬박 썼습니다. 형을 가르치셨던 국어 선생님의 평가는 제법 후했습니다. 견물생심이라고, 저는 고민도 하지 않고 그대로 베껴 국어 선생님에게 제출했습니다. 제게 돌아온 평가도 제법 후했습니다. 어떤 글은 급우들 앞에서 칭찬을 받기까지 했습니다.

　사실 형의 글을 모두 베껴 쓴 것은 아닙니다. 중간에 몇 번 제가 쓴 글을 제출했지만 어쩐 일인지 평가가 후하지 않았습니다. 독후감에 정답은 아니더라도 그 비슷한 무엇이 담겨야 하는데 제가 읽은 대로, 느낀 대로 마구잡이로 썼기 때문이겠죠. 그다음부터는 다시 형의 독후감을 베꼈고, 후한 점수를 받았습니다. 이런 생각을 해보았습니다. 평가가 조금 낮았더라도 제가 쓴 글을 계속 제출했다면 어땠을까, 비록 평가는 박했을지라도 저만의 글을 훨씬 더 빨리 써내지 않았을까 하는 생각 말입니다. 누군가의 평가 혹은 점수 때문이 아니라 자신만의 생각을 말로 혹은 글로 표현할 수 있다면 그보다 더한 마음의 발전이 또 있을까요. 정답 혹은 해답이 아니라 저마다의 목소리로 내는 '대답'을 들을 수 있다면 우리 삶은, 우리 사회는 조금 더 풍요로워질 게 분명합니다.

저는 기회 있을 때마다 책은 '저자의 것'이 아니라 '독자의 것'이라고 강조합니다. 한 권의 책은 저자의 평생 공부와 실천이 담긴 '그 자신의 것'이 분명하지만 '그 자신'을 읽어줄 독자가 없다면 무슨 의미와 소용이 있을까요. 반면 한 권의 책을 읽기 위해 마음과 시간, 심지어 적잖은 돈을 들였는데 저자의 생각을 그대로 읊조린다면 그것 또한 의미가 없지 않을까요. 저자의 생각을 길잡이 삼아 '독자 자신만의 것'을 찾아가는 일이야말로 독서를 독서 되게 한다고 저는 믿습니다.

이 책은 동서고금(東西古今)의 수많은 저자들이 써낸 고전부터 비교적 최근의 책들까지 저만의 방식으로 읽어온 작은 기록들을 모은 것입니다. 어떤 책은 저자의 생각에 오롯이 기댄 것도 있고, 어떤 책은 반기를 들고 나서기도 했습니다. 책 내용과 전혀 동떨어진 이야기를 한 것도 제법 많습니다. 책에 담긴 15가지 키워드는 평소 제가 즐겨 생각하고 씨름하는 주제들입니다. 사람의 마음은 어디서 시작되는지, 그것을 추동하는 것은 무엇인지, 또 어떤 모습으로 발현되는지 찾고자 애써온 발자취쯤으로 여겨주시면 될 것 같습니다.

1부의 키워드인 읽기, 공부, 예술, 여행, 모험은 제가 특히 '애정'하는 주제들입니다. 역사 이래 숱한 책들은 실상 저 다섯 가지 주제 아래 헤쳐모여 할 수 있다고 저는 생각합니다. 저뿐 아니라 책을 사랑하는 독자라면 모두 애정하는 주제이기도 하겠죠. 2부에서는 좀 큰 주제들을 고구(考究)해 보았습니다. 어엿한 한국인으로 한국인에 대해 묻고, 우리 삶이 분투하는 현장인 민주주의와 그것을 담아내는 그릇인 문명을 길잡이 삼아 책을 읽는 일은 유쾌한 모험과도 같았습니다. 한편 생명과 평화, 이 주제만큼 우리에게 절실한 것은 없을 것 같습니다. 3부에 속한 주제들은 이 책의 시발점과도 같은 것들입니다. 나를 이해하는 것만이 세상을 이해하는 통로이고, 그 범주의 확장인 부모와 우정, 사랑, 모든 인류의 모태와도 같은 여성을 이해하는 것은 세상 그 무엇보다 중요한 일입니다.

한 가지 당부드리는 것은 이 책에 담긴, 비록 보잘것없지만, 저의 생각들을 딛고 독자 여러분의 생각을 펼쳐주십사 하는 것입니다. 마음껏 흉보셔도 좋습니다. 발기발기 찢어발기셔도 태연하겠습니다. 저는 여러분에게 책으로 가는 길을 하나 열어드린 것일 뿐, 정답을 보여드린 것이 아니기 때문입니다.

한 권의 책을 읽고 글을 쓰는 일은 주변의 도움 없이는 불가능한 일입니다. 무디고 총기 없는 원고를 귀하여 여겨 오랫동안 기다려주신 현암사 조미현 대표님과 항상 격려를 아끼지 않았던 김현림 주간님, 허점투성이 원고를 고치고 다듬느라 불면의 밤을 보냈을 고혁 편집팀장님, 디자이너 유보람 님에게 특별한 고마움을 전합니다. 사랑하는 아내 하숙경과 두 아들 진휘와 선휘에게 이 책이 작은 선물이 되기를 바랍니다. '더불어, 읽는, 즐거움'을 나눌 독자 여러분들에게도 미리 감사의 인사를 전합니다.

2017년 6월

장동석

차례

프롤로그 - 더불어 읽는 즐거움   5

1부 나를 다르게 만드는 것들

1장. 읽기 - '읽는다'는 것의 참된 의미

몸과 별을 읽던 시절   19

지혜로 인도되는 성스러운 행위   21

황홀경으로 가는 좁은 길   23

현명한 이들을 위한 삶의 양식   25

읽는 자만이 다시 태어난다   27

산책자에게 읽는다는 의미란   30

여자들의 읽는다는 행위   32

삶에 자유를 주는 흔치 않은 경험   34

2장. 공부 - '공부'의 광대무변한 세계로 가자

공부, 흥미 유발에서 시작   39

진리에 통달한 성인을 꿈꾸다   41

『파우스트』와 『데미안』이 안내하는 공부의 길   44

삶으로 살아낸 공부의 달인   47

온전한 인간의 길을 안내하는 공부   52

3장. 예술 – 예술을 찾아 떠나는 일상의 모험

일상의 변용이 곧 예술이다   55

예술, 다시 일상에 영향을 주다   59

한국의 아름다움을 예찬한 혜곡 최순우   65

일상의 예술을 즐길 시간   70

4장. 여행 – 지금은 책과 함께 여행을 떠날 시간

한반도 최초의 세계인 혜초와 『왕오천축국전』   74

마르코 폴로, 이븐바투타, 알하산 알와잔, 세상을 품다   76

조선 변혁의 시작점 『열하일기』   80

괴테와 빌 브라이슨의 한판 승부?   81

세상 모든 책, 미지의 세계를 안내하다   87

5장. 모험 – 함께 떠나는 불가능을 향한 도전

모험의 첫 자리, 쥘 베른   93

이카로스, 체 게바라와 함께하는 모험   97

우주, 외계인을 찾아서   100

모험 그리고 함께   103

2부 우리, 더불어 사는 세상

6장. 한국인 – 한국인, 우리는 누구인가

종교, 한국인의 문화적 문법을 공고히 하다   109

한국인의 문화적 문법을 재구성하는 뇌관   112

개인 주체의 성찰성이 희망이다   114
소설로 읽어낸 한국인   116
한국인의 신화와 외인의 눈에 비친 한국인   119

7장. 민주주의 – 오늘 '민주주의'를 살고 있습니까

민주주의의 개념과 기원   127
헌법을 알아야 민주주의가 보인다   130
살아내는 민주주의   136
다양성과 비판, 민주주의의 양 날개   142

8장. 문명 – '문명'을 대하는 우리들의 자세

문명의 새로운 개념을 제시하는 『슬픈 열대』   145
그대로 갈 것인가, 되돌아갈 것인가   148
작은 것이 아름답다   152
문명은 인간만의 것인가   156
문명은 하나의 삶의 방식이다   159

9장. 생명 – 당신의 '생명 감수성'은 얼마나 되나요

에드워드 윌슨, 생명을 노래하다   161
당신이 몰랐던 꿀벌의 사생활   166
씨앗은 그 자체로 하나의 우주   169
'노는 물'이 달라 몰랐던 물고기의 삶   172
지구의 주인이었던 공룡이 사라진 이유   176

10장. 평화 – 전쟁을 넘어 평화를 연습하자

전쟁의 본질을 탐구한 고전 『전쟁론』   181
반전·평화를 외치는 시민의식   184
전쟁, 아니 인간에 관한 모든 것 『삼국지』   186

악의 평범성에 대한 보고서 『예루살렘의 아이히만』 188
문학과 전쟁 193
역사에서 배우고 평화를 연습하자 196

3부 나, 세상을 이해하는 통로

11장. 자아 - 나는 누구인가

소크라테스와 뭉크의 고민 202
루소, 더불어 사는 인간을 향한 꿈 205
만인의 진정한 아름다움을 추구한 다산 정약용 208
자연, 참 나를 만나는 공간 212
고전, 오늘을 새롭게 할 인류의 자양분 216

12장. 부모 - 세상에서 가장 헌신적인 사랑

어머니를 향한 김만중의 지극한 효심 219
오이디푸스, 아버지와 경쟁하다 221
연민과 애증으로 점철된 리어 왕과 코딜리아 224
순임금, 효의 사상을 전파하다 227
아우렐리우스, 『명상록』으로 아들과 대화하다 230
책으로 만나는 부모님 233

13장. 우정 - 우정이 없으면 태양도 없다

『사기』와 『삼국지』, 우정을 말하다 235
우정의 달인, 임꺽정과 친구들 239

책으로 맺은 우정, 보르헤스와 망구엘 242

신화와 종교가 말하는 우정 245

참된 우정, 스스로 욕됨이 없게 하는 것 248

14장. 사랑 - 오늘 우리의 사랑이 궁금합니다

사랑, 생명을 일으키는 색다른 열정 251

에리히 프롬과 버트런드 러셀, 사랑을 논하다 254

장자의 나비가 꿈꾼 사랑 257

『파우스트』와 『오만과 편견』 속에 담긴 사랑의 의미 260

사랑, 결과가 아닌 과정 265

15장. 여성 - 아름다운 이름, 여자

세계는 여자의 힘으로 살아간다 267

정절이 조선의 국법이었다고? 270

백마 탄 왕자를 기다리는, 그대의 이름은 여자? 272

문학을 읽는 새로운 눈 275

에필로그 - 어떤 책을 읽을까 고민하는 당신에게 283

1부

나를 다르게 만드는 것들

1장.   읽기

'읽는다'는 것의
참된 의미

오늘도 무언가를 읽습니다. 책을 정독하는 일이 많지만 길을 지날 때 보이는 무질서한 간판이나 어느 신문의 사설 한 토막이 '읽기'의 대상일 때도 있습니다. 가끔은 그림도 제 마음의 독법으로 읽습니다. 피카소(Pablo Picasso)와 고흐(Vincent van Gogh)의 그림들을 '잘 알지도 못하면서' 제멋대로 읽어냅니다. 때론 클래식 음악을 들으면서 아름다운 선율에 담긴 의미를 저만의 방식으로 읽어내기도 합니다. 책이 그렇듯, 세상 모든 읽을거리들은 그것을 읽고자 하는 사람의 뜻과 헤아림 속에 있기 때문입니다. 우리는 곧잘 읽는 행위를 책으로만 제한하려고 합니다. 책이 가진 엄청난 특권임이 분명하지만, 읽는다는 것은 단지 책과 독서에 국한되는 것은 아닙니다. 인간을 인간 되게 하는, 인간의 본성이자 사람됨을 증명하는 중요한 삶의 방식이 바로 읽는 행위에서 나오기 때문입니다. "나는 읽을 때 살아 있음을 느낀다"라는 누군가의 말처럼, 읽는다는 것은 지상 최대의 행복이며 삶을 풍요롭게 하는 원동력입니다.

몸과 별을 읽던 시절

인류의 탄생과 함께 문자가 있었던 것은 아닙니다. 문자는 인류가 탄생하고도 한참 후에야 발명되었죠. 문자가 없던 때도 인류는 지식과 지혜를 전수하면서 삶을 온전하게 이어왔습니다. 문자, 텍스트, 책이 있기 전부터 인류는 무언가를 읽었고, 그것으로 의사를 전달하며 문명을 발전시켜왔던 것이죠. 독일의 언어학자 한스 요아힘 그립(Hans-Joachim Griep)은 『읽기와 지식의 감추어진 역사』에서 다음과 같이 말합니다.

> 예술과 문자, 다양하게 나뉜 여러 학문의 지식들을 일목요연하게 정리한 책이라는 것이 하나의 나무라면 읽기는 그것이 있기 위한 토양이다. 즉 다양한 분량의 책과 언어, 문자 등의 지적 결과물이 나오기까지는 읽기라는 토양이 있었기 때문에 가능했던 것이다. …… 읽기는 곧 새로운 지식들을 하나씩 발견하고 축적해갈 수 있었던 인류 문명의 근원적인 힘이 됐다. 읽는 행위가 없이는 인간 정신의 발달도 없었다.

"새로운 지식들을 하나씩 발견하고 축적해갈 수 있었던 인류 문명의 근원적인 힘"이었던 읽기. 그렇다면 인류가 읽어낸 최초의 '것'은 무엇이었을까요. 인간이 가장 먼저 읽어낸 것은 아마도 스스로의 '몸'이 아닐까 싶습니다. 최초의 인류는 거친 환경을 살아내야만 했습니다. 일정한 거처도 없었을뿐더러 음식 역시 거친 것투성이였죠. 의복은 또 어땠습니까. 벌거벗은 수준 아니었을까요. 당연히 최초의 인류는 거친 환경을 이겨내기 위해서라도 스스로의 몸에 관심을 가져야만 했을 겁니다.

또 하나는 '별'이 아니었을까요. 인류의 조상들은 하늘을 자주 응시했습니다. 하늘의 움직임에 자신들의 온전한 삶이 달려 있었으니까요. 농사를 짓기 시작하면서는 적당한 햇볕과 비가 필요해서 하늘을 볼 수밖에 없었습니다. 농경 사회 이전에도 하늘을 봐야만 했는데, 그 움직임에 따라서 기온과 기후가 천차만별이었기 때문이죠. 또한 원시적인 목축을 하기 위해서, 즉 풀밭을 찾기 위해서라도 하늘의 움직임을 보는 일은 멈출 수 없었습니다.

하늘의 움직임을 가장 극명하게 보여주는 것은 해와 달이겠지만, 사시사철을 훨씬 더 정확하게 보여주는 것은 별이었습니다. 별을 따라다니면 적당한 목초지와 살 만한 환경을 얻을 수 있었던 것이죠. 몸과 별을 읽던 인류의 후예들은 지금도 여러 방면에서 활동하고 있습니다. 『읽기와 지식의 감추어진 역사』는 널리 알려진 책은 아니지만, 읽는다는 것의 함의를 오롯하게 알려주는 흥미로운 책입니다.

지혜로 인도되는 성스러운 행위

세상만사를 모두 읽는다지만 아무래도 책을 읽는 것만큼 고전적이면서도 현대적인 그리고 미래적인 일은 없습니다. 우리가 읽는 거의 모든 책에는 인류의 과거와 현재 그리고 미래가 모두 담겨 있기 때문입니다. 그럼 '읽는다'는 일은 어떻게 시작되었을까요. 어떻게 우리의 삶을 변화시켰으며, 또 앞으로 우리의 일상을 어떤 모습으로 변주해나갈까요. 책을 소재로 한 책 중 제가 가장 사랑하는 『아름다운 지상의 책 한 권』에서 이광주는 '읽는다'는 것이 가진 광대무변한 세계를 이렇게 표현합니다.

> 나는 책이라는 오묘한 지(知)의 존재 양식을 통해 나의 삶에 눈을 뜨고 세계와 처음 만났다. 나에게 언어의 이미지가 쌓이고 뿜어져 나오는 그 공간은 나의 정념과 세계 인식의 타작(打作)의 장이다. 어디 그뿐일까. 어린 시절 책 읽는 시간 속에서 나는 '일탈'을 음모하고 꿈의 놀이를 즐겼다. 그것은 분명 '수태(受胎)'의 성별(聖別)된 시간이요 공간이었다.

놀랍지 않습니까. 단순해 보이는 읽는다는 행위가 '일탈의 음모'와 '꿈의 놀이'가 공존하는, 궁극에 가서는 '수태의 성별된 시간이요 공간'이라니요. 덧붙여 "일상적인 것으로부터 나를 정화하는 마력을 지닌 감성과 지성의 연금장(鍊金場)이었다"라고 고백하는 이광주는 "지식이 아니라 지혜로 인도"되는 독서야말로 인간사의 으뜸임을 강조합니다. 고대 이집트인들이 "책의 집은 영혼의 치유장"이라고 했던 이유가 바로 이 때문이 아닐까요. 태어나면서부터 성숙한 책을 읽는다는 것은 그야말로 우리의 삶을 바로 세우고, 지식이 아닌 지혜로 인도되는 성스러운 행위와도 같은 일입니다.

　조선 후기 실학의 선구자이자 백과전서 『지봉유설』을 쓴 지봉 이수광은 "몸가짐이 검소하고 놀이와 사치를 싫어하며 44년간 벼슬하는 동안 출처와 언행에 티가 없는 인물"이라는 평을 들었던 학자입니다. 이수광이 이처럼 지혜로 인도되는 성스러운 행위로 삶을 점철할 수 있었던 이유는 무엇일까요. 그것은 바로 책 읽는 일을 게을리하지 않았기 때문입니다. 이수광은 시문집 『지봉집』에서 읽는다는 것이 삶에 미친 영향을 다음과 같이 말합니다.

성현의 책이 내 벗이요, 내 마음이 엄한 스승이므로, 마음을 경건하고 독신하게 다스리는 것이 스승을 섬기는 일이다.

황홀경으로 가는 좁은 길

　『데미안』의 위대한 작가 헤르만 헤세(Hermann Hesse)는 책을 일러 "인간이 자연에게서 거저 얻지 않고 스스로의 정신으로 만들어낸 수많은 세계 중 가장 위대한 것"이라고 했습니다. 하지만 그 위대함을 누구나 누릴 수 있는 것은 아닙니다. 오늘날 읽는다는 것은 보편적인 일이 되었지만 "얼마나 강력한 보물을 손에 넣었는지를 진정으로 깨닫는 이는 소수에 불과" 하기 때문입니다.

『헤르만 헤세의 독서의 기술』 중 「책의 마력」이라는 글에서 헤세는 소수만, 즉 진정한 독자만이 "철자와 단어의 그 특별한 경이에 여전히 매료당한 채 살아간다"라고 이야기합니다. 그 특별한 경이 역시 모두에게 동일한 모습이 아니라 "각각 다른 모습으로 보이며, 개개의 독자는 그 속에서 자기 자신을 추구하며 경험"합니다. 결국 읽는다는 행위는 내밀한 자기와의 대화이며, 오롯이 혼자만의 황홀경으로 들어가는 참 좁은 길입니다.

그 내밀한 자기와의 대화를 즐겼던 사람이 독일의 문학평론가 마르셀 라이히라니츠키(Marcel Reich-Ranicki)가 아닐까 싶습니다. 라이히라니츠키는 "문학은 재미있어야 하고, 비평은 명료해야만 한다"라는 명제 아래 고전(古典)이나 거장(巨匠)이라는 권위에 굴복하지 않고, 때론 독설과 야유로, 하지만 평이하고 명쾌한 글로 '읽는다'는 것의 새로운 차원을 보여줍니다.

특히 『내가 읽는 책과 그림』에서 그는 윌리엄 셰익스피어(William Shakespeare)와 토마스 만(Thomas Mann), 프란츠 카프카(Franz Kafka), 귄터 그라스(Günter Grass) 등 유명 작가들의 초상화를 매개로 그들의 작품 세계를 면밀하게 읽어냅니다. 한 장의 초상화에서 읽어낸 작가들의 작품은 그야말로 자유자재, 종회무진입니다. 라이히라니츠키는 그림도 읽어내는 것임을 믿어 의심치 않습니다.

아울러 내밀한 자기와의 대화를 통한 황홀경의 세계를 적확한 묘사와 자유로운 필치로 여실하게 드러내고 있습니다. 라이히라니츠키가 국내에 잘 알려지지 않은 것이 아쉽긴 하지만 『내가 읽은 책과 그림』, 『사로잡힌 영혼』만으로도 '읽는다'는 것의 깊고 오묘한 맛을 전해주고 있으니, 모든 이들에게 일독을 권합니다.

현명한 이들을 위한 삶의 양식

무언가를 '읽는다'는 행위는 한 지역이나 한 시대에 국한된 일만은 아닙니다. 그것은 동서고금을 아우르는 일이며, 감히 세상 모든 일의 시작이라고 말하고 싶습니다. "고대 집단지성의 향연"이라 일컬어지는 『회남자』 「설림훈」 편을 보면 다음과 같은 말이 있습니다.

> 활쏘기를 익히는 사람은 기예(技藝)를 잊고, 책 읽는 자는 사랑하는 사람도 잊는다.

세상에서 가장 숭고한 것이 사랑이며, 사랑하는 사람과 함께 있는 것이 얼마나 아름다운 일인지요. 그러나 한나라 무제(武帝) 시기의 회남왕 유안(劉安)은 '읽는다'는 행위가 사랑마저 초월하는 숭고한 가치임을 역설합니다. 강력한 권력 아래 영토뿐 아니라 '정신'마저 하나로 통일하려는 기운이 넘쳤지만 유안은 다양한 목소리가 약동하는 세상을 꿈꾸며 미래의 향방을 새롭게 모색합니다. 그 중심에 바로 '읽는다'는 행위가 있었음은 두말할 필요도 없습니다.

동양뿐 아니라 서양에서도 그 진면목이 다시금 조명되고 있는 『장자』에는 '독서망양(讀書亡羊)'이라는 고사가 나옵니다. 흔히 "다른 일에 정신을 팔다가 중요한 일을 소홀히 한다"라는 부정적인 뜻으로 쓰지만, 저는 이 고사를 사랑할 수밖에 없습니다. 사내종과 계집종이 함께 양을 지키다가 둘다 그만 양을 놓치고 말았습니다. 계집종은 주사위 놀이를 하다가 놓치고, 사내종은 대나무에 쓰인 글을 읽다가 놓쳐버린 것이죠.

사내종의 일이 남의 일 같지 않기 때문에 이 고사를 사랑할 수밖에 없는 것입니다. 무언가를 읽다가 내려야 할 역에서 제때 내리지 못해 막차를 타고서야 돌아온 경험이 있는 사람이라면 『장자』의 '독서망양'을 부정적인 의미로만 해석할 수 없을 것입니다. 읽는다는 것이 얼마나 인간의 마음을 사로잡는지, 그것은 아마 필설로는 다 할 수 없는 곡진(曲盡)한 일일 것입니다.

한편 『노자』에서는 "남을 아는 사람은 총명하고, 자기 자신을 아는 사람은 현명하다"라고 했습니다. 그럼 남을 아는 것과 자기 자신을 아는 것과 '읽는다'는 행위는 무슨 연관이 있을까요. 우리는 흔히 "마음을 읽는다"라고 말합니다. 남을 아는 것은 그 사람의 마음을 읽는 것이며, 자기 자신을 아는 것 또한 나의 마음을 읽는 것입니다. 마음을 읽는 것은 여간한 노력이 아니고서는 이룰 수 없는 삶의 높은 경지입니다. 그래서 마음을 읽기 위해서는 끊임없이 옛 사람들의 말씀, 즉 고전을 읽어야 하고, 거기서 마음의 본래 자리를 발견해야만 합니다. 장자(莊子)와 노자(老子), 아니 우리가 스승이라 부를 만한 모든 이들은 '읽는다'는 것을 신성하게 여겼고, 그것을 자신들의 양식으로 삼았다고 해도 과언은 아닙니다.

읽는 자만이 다시 태어난다

옛사람들만 읽기에 매료되었던 것은 아닙니다. 오늘날에도 읽는 것이 좋아 책과 더불어 살며 세상을 읽어내는 사람들이 많습니다. '책의 연인'이라 불리길 원하는 CBS 정혜윤 피디도 그런 사람 중 하나입니다. 그는 『삶을 바꾸는 책 읽기』에서 책 읽는 삶의 소소한 이야기들을 풍성하게 전해줍니다. 우선 책을 부르는 호칭부터 다른데, 정혜윤은 책을 '그'라고 부릅니다. 제 주변에 '남자' 책벌레들은 많지만, 책을 '그녀'라 부르지 않습니다. 그만큼 책에 대한 정혜윤의 애정이 남다르다는 것이겠죠.

책 읽는 사람으로 소문이 나면서 정혜윤은 주변 사람들로부터 책 읽기에 관해 질문을 받는데, 그 질문들을 간추려 풀어낸 책이 『삶을 바꾸는 책 읽기』입니다. 첫 질문은 이런 겁니다. "먹고살기도 바쁜데 언제 책을 읽나요?" 정혜윤의 대답이 걸작입니다. 제가 하고 싶었던 말이기도 한데, 그는 책 읽는 시간을 일러 자율성의 시간, 즉 "나를 키우는 시간"이라고 말합니다. 그 시간 내내 자아의 장인이 될 수 있는, 기쁨에 몰두하는 시간이기 때문이죠. 하지만 요즘 책 읽기를 권하는 대부분의 사람들은 "21세기 지식정보화사회의 경쟁력 재고"를 위해서라도 책을 읽어야 한다고 강조합니다. 책을 읽어서 먹고살기 위한 실질적인 기술을 체득해야 한다는 것이죠. 달라도 한참 다른 정혜윤의 책 읽는 이유가 여러분에게는 어떤 마음으로 다가오시는지요.

읽는다는 것에 관한 식상한 질문과 재미있는 답변도 하나 소개해볼까요. "읽은 책을 오래 기억하는 법이 있나요?" 출판평론가 혹은 북 칼럼니스트로 불리는 한 남자(?)는 독서일기를 쓰라고, 자기만의 서평을 써보라고 권할 게 분명합니다. 젠체하기 위해서라도 읽은 책을 잊어버리지 않는 것이 중요하기 때문이죠. 하지만 정혜윤은 "잘 잊어버리기"를 권합니다. 내용 전체를 기억하는 것보다 "내용을 쳐 내서라도 조금이라도 실체를 보는 것이 더 중요"하기 때문이죠. 잊어버릴 것은 잊어버리고 기억할 것은 기억하면서, 지난 오랜 세월 동안 전해져 내려온 것을 우리는 고전(古典)이라 부릅니다. 아울러 단편적인 기억에 의존할 것이 아니라 우리 손으로 기억하고, 몸으로 기록하는 방법을 체득하는 것이 중요합니다.

"삶이 불안한데도 책을 읽어야 하나요?"라는 질문은 요즘 우리 세태를 적나라하게 반영하고 있어 씁쓸하지만, 이내 책을 읽어 "운명보다 거대한 선택의 힘"을 축적해야 한다는 정혜윤의 말에 안도합니다.

정혜윤의 『삶을 바꾸는 책 읽기』는 스스로의 고백처럼 "무엇인가를 몹시 사랑하는 인간으로 세상을 사는 태도에 대해 말하고 싶었던 것"을 솔직하게 풀어냅니다. 이야기를 풀어낸 하나의 도구가 책일 뿐, 정혜윤은 기실 페이지를 넘길 때마다 새로이 태어나는 삶과 사랑을 이야기합니다. 책의 부제 '세상 모든 책을 삶의 재료로 쓰는 법'를 보면 읽는 자만이 새롭게 태어나고 삶과 사랑을 완성할 수 있다는 사실을 정혜윤은 알고 있는 듯합니다.

산책자에게 읽는다는 의미란

스스로를 '걷는 사람'이라고 일컫는 사회학자이자 작가 정수복은 『책인시공』에서 책이 가진 다양하고 놀라운 이야기를 이끌어냅니다. 그는 좋은 책을 일러 "자기 소모적 물결에 저항하고 삶을 자기 주도적으로 살아가는 데 힘이 되어주는 책"이라고 말합니다. 확장해보면 좋은 책을 읽는 사람은 결국 "수십 년, 수백 년, 수 세기를 단위로 사고하는 능력"을 키울 수 있는 것이죠. 좋은 책은 "긴 시간의 흐름 속에서 일어나는 변동을 이해하려는 노력"을 담고 있기 때문입니다. 실제로 세상 도처를 찾아봐도, 책만큼 도량이 넓은 것도 없습니다.

정수복은 '집 안에서 책을 읽다'라는 제목의 글에서 모든 사람에게 공간의 구애 없이 책 읽기를 권합니다. 가장 공적인 장소이면서 집주인의 기호가 가장 잘 드러나는 사적 공간인 거실 소파에서, 따로 독서 공간을 갖지 못한 주부들이 가장 마음 편하게 책을 읽는 장소인 부엌 식탁에서 읽는 책은 그야말로 꿀맛이겠죠.

그런가 하면 "온전히 자기만의 시간을 누리게 되는 취침 직전 침대 위의 독서만큼 아늑한 시간도 없다"면서 침대 독서를 권하기도 합니다. 화장실, 다락방, 골방, 마루, 옥탑방도 책과 함께라면 근사한 도서관이 부럽지 않습니다. 어디

집 안뿐입니까. 풀밭과 카페, 지하철과 기차, 도서관과 서점 등 책을 읽을 수 있는 공간은 지천으로 널려 있습니다. 다시 말하자면, 읽는다는 행위는 공간의 구애를 받지 않는 유일한 즐거움인 셈입니다.

집 안 곳곳 그리고 삶 주변으로 책을 읽을 수 있는 공간이 넘쳐나지만, 현대인들에게 책을 읽을 수 있는 시간은 언제나 제한적이죠. 시간이 없다고 핑계 아닌 핑계를 둘러대는 이들에게 정수복은, 허균의 말을 빌려 "낮보다는 밤이, 맑은 날보다는 비 오는 날이, 봄, 여름, 가을보다는 겨울이 독서에 알맞은 시간"이라고 말합니다. 이어 책을 읽고 싶은 마음이 있는 사람은 "낮에도 읽고 맑은 날에도 읽으며 봄, 여름, 가을에도 읽는다"라고 애써 강조합니다. 간서치(看書癡) 이덕무가 그랬던 것처럼 "사철 하루 종일 서재에 앉아 책 읽는 삶이 가장 행복한 인생"이라는 것이죠.

앞서도 이야기했지만, 흔히 사람들은 책을 지식과 정보의 원천으로 생각합니다. 지당한 말입니다. 하지만 책은 지식과 정보의 원천을 뛰어넘어 "절망의 치료제"이며 이동과 여행, 방향을 제시하는 "다양한 도구"이자 "생각의 집"입니다. 그리하여 책은 모든 사람의 비밀스러운 내면으로 걸어 들어가는 유일무이한 통로이기도 합니다. 『책인시공』을 읽고 있노라면, 책으로 일관된 삶이 얼마나 아름다운가를 여실히 경험할 수 있습니다. 책(읽는다는 것)의, 책(읽는다는 것)에 의한, 책(읽는다는 것)을 위한 오마주가 바로 『책인시공』입니다.

여자들의 읽는다는 행위

읽는다는 것의 의미를 제대로 알았던 여성들의 삶을 한데 묶은 책 『여자와 책』도 흥미롭습니다. 이 책이 아니었다면 저는 메릴린 먼로(Marilyn Monroe)가 백치미나 뿜낸 그렇고 그런 영화배우쯤으로 평생 기억했을지도 모릅니다. 혹은 지하철 배기구에서 부풀어 오르는 치마를 부여잡고 있는 사진으로만 기억했을지도. 하지만 『여자와 책』에 등장하는 메릴린 먼로는 다릅니다. 그는 세간의 인식과는 달리 제임스 조이스(James Joyce)의 『율리시스』를 사랑한 열정적이고 지적인 독서가였습니다. 작품의 진가와 뜻을 알기 위해 "앞으로 수 세기 동안" 학자들이 불철주야 연구해야 한다고 했던 『율리시스』를 먼로는 연기의 교과서로 삼았던 것이죠.

『여자와 책』은 책을 사랑한 여자들의 역사를 소상하게 설명한 책입니다. 18세기부터 최근까지, 300년에 이르는 여성의 독서를 인물 중심으로 그려내죠. 흥미로운 것은 제인 오스틴(Jane Austen)부터 버지니아 울프(Virginia Woolf)를 거쳐, 수전 손택(Susan Sontag)까지 책을 사랑했던 여자들은 한사코 세상의 편견에 시달렸다는 점입니다. 여자와 책은 어울리는 조합이 아니라는 단순한 이유 때문이었죠. 18세기 당시에는 전통과 지식, 종교와 연결되면서 독서야말로 전형적인 남성만의 행위로 여겨졌습니다.

그럼에도 여자들이 독서에 빠지게 된 배경이 있으니, 사랑의 굶주림이 여성들을 책으로 이끌었습니다. 1750년 대학을 중퇴한 프리드리히 고틀리프 클롭슈토크(Friedrich Gottlieb Klopstock)라는 남자는 젊은 여성들을 모아 놓고 자신의 시를 들려주었죠. 대가는 키스 한 번.

물론 사랑이 다는 아닙니다. 자유를 향한 갈망은 여성들의 몫이기도 했는데, 여성 최초로 문학비평을 직업으로 삼은, 『여성의 권리 옹호』의 저자이기도 한 메리 울스턴크래프트(Mary Wollstonecraft)가 자유를 갈망한 대표적인 독서가였습니다. 독서로 단련된 그녀는 18세기 후반부터 여성적인 삶은 없다며 양성평등을 구현하자고 목소리를 높였었죠.

19세기 책 읽는 여자의 대표 격은 『오만과 편견』의 위대한 작가 제인 오스틴입니다. 그는 독서가 여성의 독립적인 삶을 가능케 한다고 봤습니다. 특히 소설을 읽는 여자들이 그럴 가능성이 높다고 봤는데, 그 때문인지 작품 주인공이 열혈 독서가일 때가 많죠. 19세기에는 교사나 교육자, 베스트셀러 작가가 된 여자들이 많았지만, 여전히 소설을 읽는 행위가 "간통의 지름길"로 인식되기도 했습니다. 마담 보바리나 안나 카레니나 등 소설 속 주인공들의 행태 때문이기도 했지만, 한 사회를 지배하는 남성들의 왜곡된 시선도 한몫했습니다.

20세기로 넘어오면서 여자들의 책 읽기가 그나마 자유로
워졌습니다. 첫 타자는 버지니아 울프입니다. 딸이라는 이유
로 학교에 가지 못했던 그는 "교양에 굶주린 사람처럼 책을
읽어댔다"라고 할 정도로 읽는 행위에 몰두했습니다. 이 시절
여자들은 책과의 거리가 더 가까워져 출판사와 서점을 운영
하기도 했고, 어떤 과감한 여자는 금서를 손수 인쇄해 암시
장에 내보내기도 했죠. 메릴린 먼로가 읽었던 제임스 조이스
의 『율리시스』도 그렇게 유통되었습니다. 1960년 이후 수전
손택이라는 걸출한 평론가가 등장했는데, 그는 지금도 미국
을 대표하는 지성으로 손꼽힙니다. 문학과 책, 여자의 절묘
한 조합은 지금도 계속되고 있습니다.

『여자와 책』은 여자와 책이라는, 고리짝에는 어울리지 않
았을지 모르지만 지금은 찰떡궁합을 자랑하는 절묘한 조합
의 역사를 세세하게 밝히는 책이죠. 더불어 책이 밝혀준 역
사의 한 자락을 소상하게 보여주며 읽는다는 행위가 인류에
게 준 선물임을 여실하게 증명합니다.

삶에 자유를 주는 흔치 않은 경험

조금 색다른 이야기를 하나 해볼까요. 고대 철학자 아리스

토텔레스(Aristoteles)는 인간이 지적 욕구를 충족시킴에 있어 무엇보다 "눈에 의한 감각적인 사랑"이 중요하다고 보았습니다. 조금 단순하게 표현하자면, 아리스토텔레스 철학에서 모든 관념과 이미지는 눈에 보이는 영상으로 표현됩니다. 관념이 곧 영상인 것이죠.

생뚱맞지만 그래서 생각난 책이 바로 페터 회(Peter Høeg)의 장편소설 『스밀라의 눈에 대한 감각』입니다. 구름과 눈, 얼음의 세계를 몽환적으로 떠도는 듯한 이 소설에서 주인공 스밀라가 세상을 보는 것은 '읽는다'는 행위와 별반 다르지 않습니다. 소설의 주변을 유유히 맴도는 브람스(Johannes Brahms)의 바이올린 콘체르토도 기실 '읽는다'는 범주에 넣을 수밖에 없습니다. 우리를 포근히 감싸주는 세계를 마음으로 이해하는 데 가장 흔하지만 이보다 더 좋은 방법은 없기 때문입니다. 눈과 보는 것, 그것을 이용해 무언가를 '읽는다'는 것이 어떤 함수로 묶여 있는지 궁금하다면, 페터 회의 『스밀라의 눈에 대한 감각』이 필독서 목록의 첫자리를 차지해도 탓할 사람은 아무도 없을 것입니다.

사실 읽는다는 것은 '수동적인' 받아들임이 아니라 '능동적인' 받아들임입니다. 그것이 책이든 음악이든 그림이든 상관없이 우린 그것을 읽어냅니다. 읽어내고 마는 것이 아니라 우리 마음속에서 어떤 작용이 일어나 해석하고자 하는 욕구를 품게 됩니다. 작가, 화가, 음악가 등의 마음을 읽어내기도 하지만 더 적극적으로 우리의 마음을 읽어내며 하나의 해석을 우리가 탄생시키는 것이죠.

문학비평에 있어 구조주의 혁명을 주도했던 롤랑 바르트 (Roland Barthes)는 『텍스트의 즐거움』에서 "작품이 독자가 읽어내는 텍스트(readerly text)에 대응한다면, 텍스트는 독자가 써나가는 텍스트(writerly text)에 대응한다"라고 말했습니다. '로쟈'라는 필명으로 유명한 서평가 이현우는 『로쟈의 인문학 서재』에서 이 말을 "작품은 독자가 '읽어내는' 것이지만, 텍스트는 독자가 '채워 넣는' 것이 된다"라고 해석합니다. 더 간단히 말하자면 무언가를 읽는 것은, 그것을 써낸 사람의 것이 아니라 읽는 사람의 자유의지에 따라 해석하고 삶에 적용시킬 수 있다는 것입니다. 결국 '읽는다'는 행위는 수동적인 것이 아니라 능동적인 것이며, 그것은 우리의 삶에 자유를 부여하는 흔치 않은 경험입니다.

19세기 후반 프랑스 시단을 주도하며 "시인의 인상과 시적 언어 고유의 상징에 주목한 상징주의의 창시자"로 평가받는 스테판 말라르메(Stéphane Mallarmé)는 "세계는 한 권의 아름다운 책에 이르기 위해 만들어졌다"라고 했습니다. 우리는 모두 아름다운 한 권의 책을 만들어내는, 내 삶의 주인공들입니다. '읽는다'는 것은 '내'가 있지 않고서는 성립될 수 없는 존재이기 때문입니다. 책의 자리에 음악이 들어가도 무방하고, 그림이 들어가도 무방할 것입니다. 그것들 모두 온전하게

우리가 '읽는다'는 성스러운 행위를 통해 삶의 자리로 치환시
켜야 할 것들인 셈입니다. 읽는다는 것의 의미를 찾아 미지
의 세계로 오늘 여행을 떠나 보시는 건 어떨까요.

2장. 공부

'공부'의 광대무변한
세계로 가자

대한민국 청소년들의 최대 관심사이자 당면 과제는 단연 '성적'입니다. 좋은 성적으로 소위 '명문' 대학에 가기 위해 우리 청소년들은 새벽부터 새벽까지 학교에서 학원으로, 다시 이 학원에서 저 학원으로 방황 아닌 방황을 하곤 합니다. 그래서일까요. 요즘 청소년들은 '공부' 소리만 나오면 손사래를 치고 고개를 절레절레 흔듭니다. 지겹고 고통스럽지만 벗어날 수 없는 굴레, 바로 요즘 '공부'의 자화상입니다.

공부, 흥미 유발에서 시작

그럼 공부는 원래 지겹고 고통스러운 것이었을까요? 위대한 사상을 일군 철학자들이나 뛰어난 학문적 성과를 거둔 학자들은 모두 지겨움과 고통스러움을 이겨낸 사람들일까요? 물론 학문에 정진하는 시간은 지난(至難)한 수련의 과정이 분명합니다. 때론 시행착오를 거듭하기도 하고 좌절할 때도 많지요. 하지만 조금만 세심하게 살펴보면, 분야를 막론하고 대가(大家)와 태두(泰斗)들은 학문하는 것 자체, 즉 공부하는 것을 기꺼운 마음으로 감당했습니다. 물리학자이며 '온생명' 사상가로 유명한 장회익 서울대 물리학과 명예교수는 『공부의 즐거움』에서 이렇게 말합니다.

본래 공부하는 것은 우리 모두가 공통적으로 지닌 지적 욕구를 충족시키는 과정이어서, 정상적으로는 이것이 즐거움을 줄지언정 고통을 안길 이유가 없다.

공부는 원래 즐거움을 주는 그 무엇입니다. 즐거움을 주는 공부가 고통의 원인이 된 이유는 무엇일까요? 장회익은 "잘못된 공부 방식과 왜곡된 교육 제도 때문에 공부라는 것이 결국 끝없는 압력과 고통의 원인"이 되었다고 주장합니다. 1등만 살아남는다는 오도된 가치관을 전파하는 교육, 그것이 오늘 우리에게 공부의 진면목을 가리고 있는 셈입니다.

중국 남송 때의 유학자로 주자학을 집대성한 주희(朱熹)는 학문의 길에 들어서려는 초학자(初學者)들을 위해 『근사록』이라는 책을 썼습니다. '근사(近思)'란 "가까운 데서 생각한다"라는 뜻이지만, 한 번 더 생각하면 "나의 몸 가까운 데서 출발해 깊은 이치에까지 미친다"라는 뜻을 내포하고 있습니다. 유학의 태두인 주희는 재미있게도 "참된 공부의 방법과 내용은 흥미 유발에 있다"라고 말합니다. 주자학이 어떤 학문입니까? 중국 사상계를 아우르며, 이 땅에서도 오랜 세월 동안 근엄함의 상징과도 같은 학문 아니던가요. 그런 '주자학'을 집대성한 사람이 공부와 흥미를 동격으로 말합니다. 이유는 간단합니다.

배우는 사람에게 이해하기 어려운 이치를 말해주면, 들어도 깊이 이해하지 못할 뿐만 아니라 오히려 이치를 무시하게 된다.

학문은 심오한 것이지만, 그 심오함으로 들어서기 위한 작은 관심은 흥미에서 시작됩니다. 어린아이들은 모든 것이 흥미롭습니다. 제 눈에 새로운 것이 있으면 만져보고, 심지어 입에 넣어보려고 해서 부모들이 한눈팔지 못하게 합니다. 그렇게 입에 넣고 고생해보면, 다시는 입에 대지 않습니다. 공부한 효과를 톡톡히 본 것이죠. 아이들은 그렇게 공부를 통해 세상을 알아갑니다. 일종의 세상 공부를 한 것입니다. 오늘 우리에게 공부가 흥미롭지 못한 이유는 무엇일까요? 앎의 즐거움은 언감생심, 단순한 암기와 적용만으로 시험 문제 하나 더 맞는 것이 목적이기 때문입니다. 한 사람 한 사람에게 맞는 교육보다, 획일적 교육 내용과 방법이라는 손쉬운 선택이 결국 공부와 우리 사이를 멀어지게 만들고 있는 것입니다.

진리에 통달한 성인을 꿈꾸다

유학은 중국에서 시작되었지만, 사실 학문적으로 꽃을 피운 것은 조선입니다. 그 중심에 퇴계 이황이 있습니다. 유학은 진리에 대한 인식을 새롭게 하는 학문입니다. 또한 머리로만 이해하는 학문이 아니라 몸으로 살아내는 실천의 학문이 바로 유학입니다. 퇴계는 노년에 『성학십도』라는 책을 써서 선조(宣祖)에게 선물합니다. 왕에게 바칠 책이니 퇴계가 얼마나 공을 들였을지 짐작할 만합니다. 꼭 그런 이유가 아니더라도 퇴계가 타계 전 마지막으로 남긴 작품이니 평생 삶과 학문이 집약되어 있는 것은 자명한 사실입니다. 퇴계는 진리의 학문을 금과옥조(金科玉條)처럼 여겼는데, 공부의 중요한 이유는 "진리에 통달한 성인"이 되기 위해서였습니다.

대저 마음은 방촌(方寸)에 갖추어져 있지만 매우 '텅 비고 신령한' 것이요, 진리는 그림과 해설에 나타나 있어 매우 '뚜렷하고 알찬' 것입니다. 매우 텅 비고 신령한 마음으로 매우 뚜렷하고 알찬 진리를 구한다면 얻지 못할 까닭이 없을 것입니다. '생각하여 얻고', '사려가 밝게 되어 진리에 통달한 성인이 됨'을 어찌 오늘날이라고 징험(徵驗)할 수 없겠습니까?

퇴계가 말한 성인을 범접하기 어려운 초월적 존재로 생각하지는 마십시오. 퇴계가 말한 성인은 일상생활을 살아내는 지극히 평범한 사람입니다. 퇴계는 "대저 도(道)는 일상생활을 하는 사이에 유행하여 어디를 가더라도 없는 곳이 없다"

라고 말했습니다. 진리란 일상생활 가운데 있다는 것입니다. 또한 "이(理)가 없는 곳이 없으니 어느 곳에선들 공부를 그만둘 수 있겠냐"라고 반문합니다. 세상 이치가 도처에 편만하니 공부는 어디서든 해야 한다는 뜻입니다. 퇴계는 이런 말도 덧붙입니다.

> 잠깐 사이에도 정지하지 않으므로 순식간도 이가 없는 때가 없으니 어느 때인들 공부하지 않을 수 있겠냐.

공부는 영어 단어 하나 잘 외고, 수학 문제 하나 더 잘 푼다고 해서 얻어지는 것이 아닙니다. 어떤 시간이나 공간이든, 우리 삶과 생활에 주어지는 모든 것이 공부의 과정인 것이죠. 한편 조선 후기 실학의 선구자였던 성호 이익은 '회의정신'을 공부하는 요체로 꼽았습니다. "작게 의심하면 작게 진보하고, 크게 의심하면 크게 진보한다"라는 게 성호의 생각입니다. 『성호사설』에서 그는 매사에 의문을 갖는 습관을 들일 것을 강조합니다. 나만은 그렇지 않다고 큰소리치지만 우리는 모두 알게 모르게 기존 가치에 세뇌되어 있습니다. 그래서 선입관 혹은 편견 같은 것이 생기게 됩니다. 그래서 성호는 사소한 것이라도 지나치지 않고 의문을 갖는 것, 그것이 바로 공부하는 사람의 자세라고 말하는 것입니다.

그렇다고 성호 이익이 요즘 말로 회의주의자나 부정적이고

까다로운 사람이라고 생각해서는 안 됩니다. 성호는 절대 긍정도 절대 부정도 하지 않으면서 사물의 이치와 학문의 진리를 탐구하는 것이 학문하는 자세, 공부하는 자세라고 여겼습니다. 그런 점에서 퇴계 이황과 성호 이익의 공통점이 있습니다. 두 사람 모두 일상생활에서의 깨우침을 강조했던 것이죠. 유학과 실학이 서로 다른 길을 걸으며 대립했다고 생각하기 쉽지만, 세상을 깨우치는 공부에는 유학과 실학의 경계가 없음을 퇴계와 성호가 잘 보여주고 있습니다.

『파우스트』와 『데미안』이 안내하는 공부의 길

'공부'의 진정한 의미가 무엇일까를 생각할 때마다 떠오르는, 조금 생뚱맞은 책이 있습니다. 요한 볼프강 폰 괴테(Johann Wolfgang von Goethe)의 『파우스트』입니다. 실존 인물이었던 파우스트(Johann Georg Faust)는 인간이 얻을 수 있는 학문과 재능의 한계가 어디까지인지 궁금해하던 인물입니다. 그래서인지 파우스트의 욕망은 끝이 없습니다. 생명과 우주의 비밀을 풀고 싶을 때도 있었지만 인생 최고의 향락이 무엇인지도 알고 싶었습니다. 그가 추구한 것은 정신적인 고결함이기도 했고, 때론 한없는 육체의 향락이기도 했던 셈입니다. 고결함을 지닌, 그러면서도 음험할 수밖에 없는 양면적인 인간의 전형이라고 할까요.

악마와의 계약 기간이 끝난 파우스트는 종국에는 지옥이라는 나락으로 떨어집니다. 하지만 개인적으로는 학문에 대한 그의 끊임없는 탐구 정신만큼은 높이 사고 싶습니다. 문학과 철학을 자유자재로 오가며 유한한 인생이 직조해내는 삶의 무한성을 보여주었기 때문입니다. 또한 파우스트의 생각과 체험은 영원히 반복될 수밖에 없는 인류 전체의 삶을 오롯이 대변하기 때문이기도 합니다. 논리의 비약이 있을 수 있지만, 파우스트는 공부하는 즐거움을 알았던 사람임에 분명합니다. 그 즐거움이 더 큰 열망과 욕망을 낳았던 것이죠. 파우스트가 최고의 미녀 헬레나에게 이끌려 지옥에 갔다고 해서 비극적 결말이라고 할 수 없는 이유가 바로 이 때문입니다. 그 열망과 욕망, 즉 공부의 결과물들이 오늘 우리를 현재의 삶으로 이끌었고, 앞으로의 삶도 이끌 것이기 때문입니다.

앞서 퇴계가 학문을 닦는 중요한 이유를 성인에 이르기 위해서라고 말한 대목 기억하시지요. 서양 문학에서도 성인에 이르기 위해 구도자의 길을 택한 사람을 여럿 찾아볼 수 있습니다. 그 대표적인 사람이 등장하는 작품은 헤르만 헤세의 『데미안』이 아닐까 싶습니다. 『데미안』의 첫 구절을 혹시 기억하시는지요.

내 속에서 솟아 나오려는 것, 바로 그것을 나는 살아보려

했다. 왜 그것이 그토록 어려웠을까.

헤르만 헤세는 주인공 데미안을 통해 추상적 인식의 영역이 삶에서 어떻게 발현되는가를 작품 내내 고민합니다. 『성서』에 등장하는 카인과 아벨의 모호한 관계, 예수와 함께 십자가에 매달린 도둑의 삶 등이 기존에 알고 있던 우리의 통념과 달라 놀랄 때도 있습니다. 어두운 세계와 밝은 세계에 대한 인식을 시도하는 것 자체가 삶을 알아가려는, 즉 공부의 의지와 잇닿아 있습니다. 이 모든 과정을 통해 헤세는 읽는 이들이 자기 자신에게 이르는, 그야말로 참된 공부의 길을 제시합니다. 데미안은 이렇게 말합니다.

세계를 그냥 자기 속에 지니고 있느냐 아니면 그것을 알기도 하느냐, 이게 큰 차이지. 그러나 이런 인식의 첫 불꽃이 희미하게 밝혀질 때, 그때 그는 인간이 되지.

세계는 우리 안에 있습니다. 하지만 그것을 알고 있는 사람은 의외로 소수에 지나지 않죠. 이 같은 이치를 깨닫는 것이, 즉 자기에게로 이르는 끊임없는 공부만이 우리를 인간 되게 하는 것입니다. 덧붙여 데미안은 비판적 인식만이 깨달음에 이르는 첫걸음이라고 말합니다. 성호 이익의 회의정신이 헤르만 헤세의 『데미안』으로도 이어지는 것을 보면, 공부의 길은 동서도 없고 고금도 없는 일인 듯싶습니다.

삶으로 살아낸 공부의 달인

공부에 대한 조금은 추상적인 이야기를 해봤으니 이제 실질적인 이야기를 좀 해볼까요. '공부'라는 말을 입에 달고 사는 사람들이 있습니다. 스스로는 공부하지 않을 때가 많으면서 공부를 그렇게 좋아하는 분들입니다. 바로 '엄마'입니다. 폄하하려는 의도는 없습니다. 아빠는 대체로 자녀들의 공부에 무관심하기 때문에 엄마가 악역을 도맡아 할 수밖에 없는 현실을 이야기한 것입니다. 실제로 엄마들은 자녀들의 공부 때문에 노심초사합니다. 자녀들이 공부를 잘하면 잘하는 대로 고민이고, 못하면 못하는 대로 고민이 많습니다. 앞서 이야기한 것처럼 입시 위주의 교육 시스템 때문입니다. 하지만 그런 엄마들의 이야기는 접어두려고 합니다. 더 의미 있는 공부에 관심 있는 엄마들이 요즘은 많으니까요.

언젠가부터 우리 사회에 '공주 전성시대'라는 말이 유행합니다. 왕조시대도 아닌데 뭔 말인가 고개를 갸웃거렸다면, 미안하지만 시대에 반 발 정도 뒤쳐졌다고 생각하시면 됩니다. 공주, '공부하는 주부'의 약어입니다. 실제로 각종 문화센터나 인문학 강좌 참석자의 70~80퍼센트는 여성, 그중 주부들이 단연 압도적입니다. 절친한 한 서평가는 자신의 강좌에 참석한 모든 이가 여성이었다며 수줍게, 하지만 자부심에 가득 찬 미소를 짓기도 했습니다. 아무튼 공부하는 주부들이 늘어난 것만은 사실입니다.

몇 년 전 출간된 『공부하는 엄마들』은 공주 전성시대를 증명하는 실제 사례 같은 책입니다. 세 명의 저자는 이렇다 할 박사 학위도 없고 전문직도 아닙니다. '초등학생과 중학생 두 아이와 나란히 앉아 공부하는 엄마', '공부란 소소한 일상의 성찰이자 소통이자 놀이라고 생각하는 자칭 날나리 주부', '아이들에게 늘 책을 읽어주는 엄마'라는 소개가 전부인 정도죠. 한 가지 공통점이 있다면 이제 막 "오랜 혼돈과 방황 끝에 마침내 인문학의 길에 접어든" 사람들이자 "삶의 새로운 가능성을 탐색하며 도전하는 일"에 흥미를 느낀 엄마들입니다.

세 엄마가 공부에 도전한 이유는 제각각입니다. 인생 탐구 같은 거창한 목표는 아예 없습니다. 아이들 공부 봐주다가, 책 읽어주다가 고민이 하나씩 자랐을 뿐입니다. 고민이 자라면서 저마다의 방법으로 인문학에 접근했는데, 시작하고 보니 방대한 인문적 사유의 끝이 어디인지 궁금해 달리고 있습니다. 그래서인지 이 책은 구성이 돋보입니다. 어떻게 공부했는가를 세 사람의 입으로 전해주고 있지만 어떤 사람은 자신의 경험을, 어떤 이는 남들의 경험을 경청함으로써 자신만의 공부법을 만들어갑니다. 어떤 저자는 우후죽순 생겨난 인문학 공동체 답사기라 부를 만한 체험을 바탕으로 우리 시대 인문학을 엄마, 주부의 시선에서 조명합니다.

『공부하는 엄마들』의 또 다른 미덕은 혼자 살기 위한 공부가 아니라 더불어 살기 위한 공부를 지향하는 엄마들의 노력을 보여준다는 점입니다. '공부해서 남 주냐'가 아니라 요즘 유행하는 '공부해서 남 주자'는 말을 작지만 실천으로 옮기는 셈이지요. 그 실천은 사실상 우리 사회를 바꾸는 힘이 될지도 모릅니다. 입시 제도가 제 아무리 견고한 진을 치고 있다 해도, 세상 모든 엄마들이 제 자식 좋은 대학 보내기 위한 공부가 아니라 더불어 잘 살기 위한 공부를 권해줄 수만 있다면, 세상은 충분히 변하고도 남을 것이기 때문이죠. 그런 점에서 『공부하는 엄마들』은 세상의 변혁을 품고 있는 책이라고 해도 지나치지 않습니다. 그러니 엄마들에게 감히 권합니다. 지금 바로, 공주 대열에 동참하시라고요. 공주라 불리는 것도 근사한 일이지만, 세상의 변화에 일조할 수 있다는 자부심 또한 클 것입니다. 사족처럼 하나만 덧붙일까요. 공주들은 인문학 강좌와 문화센터 등에 차고 넘치는데, 아빠들은 도대체 어디서 무얼 하고 있는 걸까요. 공주 같은 근사한 명칭을 만들어드려야만 공부 대열에 동참하시려는지요.

공부하는 주부, 엄마를 생각하면 떠오르는 한 분이 있습니다. 이정록 시인의 어머니입니다. 『어머니 학교』는 시인 이정록의 시집이 분명하지만, 실제로는 이정록 시인 어머니의 시집이라고 해야 옳습니다. 시인의 어머니가 평소 읊조리시던 말들이 일흔두 편의 시가 되어 고스란히 시집에 담겨 있기 때문이죠. 시인의 어머니여서인가, 아니면 그 자체로 오롯한 시인이어서일까, 어머니의 말들은 그대로 시가 됩니다. '시'라는 제목의 시 일부입니다.

> 시란 거 말이다 / 내가 볼 때, 그거 / 업은 애기 삼 년 찾기다. / 업은 애기를 왜 삼년이나 찾는지 / 아냐? 세 살은 돼야 엄마를 똑바로 찾거든. / …… / 시 깜냥이 어깨너머에서 납작하니 숨어 있다가 / 어느 날 너를 엄마! 하고 부를 때까지 / 그냥 모르쇠하며 같이 사는 겨. / …… / 시답잖았던 녀석이 엄마! 잇몸 내보이며 / 웃을 때까지.

시가 써지지 않아 불면의 밤을 보냈을, 그래서 한 푼 벌이도 못했을 아들에게 어머니는 인내하며 기다리라고, 그리하여 마침내 한 편의 시를 써내라고 충고합니다. 시인은 아니되, 더욱 시인일 수밖에 없는 세상 어머니의 위대함이란 바로 이런 것이 아닐까요. 그런가 하면 "가장 힘들어서 가장인 거여"라며 아들의 살림살이를 걱정하는 어머니는 「문상」이라는 시에서 아들의 삶이 오롯하기를 바라는 세상 모든 어머니의 마음을 이렇게 전한다.

하루 살면 하루 더 고생이여. / 내가 요즘 송장을 지고 다녀야. / 관짝 중에 관짝 마을회관 찜질방 가야지 / 요령 대신 탬버린 흔드는 임종노래방 출연해야지 / 날마다 장례 준비위원회에 출근도장을 찍는다야. / 떠돌이 약장수한테 추임새 넣어줘야지 / 빈방 다섯에 개 닭 고양이 텃밭 돌봐야지 / 송장이 과로사할 지경이여 / 아버지 젯날이나 빼먹지 마. / 바쁜데 뭔 문병이여, 좀 기다렸다가 / 어미 문상이나 오면 되지.

사람들은 우리말을 '모국어'라고 말합니다. 어머니의 말이 우리네 성정에 가장 잘 맞는다는 말일 것입니다. 어디 그뿐인가요. 어머니의 말은 그대로 시가 되어 우리 모두를 키웠고, 오늘의 우리를 만들었습니다. 이정록 시인을 두고 "시인이 옮겨놓은 시편들의 팔 할은 어머니입니다"라고 했던 소설가 전성태의 말은, 어쩌면 우리 모두에게도 해당하는 것이 아닐까 싶습니다.

어떠셨나요. 공부를 그렇게 많이 하지 않으셨을 테지만, 이정록 시인의 어머니는 삶으로 살아낸 공부의 달인이 아닐까요. 유학자의 공맹의 도를 알지 못해도, 철학자들의 레퍼토리인 존재의 철학을 알지 못해도 삶이 가르쳐준 것만큼, 거기서 배운 것만큼 삶을 아름답게 하는 것이 또 있을까요.

온전한 인간의 길을 안내하는 공부

독일 시인 프리드리히 휠덜린(Friedrich Hölderlin)은 어느 시에 선가 "그러나 위험이 있는 곳에 구원 또한 있느니라"라고 노래한 적이 있습니다. 뚱딴지같지만, 저는 이 시가 오늘 우리의 공부를 새롭게 하는 적절한 방법이라고 생각합니다. 잘못된 공부 방법과 왜곡된 교육 제도로 인해 공부는 우리 청소년들에게 지겨움 혹은 괴로움의 대명사가 되었습니다. 하지만 그 위험이 팽배한 지금이 바로 구원의 때가 아닐까요. 시장에 내던져진 교육과 공부를 바꾸어야 할 때가 바로 지금이라는 뜻입니다.

대학입시로 대표되는 우리의 교육을 바꾸는 데 꼭 과격한 '혁명'이 필요하지는 않습니다. 주희가 주장한 대로 공부의 흥미를 유발하는 것에서 시작하면 됩니다. 그래서 우리 모두, 퇴계의 말처럼 일상생활에서 성인, 요즘 말로 '생활의 달인'이 되는 것만으로도 충분합니다. 물론 성호 이익이 가졌던 회의정신을 품는다면 금상첨화겠지요. 더욱이 파우스트와 데미안처럼 스스로의 열정과 욕망에 충실할 수만 있다면 우리 사회에서 공부의 의미는 새롭게 각인될 수 있을 겁니다. 한 가지 중요한 사실.

공부는 학생들만 하는 것이 아닙니다. 인생이라는 망망대해에서 온전한 한 인간으로 살기 위해서는, 인간은 모두 공

부하는 존재여야 합니다. 공부라는 광대무변한 세계로 뚜벅
뚜벅 걸어가는 당신을 응원합니다.

3장.

예술

예술을 찾아 떠나는
일상의 모험

요즘 '예술'이라는 말처럼 흔한 말이 또 있을까요? 누구나 고개를 끄덕일 수밖에 없는 위대한 예술 작품이 있는가 하면, 길거리를 나뒹구는 흔한 전단지 하나도 예술이라고 이름 붙이면 예술이 되는 세상입니다. '문화'라는 말이 귀에 걸면 귀걸이 코에 걸면 코걸이이듯, 예술이라는 말도 숱한 말들과 조합되면서 원래의 뜻과는 다른 뜻으로 이해될 때가 많습니다. 프랑스 출신 예술가 마르셀 뒤샹(Marcel Duchamp)은 "예술가는 영혼으로 자신을 표현해야 하며, 예술 작품은 그 영혼과 하나가 되어야 한다"라고 말했는데, 요즘은 이런 의미를 내포한 예술을 찾아보기가 어려워졌습니다. 과연 진정한 예술이란 무엇일까요. 아름다운 선율의 음악과 거장들의 그림만이 예술이라는 말로 치장할 수 있는 걸까요? '예술'이라는 말의 진정한 의미는 무엇인지 궁금하다면 이런 책들은 어떨까요.

일상의 변용이 곧 예술이다

'예술'을 한마디로 정의하기는 어렵습니다. 그것이 포괄하고 있는 영역이 무척이나 넓기 때문이죠. 숱한 단어를 자의적으로 조합해서 사용하는 것도 어쩌면 하나의 이유일 겁니다. 제가 사랑하는 국어사전인 『보리국어사전』은 예술을 "생각하고 느낀 것을 글, 그림, 소리, 몸짓들로 아름답게 나타내는 일. 문학, 미술, 음악, 춤, 연극, 영화 같은 것이 있다"라고 정의합니다.

'예술' 하면 문학, 미술, 음악, 춤, 연극, 영화 등을 떠올리는 것은 지극히 자연스러운 일입니다. 그런데 예술의 장르나 형태도 중요하지만, 여기서는 "생각하고 느낀 것"이 더 중요합니다. 생각하고 느낀 것이 없다면 글·그림·소리·몸짓 등으로 표현될 리도 없고, 그것이 문학·미술·음악·춤·연극·영화와 같은 형태로 완성되지 않을 것이기 때문입니다.

생각해보면 예술은 영원성을 지닐 수밖에 없습니다. 한 사람이 "생각하고 느낀 것"은 소멸하지만 당대를 살아낸 사람들의 생각과 느낌은 한 세대에서 다음 세대로, 또 다음 세대로 전승되면서 불멸합니다. 영원성을 얻게 되는 것이지요. 생각하고 느낀 것은 애초부터 찰나적 시간의 결과물이면서 영원성을 내포한다고 할 수 있습니다. 이를 충북대 독문학과 문광훈 교수는 『렘브란트의 웃음』에서 "순간적으로 존재하다가 사라지는 것들 속에서 영원성을 발견"하는 것이라고 표현했습니다. 예술이 다양한 형태로 우리가 사는 세상에 존재하는 이유는 바로 이 때문입니다.

실제로 예술은 한 순간의 사건으로 끝나지 않습니다. 우리가 날마다 눈으로 목도하는 흔하디흔한 현상, 즉 일상은 매일 매순간 변합니다. 하지만 그 현상 구석구석에는 플라톤 (Platon)이 말한 '형상(eidos)'이 숨어 있습니다. 플라톤은 '이데

아론'이라 부르는 이론을 전개하며 현실적인 물질세계 외에
이상적 형상들의 세계, 즉 완전한 형태이자 불변하는 세계가
독립적으로 존재한다고 주장했습니다. 완전한 형태이자 불
변하는 세계인 이데아는 생성과 변화, 소멸을 반복하는 현실
세계에는 나타나지 않고, 오로지 궁극적인 지식을 추구하는
인간에게만 모습을 드러냅니다. 『파이돈』 등의 책을 통해 이
데아에 대해 언급했던 플라톤은 『국가』에서 비교적 체계적
인 이데아론을 확립하게 됩니다.

이데아란 과연 무엇일까요. 간단하게 요약하면 궁극의 진
리라고 할 수 있지만, 어쩌면 예술의 한 형태로 나타나는 것
이 아닐까요. 인간 삶의 다양한 요소들을, 어쩌면 현실 세계
에서는 다 드러낼 수 없는 영감, 창의성 등을 이데아라는 이
름으로 우리는 드러내는 것이 아닐까요. 그런 의미에서 인간
이 궁극적으로 추구해온 지식은 예술적 경지와도 잇닿아 있
다고 할 수 있습니다. 예술은 인간의 욕망과 호기심을 충족
시키기 위한 활동이기에, 그것은 곧 이데아의 세계와 연결된
다고 할 수 있습니다. 예술의 궁극적인 지향점인 "아름답게
나타내는 일"은 인간 세상 어디에나 존재한다는 역설 아닌
역설이 가능한 이유가 바로 이 때문이죠.

일상을 예술적 차원에서 이해했던 가장 탁월한 사람은 미
국의 미술 비평가이자 철학자인 아서 단토(Arthur Danto)입니
다. 아서 단토는 특히 예술철학을 깊이 천착했는데, 그의 물

음은 언제나 "무엇이 어떤 것을 예술로 만드는가"에서 시작됩니다. 국내에 소개된 몇 안 되는 아서 단토의 저서 중 『일상적인 것의 변용』은 단토가 이해하는 예술의 개념을 집약적으로 정리한 명저입니다. 『일상적인 것의 변용』을 읽는 일은 끝없는 인내와 그에 상응하는 공부를 필요로 합니다. 인내와 공부가 바탕이 된다고 해도 아서 단토가 말한 예술의 의미를 일목요연하게 읽어내기는 여전히 쉽지 않습니다. 수많은 철학 사조가 등장하고 동서고금을 자유자재로 왕래하기 때문입니다. 잊지 말아야 할 것은 그가 "예술이란 무엇인가"에 대해 끊임없이 질문했고, 그에 대한 대답으로 "예술 작품이란 예술가 자신, 곧 예술가의 개성으로서의 스타일"이라고 정의했다는 사실입니다. 아서 단토의 예술에 대한 정의 중 한 대목을 옮겨보면 다음과 같습니다.

우연히 예술 작품과 닮았지만 예술 작품의 지위를 누리지 못하는 다른 표상 수단들과 예술 작품들을 구별하려고 모색하는 중에 나는 다른 길을 택하는 것보다는 우리를 예술의 정의에 더 가까이 인도해줄 수 있는 것으로서 수사법, 스타일, 그리고 표현 같은 개념들을 도입했다. 그 셋 중에서 나는 표현 개념이 예술의 개념에 가장 적합하다고 생각한다.

아서 단토는 "예술은 곧 표현"이라고 말합니다. 역사 이래 모든 인간은 '표현'하며 살아왔습니다. 모든 인간은 울고 웃었고, 한숨짓고 환호했습니다. 어디 그뿐인가요. 눈물을 흘릴 때도 있었고, 기쁨의 포효도 했습니다. 무엇보다 말을 했고, 글을 썼습니다. 그리하여, 표현하는 모든 인간은 지금 예술을 실천 중인 것입니다. 물론 이 도식은 아서 단토의 예술에 대한 정의와 철학을 지나치게 단순화한 경향이 없지 않습니다. 하지만 그가 지적한 것처럼 "예술가의 개성으로서의 스타일"이라고 예술을 정의할 때라야, 세상 모든 사람들은 예술가의 반열에 오를 수 있습니다. 예술가만 개성으로서의 스타일을 지닌 것이 아니라 장삼이사(張三李四)에게도 개성으로서의 스타일이 있기 때문이죠. 아서 단토가 이 책의 제목을 '일상적인 것의 변용(The Transfiguration of the Commonplace)'으로 정한 것은 옳고도 아름다운 선택입니다.

예술, 다시 일상에 영향을 주다

인류의 역사는 달리 말하면 예술의 역사입니다. 구석기 시대 동굴벽화는 비록 생존을 위한 몸짓이었지만, 이제는 그 자체가 예술의 경지로 인정받고 있는 것이 좋은 예입니다. 투박한 그릇으로만 여겨졌던 조선의 백자가 오늘에 이르러 명품 대접을 받는 것도 그렇습니다. 어쩌면 우리가 살고 있는 오늘날의 어떤 물건이 후대에 이르러서는 예술로 대접받을지 모르는 일입니다.

아르놀트 하우저(Arnold Hauser)의 『문학과 예술의 사회사』는 일상의 삶이 어떻게 예술이 되었는지를 탐구한 방대한 저작입니다. 구석기 동굴벽화부터 20세기 영화예술에 이르기까지, 서양 문화를 독특한 관점에서 정리한 것이 이 책의 가장 큰 미덕입니다. 헝가리 출신의 예술사학자 아르놀트 하우저는 『문학과 예술의 사회사』에서 인간의 모든 정신 활동은 사회적·경제적 조건의 산물이라고 강조합니다. 예술이 사회나 경제보다 하위 개념이라는 말은 아닙니다. 하우저는 "모든 예술은 사회적으로 조건 지어져 있지만 예술의 모든 측면이 사회학적으로 정의될 수 있는 것은 아니다"라고 지적한 것처럼, 예술은 사회적·경제적 조건의 산물이지만 그 자체로 독특한 사상적·문화적 가치를 지니기 때문입니다. 예술형식, 예술가, 관객을 키워드 삼아 방대한 예술의 역사를 추적한 아르놀트 하우저의 『문학과 예술의 사회사』야말로 우리 시대 고전 반열에 올려도 부족함이 없는 책입니다. 오죽하면 『나의 문화유산답사기』의 저자 유홍준 교수가 한 신문 칼럼에서 "내게 엄청난 감동과 충격을 주었고, 평생 바라보는 나의 미술사 연구의 북극성이 되었다"라고까지 고백했을까요.

『젊은 베르테르의 슬픔』의 위대한 작가 괴테는 『예술론』에서 예술 그 자체의 위대함을 찬양하는 동시에, 예술 이전의 세계에 대한 정의도 명쾌하게 보여줍니다. 작가이기 전에 식물학은 물론 해부학과 광물학, 지질학, 색채론 등 인간을 설명할 수 있는 모든 분야의 학문에도 일가견이 있었던 괴테입니다. 그러한 저력이 결국 인류의 위대한 유산으로 남을 만한 문학 작품, 즉 예술을 완성한 것이겠지요. 그런 괴테는 예술과 예술 이전의 아름다움을 다음과 같이 설명합니다.

> 예술은 그것이 아름다움에 이르기 전에는 오랫동안 조형적이었다. 그러면서도 그것은 진실하고 위대한 예술, 아니 때로는 미적 예술 자체보다도 더 진실하고 위대한 예술이었다. 왜냐하면 인간에게는 조형적 천성이란 게 있어서, 인간이 생존의 위험을 벗어나는 즉시 그것이 활동을 개시하기 때문이다.

예술은 인간의 천성이라는 게 괴테의 설명입니다. 하지만 대문호이자 위대한 철학자의 생각에 아주 조금 아쉬움이 남기도 합니다. 생존의 위협을 벗어나는 즉시 인간의 조형적 천성이 활동을 개시한다고 했지만, 인간은 생존의 위협 가운데서도 예술적 활동을 계속하는 것은 아닐까요. 구석기 동굴벽화가 그랬고, 20세기 초반 아우슈비츠의 절망과 공포 속에서도 인간은 예술과 지적 아름다움에 대한 끝없는 동경을 발현하곤 했습니다.

물론 괴테는 통합적 사고의 소유자였습니다. "특정적 예술만이 유일하게 진정한 예술"이라고 천명했지만, 그러한 속성이 다시금 주위에 영향을 미치면 "그것은 거친 야성에서 생긴 것이든, 교양 있는 감상에서 생긴 것이든 온전하고 생기가 있"기 때문입니다. 예술은 일상에서 변용된 것이지만, 그것이 다시 일상으로 돌아가 온전하고 생기 있는 세상을 만드는 것입니다. 예술의 진정한 역할이란 바로 이런 것이 아닐까 싶습니다.

예술의 범주는 어디까지 넓힐 수 있을까요. 앞서 일상이 예술이라고 말한 것처럼, 삶의 모든 자리는 예술의 자리입니다. 이런 관점에서 보면 살림살이도 예술이겠죠. 그 정확한 사례를 보여주는 책이 바로 프랑스 시인 베아트리스 퐁타넬(Béatrice Fontanel)의 『살림하는 여자들의 그림책』입니다. 시대가 변했지만 예나 지금이나 살림은 여자의 몫이라고 생각하는 사람들이 많습니다. 하루 종일 몸을 움직여도 티가 나지 않는 일을 여자들은 역사 이래 지금까지 계속 해오고 있습니다. 평생 남편 뒷바라지에 자녀들을 키우다 보면 존재의 의미조차 찾을 수 없는 게 바로 '살림'이죠. 하지만 『살림하는 여자들의 그림책』을 보면 지긋지긋한 살림이 새로운 관점으로 여자들에게 다가올 것입니다. 아니 남자들이 먼저 읽고 각성해야 할지도 모를 일입니다.

『살림하는 여자들의 그림책』은 중세부터 20세기까지 집의 변천사를 통해 여자들의 노고가 얼마나 컸는가를 헤아리는 책입니다. 그림책이라고 한 이유는 에드가 드가(Edgar Degas), 한스 멤링(Hans Memling), 엘리자베스 너스(Elizabeth Nourse) 등 유명 화가들의 그림 90여 점을 중심으로 이야기를 풀어나가기 때문이죠. 저자는 그림과 사진을 통해 침실, 난방, 부엌, 실내장식, 욕실, 수납 등의 변천사를 형상화합니다.

11세기 중세의 성(城)은 그다지 안락한 공간이 아니었습니다. 왕이라고 해도 매우 간소한 환경에 만족해야만 했습니다. 하물며 농민의 경우는 어떠했겠습니까. 농민들은 온 가족이 커다란 침대 하나에서 함께 잤습니다. 한 사람이 한 침대를 쓰게 된 것은 19세기 말에 들어와서의 일이죠. 저자에 따르면 "프랑스에서는 1870년 이후에야 아이들 방이 설계 도면에 나타났다"라고 합니다. 하지만 언젠가부터 청소년들은 엄마와 아빠의 침대를 멀리했고 "1960년대에는 청소년의 방이 거의 신성불가침의 영역이 되었다"라고 합니다.

부엌만큼 살림하는 여자들의 섬세한 손길이 미친 곳은 없을 것입니다. 옛날 농민과 도시 서민들은 부엌에 들어갈 일이 별로 없었죠. 이유는 간단합니다. 음식을 준비하고 익히는 장소가 따로 없었기 때문입니다. 13세기 귀족들은 화재로부터 집을 지키기 위해 부엌을 분리했지만, 여전히 많은 하층민들은 되는대로 음식을 익히고 먹어야 했습니다. 부엌이 생겼다고 해서 음식을 고상하게 만들어 먹을 수 있는 것도 아니었습니다. "부엌은 지옥 같은 열기가 감도는" 곳이었기 때문이죠. 시커먼 아궁이 안이나 그을음이 눌어붙은 벽 위에 구리 냄비들이 반짝이는 모습은 마치 동굴과도 같았습니다. 일부 사람들은 부엌을 "점잖지 않은 장소"로 불렀지만, 20세기의 물결 속에 "집 안이 규격화되면서 다른 곳보다 특히 욕실과 부엌이 첨단 기술의 전당으로 거듭났다"라고 합니다.

지금은 하루의 긴장을 풀고 넉넉한 저녁을 맞이하는 공간이지만, 과거 욕실은 불편함의 대명사였습니다. 중세 사람들이 즐겨 찾던 공중목욕탕은 페스트나 콜레라, 성병 등 전염병이 돌면서 타락의 장소로 비난받으며 점차 사라졌습니다. 16세기부터 일부 귀족들이 개인 욕실을 만들었지만, 귀족들 사이에서도 욕실이 널리 퍼진 것은 18세기 후반입니다. 돈 없는 사람들은 그저 작은 목욕탕 하나 갖는 것이 소원이었죠. 파리 오르세 미술관에 소장된 에드가 드가의 작품 〈목욕통〉은 추위를 감수하고 목욕하는 여인의 모습이 잘 묘사되어 있습니다. 조지 마크스(George Marks)의 사진 〈샤워하는 여인〉은 20세기 중반, 이미 샤워가 보편화된 미국 사회의 한 단면을 적나라하게 보여줍니다.

『살림하는 여자들의 그림책』은 명화 속에서 발견한 살림하는 지혜들을 만날 수 있는 흔치 않은 책입니다. 우리가 살고 있는 집은 어디 하나 살림하는 여자들의 손길이 닿지 않은 곳이 없습니다. 시대가 변해 남자도 종종 살림을 하지만, 여전히 살림은 여자들의 몫인 경우가 많습니다. 지겨운 살림이 예술이 될 수 있다면, 그것만으로도 여자들은 온전한 만족과 해방감을 누릴 수 있을 겁니다.

한국의 아름다움을 예찬한 혜곡 최순우

오늘 우리가 사는 이 땅에서 '예술'은 서양적 현상으로 이해하는 경향이 짙습니다. 동양적인 것은 낡은 것으로 치부되었고, 특히 한국적인 것은 딛고 일어서야 하는, 일종의 배격의 대상이 되곤 했습니다. 그런데 언제부턴가 "가장 한국적인 것이 가장 세계적"이라는 말이 유행하는가 하면, 세계 곳곳으로, 특히 문화의 원류라는 유럽까지 한류의 바람이 불고 있습니다. 비록 걸그룹들을 앞세운 말초적 수준의 한류이기는 하지만 한국적인 것을 재발견하는 기회가 된다면 그마저도 나름 의미가 있을 것입니다.

이 대목에서 잊지 말아야 할 사람이 있습니다. 한국의 아름다움과 그것이 만들어낸 예술의 경지를 누구보다 먼저 알았고, 보살피며 전파하고자 했던 혜곡 최순우입니다. 혜곡의 글을 가려 묶은 『나는 내 것이 아름답다』의 책머리에는 최순우의 아름다운 삶이 이렇게 묘사되어 있습니다.

혜곡은 젖몸살을 앓았다. 그는 이 땅에 태어난 우리 것의 아름다움을 대신 생육했다. 낳았다고 다 어미는 아니다. 버려진 채 돌봐줄 이 없는 우리 것이 지천이다. 그것을 거두고, 일일이 젖을 먹이며, 그는 젖몸살을 앓았다. 그의 수유로 우리 것은 겨우 눈을 떴다.

오늘 우리 출판가의 한 장르로 자리 잡은 우리 땅에 대한 관심과 문화유산 답사기는 기실 혜곡의 젖몸살에서 시작된 것입니다. 선친(先親)의 서가에 오롯이 자리했던 『최순우 전집』이 헤아릴 수 없는 이사와 무관심으로 사라지고서야 그 소중함이 절절함은 왜일까요. 서울과 수도권의 헌책방을 샅샅이 뒤졌으나 끝내 빈손으로 돌아서야 했던 신산(辛酸)함은, 수년이 지난 지금도 여전히 아픕니다.

『최순우 전집』의 허전함을 다소라도 채울 수 있는 몇몇 책이 서가에 있음은 다행입니다. 특히 『무량수전 배흘림기둥에 기대서서』는 전집에서 추려낸, 말 그대로 주옥같은 글들이 시종 읽는 사람을 압도합니다. 우리 회화와 도자, 조각, 건축 등 손길 닿지 않은 곳이 없을뿐더러 빼어난 안목을 더욱 빛나게 하는 유려한 문장 또한 날렵합니다. 하지만 『나는 내 것이 아름답다』와 『무량수전 배흘림기둥에 기대서서』를 읽노라면 『최순우 전집』의 빈자리가 더더욱 커질 수밖에 없습니다. 서울시 성북구 성북로15길 9, 조용한 골목길 한쪽에 자리 잡은 '최순우 옛집'을 종종 찾아 아쉬움을 덜어보는 일밖에 방법이 없습니다.

시가 주는 자유로운 상상력과 깊은 성찰을 동경하던 때가
있었습니다. 무슨 뜻인지도 모르면서 줄줄 외웠던 시가 있는
가 하면, 건방지게 '이건 시도 아니야'라며 내친 시집도 제법
여럿 있었습니다. 시를 단지 시로만 읽던 시절의 못난 치기
였습니다. 세월이 조금 흘러 세상을 단편적으로만 보지 않게
되자 시가 다시 품으로 날아들었습니다. 세상 모든 것이 시
아닌 시였습니다. 시 한 수에도 세상의 역사가 숨어 있었고,
그 역사를 온몸으로 받아낸 사람들의 질박한 삶이 고스란히
숨어 있었습니다.

그래서일까요, 『시로 읽자, 우리 역사』는 반갑기 그지없습
니다. 『시로 읽자, 우리 역사』는 뜨겁게 굽이친 우리 근현대사
를 '시'라는 창을 통해 읽어냅니다. 시만이 표출할 수 있는 "고
도의 비유와 상징"의 세계를 통해 "시대와 역사"를 오롯이 재
현합니다. "시를 짓는 사람이나 읽는 사람 모두 역사적인 현실
속에 존재"하기에 시는 이 땅의 현실을 품을 수밖에 없다는
게 저자의 생각입니다. 비록 시인의 감정은 개인적인 것이지
만 "역사적인 환경에 놓이면 그 의미가 새롭게 해석"되는 것이
또한 시죠. 삶의 현실이 '시'를 매개로 재해석되는 것입니다.

'자유와 해방을 향해 나아가다'라는 첫 주제에서 저자는
동학농민운동과 안도현의 데뷔작 「서울로 가는 전봉준」을 엮
어냅니다. 전쟁에서 패한 뒤 관군에게 붙잡혀 서울로 압송되

는 전봉준의 형상은 장군의 위용이라고는 찾을 수 없는 "해진 짚신에 상투 하나 떠 가"는 초라한 모습입니다. 그러나 눈빛만은 여전히 장군의 그것이었습니다.

> 그대 갈 때 누군가 찍은 한 장 사진 속에서 / 기억하라고 타는 눈빛으로 건네던 말 / 오늘 나는 알겠네

그 형형한 눈빛은 이 땅의 굴곡진 근현대사가 단지 어제의 일이 아니라 지금 우리가 겪고 있는 아픔임을 알려줍니다. 또한 자유와 해방을 향한 민중의 몸부림은 한용운의 「님의 침묵」, 이상화의 「빼앗긴 들에도 봄은 오는가」, 이육사의 「광야」 등의 시를 통해 소개합니다.

두 번째 주제는 '분단과 독재의 굴레에 저항하다'입니다. 해방 정국과 분단 과정을 신석정의 「꽃 덤불」과 엮고, 6·25전쟁과 전쟁 후 폐허는 구상의 「초토의 시 8」을 통해 들여다봅니다. 그런가 하면 김정환의 「지울 수 없는 노래」에서는 이승만 독재를 깬 4·19혁명의 위대함을 노래하죠. 백미는 5·16군사 정권과 박정희 정권이 좌절시킨 민주주의의 대의를 시로 승화한 김수영의 「어느 날 고궁을 나오면서」입니다.

김수영은 "왜 나는 조그마한 일에만 분개하는가 / 저 왕궁 대신에 왕궁의 음탕 대신에 / 오십 원짜리 갈비가 기름덩어리만 나왔다고 분개하고 / 옹졸하게 분개하고 설렁탕집 돼지

같은 주인년한테 욕을 하고 / 옹졸하게 욕을 하고"라고 가슴을 쥐어짜면서 권력에 맞섭니다. "무엇이 큰일이며, 무엇이 사소한 일인지 분명히 밝"힘으로써 진짜 해야 할 일이 무엇인지 스스로에게 다짐하는 것입니다.

저자가 마지막 주제로 삼은 것은 '민주주의의 꽃을 피우고 통일을 향해 가다'로, 먼저 김남주의 「학살 2」를 통해 광주 민주화 운동과 미 문화원 사건의 전모를 밝힙니다. 박정희의 죽음으로 오랜 독재는 막을 내렸지만, 그 틈을 비집고 추악한 권력이 들어섰습니다. 이내 광주는 죽음의 땅이 되었습니다. 1980년 12월 9일, 전남 지역 농민회와 대학생들이 광주 미 문화원에 놓은 불은 광주 민주화 운동을 알리기 위한 마지막 선택이었습니다. 김남주의 외침은 그야말로 다급합니다.

보아다오, 음모와 착취로 뒤덮인 이 땅을 / 보아다오, 너희들이 팔아먹은 탄환으로 벌집투성이가 된 내 조국의 심장을.

책의 대미는 하종오의 시 「야외 공동 식사」가 장식합니다. 인종과 국경을 넘어서 다문화 사회로 가는 한국의 현주소를 짚어냅니다. 코리안 드림을 꿈꾸며 한국 땅을 밟았지만 이주 노동자들에게 한국은 기회의 땅이 아니라 고통의 시공간이었습니다. 그래도 시만큼은 배곯지 않아도 되는 소박한 행복을 노래합니다. "체육 대회 하는 동남아인 노동자들이 / 운동장 가 백양나무들 아래 자리를 펴고 앉아 / 점심을 맛있게 먹었다". 슬픈 현실과 그것을 잊게 만드는 작은 잔치는 요즘 말로 '웃픈' 현실이 아닐 수 없습니다.

『시로 읽자, 우리 역사』는 한홍구 교수의 말마따나 "너무 짧은 기간에 너무 많은 일이 일어나 버린 한국 근현대사를 이해하는 데 시는 중요한 통로가 될 수 있다"라는 사실을 잘 보여줍니다. 시의 비유와 상징이 단지 어렵게만 느껴진다면, 연대와 연표나 외던 역사에 신물이 났다면, 시와 역사를 함께 읽을 수 있는 『시로 읽자, 우리 역사』가 제격입니다. 예술로서의 시가 인간의 삶을 포괄하는 역사를 풀어내고 있다는 사실을 확인할 수도 있어 반가운 책입니다.

일상의 예술을 즐길 시간

수많은 예술 작품 중 문학이 드러내는 아름다움만 한 것도 드뭅니다. 모든 예술이 그렇지만, 특히 문학은 인간의 생로병사(生老病死)와 희로애락(喜怒哀樂)을, 또한 감각과 기억의 흐름을 세밀하게 포착해내기 때문입니다. 이런 책을 우리는 흔히 고전(古典)이라고 부릅니다. 한국 종교학의 태두 정진홍은 『고전, 끝나지 않는 울림』에서 "어떤 책을 평가하는 데는 그것이 되풀이해서 읽히느냐 그렇지 않느냐 하는 것보다 더 분명한 척도는 없을 듯합니다"라는 말로 고전을 정의합니다. 이어서 이렇게 말합니다.

> '되읽음'을 충동하는 긴 여운, 끝내 그 여운을 지울 수 없는 아련한 유혹을 내 안에서 일도록 하는 어떤 '처음 읽음'의 경험, 그리고 그것에 대한 회상, 그렇게 해서 어쩔 수 없이 '되읽음' 속으로 들어가 침잠하는 일, 이러한 일련의 구조가 이른바 '고전'을 마침내 일컫게 하고, '고전 읽기'의 문화를 일군다고 저는 생각합니다.

문학을 비롯한 고전만 이런 것일까요. 가만 생각해보면 문학을 포함한 모든 예술적 활동이 이러한 과정과 경험을 수반합니다. 그 경험은 우리 일상의 것이고, 마침내는 우리 삶을 통해 예술이라는 이름으로 발현되는 것입니다. 예술, 알고 보면 그렇게 어려운 것이 아니라는 말이죠. 처음 경험과 그것을 다시 향유하고자 하는 마음, 그것이 결국 예술의 처음과 끝이라고 할 수 있는 것입니다.

우리 일상의 삶이 예술이라고 말하면 지나친 비약일까요. 아닙니다. 우리의 삶은 예술이자 역사이며, 세계가 돌아가도록 돕는 하나의 중심축이기도 합니다. 마음에 예술을 대하는 조금의 여유 공간이 생기셨습니까. 그럼 심호흡 한번 하고, 모두 일상의 예술을 즐겨볼까요.

4장.　　　　　　　　여행

지금은 책과 함께
여행을 떠날 시간

"열심히 일한 당신, 떠나라!"

오래전 유행했던 한 카드 회사의 광고입니다. 지친 현대인
들의 마음에 이보다 더 간절한 외침이 있을까 싶을 정도로
감칠맛 나는 카피입니다. 하지만 광고 주인공들만 떠났을 뿐,
현실에서는 떠나지 못한 사람이 더 많았습니다. 일을 열심히
하지 못해서일까요? 아닙니다. 예나 지금이나 주머니 사정
이 여의치 않은 것은 우리 모두의 서글픈 현실이니까요. 하지
만 떠나려고 마음만 먹으면 언제든 떠날 수 있고, 떠나지 않
으려고 마음먹으면 어떤 상황에서도 떠나지 않을 수 있는 게
인간의 마음이 지닌 힘 아니겠습니까? 푸념은 여기까지만
하겠습니다.

지금은 흐릿해졌지만, 한때 우리나라는 사시사철이 뚜렷
했습니다. 계절마다 어디론가 떠나고픈 마음이 절로 들도록
말이죠. 삶의 단조로움에서 벗어나 낯선 곳을 여행하는 것
은 그 자체로 흥분되는 일입니다. 때론 고생을 자처하면서까
지 여행을 떠나는 이유는 낯선 곳에서만 느낄 수 있는 묘한
여운과 흥취 때문일 겁니다. 낯선 풍경과 사람들을 만나면서
나를 발견하고, 그렇게 발견한 나는 이전의 나와는 조금은
달라질 게 분명합니다. 물론 여행은 쉼을 위한 것이기도 합니
다. 그 쉼은 다시 평범한 삶으로 돌아와 일상에 충실할 때만
가치 있는 것이기에, 특별한 여행은 평범한 일상을 위해 존재
합니다.

여행의 목적은 떠나는 사람마다 제각각입니다. 동행이 있다고 해도 여행은 지극히 개인적인 것이며, 여행을 통해 새로운 세상과 조우하며 자신의 속마음과 내밀한 대화를 주고받습니다. 인류는 역사 이래로 수많은 여행을 통해 삶의 온전한 자리를 찾아왔습니다. 때론 예기치 않은 결과를 가져오기도 했지만, 여행은 언제나 인류의 삶에 커다란 자양분이었으며 역사의 물줄기를 바꾸는 분수령으로 작용하기도 했습니다.

한반도 최초의 세계인 혜초와 『왕오천축국전』

여행은 인류가 이 땅에 두 발을 딛고 살면서부터 시작되었습니다. 정처(定處)가 없었던 초기 인류는 먹을거리와 잠자리를 위해 여행 아닌 여행을 감내해야만 했습니다. 이후 삶의 터전을 찾아 정착한 다음에는 영역 확장을 위한 여행을 거듭했고, 그 결과 미지의 세계를 발견하기에 이릅니다. 논란의 여지는 있지만, 메이플라워호를 타고 신앙의 자유를 찾아 고향을 떠났던 청교도들은 간난신고(艱難辛苦)한 여행 끝에 아메리카 대륙에 도착해 '미국 건국의 아버지'라는 영예로운 칭호를 얻기도 했습니다.

순수한 모험심 혹은 종교적 열심이 만들어낸 여행도 우

리 주변에는 많이 있습니다. 세계 3대 여행기인 마르코 폴로 (Marco Polo)의 『동방견문록』과 이븐바투타(Ibn Battūtah)의 『여행기』가 모험심이 만들어낸 여행기라면, 혜초의 『왕오천축국전』은 종교적 열심이 만들어낸 여행기입니다. 『왕오천축국전』은 신라 경덕왕 때 스님 혜초가 인도 5국 부근의 여러 나라를 순례한 행적을 담은 여행기입니다. 혜초는 723년부터 727년까지 4년 동안 인도와 중앙아시아는 물론 아랍을 여행한 한반도 최초의 세계인입니다. 1908년 프랑스인 폴 펠리오(Paul Pelliot)가 둔황 막고굴에서 출토된 유물을 사들이는 과정에서 『왕오천축국전』이 프랑스로 넘어가게 되었고, 지금까지 파리 국립박물관에 소장되어 있습니다.

불교사적 가치는 문외한이라 잘 모르지만, 여행서로서의 가치만큼은 충분하다는 게 제 생각입니다. 혜초는 머물던 곳에서 다른 지역으로 이동할 때마다 걸리는 시간과 방향, 그 지역의 왕 이름은 물론 언어와 기후, 풍습 등을 자세하게 소개합니다. 여행의 기록 중 가장 재미있는 대목은 각 나라의 왕들이 소유한 코끼리 수를 정확하게 살폈다는 점입니다. 중인도의 왕은 900마리의 코끼리를, 남인도의 왕은 800마리의 코끼리를 가지고 있었습니다. 서인도 왕은 500~600마리를, 북인도의 왕은 300마리의 코끼리를 소유하고 있었습니다.

혜초가 볼 것 많은 여행지에서 유독 코끼리 수를 비교적 정확하게 기록한 이유는 무엇일까요? 코끼리의 수는 곧 국력의 상징이었기 때문입니다. 코끼리의 수는 곧 병력 수와도 연결되기 때문에 코끼리와 병력이 적은 나라는 곧바로 조공을 바쳐 살길을 모색했다고 합니다. 그런가 하면 혜초는 불교가 전파된 곳에서는 대승불교인지 소승불교인지, 어떻게 불교가 전해졌는지도 속속들이 알아보았습니다. 가로 42센티미터, 세로 28.5센티미터의 황마지 9장을 이어붙인 두루마리에 적힌 글은 227행 5,893자였지만, 담아낸 세상만큼은 결코 작지 않았습니다. 혜초는 분명 눈썰미가 좋은 사람이었던 것 같습니다.

프랑스가 소장하고 있던 외규장각 도서들이 국내로 반환되었습니다. 『왕오천축국전』도 빠른 시일 내에 반환되었으면 하는 마음 간절합니다. 바닷길로 인도에 도착했던 혜초의 행적을 따라 8세기 인도와 중국 그리고 주변 여러 나라들의 풍습은 물론 그 땅에 터 잡고 살던 사람들의 삶을 들여다보고 싶다면 『혜초의 왕오천축국전』이 읽음직한 책입니다.

마르코 폴로, 이븐바투타, 알하산 알와잔, 세상을 품다

많은 분들에게 마르코 폴로의 『동방견문록』은 어릴 적 보았던 만화로 각인되어 있습니다. 물론 지금도 아동도서로 만

들어지고 있고, 널리 읽히고 있습니다. 13~14세기 유럽은
'그들만의 리그'라고 불러도 될 정도로 폐쇄적인 사회였습니
다. 다른 대륙이 존재한다는 사실조차 믿기 어려운 판에, 어
떻게 자신들보다 앞선 문명이 존재한다는 사실을 믿을 수 있
었겠습니까. 그 편견과 아집을 깬 것이 바로 마르코 폴로의
『동방견문록』입니다.

이탈리아 상인의 아들이었던 마르코 폴로가 몽골과 중국,
티베트 등을 20여 년 동안 체험하고 돌아와 쓴 동양의 문화
는 당시 유럽인들에게 충격 그 자체였습니다. 당시 유럽에서
『성서』 다음으로 『동방견문록』이 베스트셀러였다는 사실이
이를 증명합니다. 물론 『동방견문록』의 진위 여부를 두고 논
란이 없는 것은 아닙니다. 마르코 폴로가 구술하고 함께 감
옥에 수감되었던 작가 루스티첼로(Rustichello da Pisa)가 썼다는
사실은 익히 알려져 있으며, 심지어 마르코 폴로가 실존 인
물이 아니었다는 설도 있습니다. 초판본이 유실된 상태에서
수많은 판본이 횡행하며 가감과 첨삭이 이뤄졌다는 설도 있
습니다.

중요한 것은 마르코 폴로가 실존 인물이냐 아니냐에 상관
없이 『동방견문록』이 당시 유럽 사회에 적지 않은 충격을 주
었고, 그 결과 수많은 모험과 탐험이 이어지면서 세계 역사
가 요동쳤다는 사실입니다. 한 권의 책이 줄 수 있는 영향력
을 제대로 보여주는 것이 바로 마르코 폴로의 『동방견문록』

인 셈입니다.

30년에 걸쳐 12만 킬로미터를 여행한 사람이 있습니다. 12만 킬로미터, 지금 생각하면 그리 긴 거리는 아니지만 14세기, 그러니까 오로지 도보와 몇몇 짐승들의 도움을 간헐적으로 받을 수밖에 없었던 시절을 생각하면 실로 엄청난 거리입니다. 그 주인공은 바로 이븐바투타입니다. 이븐바투타의 『여행기』는 1325년 7월 메카와 메디나 성지순례를 시작으로 인도와 중앙아시아, 아프리카, 동남아시아, 중국 등 대륙과 대륙을 넘나든, 그리하여 1354년 고향 모로코로 다시 돌아와 쓴 장대한 여정의 기록입니다.

이븐바투타는 여정을 기록함에 있어 철저한 사람이었습니다. 그의 기록을 더듬다 보면 중세의 종교, 정치, 사회, 문화 등을 일별할 수 있습니다. 음식과 접대 문화, 성(性), 종교적 기적 체험, 의복 등의 일상이 조목조목 기록되어 있기 때문입니다. 물론 이븐바투타의 『여행기』도 앞뒤가 맞지 않는 여행 일정, 도저히 실현 불가능한 여행 경로, 표절 의혹 등으로 지금도 논란이 많습니다. 진위 여부를 떠나 우리가 놓치지 말아야 할 것은 여행이 주는 참된 의미, 즉 새로운 세상에 대한 동경과 그것을 세밀하게 기록한 치열한 기록 정신입니다.

사실 이븐바투타의 『여행기』보다 제가 더 좋아 하는 책은 『책략가의 여행』입니다. 1480년대 후반에 태어나 외교관으로 활동했던 알하산 알와잔(Al-Hasan Al-Wazzan)은 1518년 카이로에서 근거지인 모로코의 파스로 돌아가는 도중 지중해 상에서 에스파냐의 기독교 해적에게 붙잡히고 맙니다. 대략 10년 동안 자신이 살았던 세계와는 다른 이질적 환경에서 살아야 했지만, 그는 숱한 여정을 통해 굵직한 족적을 남기게 됩니다. 당시 교황 레오 10세(Leo X)에게 바쳐진 알와잔은 『성서』 중 일부인 「바울서신」을 아랍어로 번역하는 등 다양한 학문 활동을 벌이게 되고, 이슬람 신앙에 관한 유럽인들의 시각 형성에 큰 공헌을 합니다.

『책략가의 여행』의 저자인 내털리 제먼 데이비스(Natalie Zemon Davis) 전 프린스턴 대학교 교수는 기독교와 이슬람 사이에서 "침묵과 모순, 미스터리"라는 고도의 문화적 생존 전략을 추구하며 두 세력 모두에게 긍정적 영향을 준 알와잔을 "책략가"로 규정합니다. 종교적 신념을 금과옥조처럼 지키는 것도 남다른 선택이지만, 비록 생존을 위한 방편이었으나, 적대적인 관계인 두 종교의 공존을 위해 애쓴 것도 탁월한 선택인 것입니다. 이븐바투타의 『여행기』와 알하산 알와잔이 주인공인 『책략가의 여행』을 읽다 보면, 우리가 몰랐던 이슬람에 대한 충분한 역사적 이해와 오늘의 시사점을 보너스로 얻을 수 있는 이점도 있습니다.

조선 변혁의 시작점 『열하일기』

지금은 비행기로 몇 시간이면 충분한 중국을 여행하기 위해 과거 사람들은 몇 달 혹은 몇 년을 소요하곤 했습니다. 하지만 그 몇 달, 몇 년의 경험이 우리에게는 더할 수 없이 귀한 여행기로 남아 있으니 얼마나 다행인지요. 바로 연암 박지원의 『열하일기』를 이르는 말입니다. 1780년, 40대 중반의 나이를 통과하고 있었지만 연암은 부도 명예도 없는 일개 서생이라 해도 틀린 말은 아니었습니다.

바로 그때 넓디넓은 중원을 여행할 기회가 찾아왔습니다. 삼종형 박명원이 청나라 건륭제(乾隆帝)의 70세 생일을 축하하는 만수절 사절단으로 가게 되었는데 자제군관, 즉 개인 수행원 자격으로 동행하게 된 것입니다. 당대의 사회질서와 지배계급이 가진 편견과 아집으로부터 자유로웠던 연암은 『열하일기』를 통해 사회의 변화와 그 지향점을, 알듯 모를 듯한 반어와 유머를 통해 형상화했습니다.

장장 6개월, 중원의 여정을 담은 『열하일기』는 패관소품, 즉 명말청초에 유행했던, 표현과 형식이 자유로운 문장으로 쓰였습니다. 조선의 지배 이데올로기인 성리학의 대척점에 서 있었던 양명학자나 고증학자들이 주로 사용했던 패관소품류가 박지원 등 선구적 실학자들에 의해 조선에서도 유행하게 되자 정조(正祖)는 문체반정을 일으킵니다. 성리학적 사고에 반기를 든 패관소품을 혹세무민하는 불온한 사조로 여긴 까닭입니다.

개혁 군주인 정조가 문체반정을 일으켰다? 의아해하실 분들도 있을 테지만, 아무리 개혁 군주라 해도 정조 역시 체제를 수호해야 하는 왕이었고, 패관소품류는 조선의 지배 사상인 성리학의 전통에 반하는 사조였던 것입니다. 정조의 통치 철학과 당시 시대상을 자세하게 알고 싶다면 『열하일기』와 더불어 『정조와 불량선비 강이천』을 함께 읽으시길 권해 드립니다.

괴테와 빌 브라이슨의 한판 승부?

여행에 관한 책 중 제가 마음을 빼앗긴 또 하나의 책은 요한 볼프강 폰 괴테의 『이탈리아 기행』입니다. 1774년 비극적인 소설 『젊은 베르테르의 슬픔』으로 괴테는 큰 성공을 거두었지만 자아 성찰과 예술적 탐구에 목이 말라 있었습니다. 괴테는 그 돌파구로 이탈리아 여행을 떠나 온갖 의무와 사랑의 고통을 잊고 안식을 찾고자 했습니다. 마침 18세기 유럽에서는 여행이 붐을 이루었고, 괴테는 어려서부터 이탈리아를 동경했습니다.

괴테는 1786년 9월부터 1788년 6월까지 자연과 인간 사회, 예술을 기본 테마로 이탈리아를 여행하며, 그만의 독특한 사상과 철학을 완성하게 됩니다. 이 시기에 괴테는 1810년 무렵 펴낸 『색채론』의 기본적인 구상을 하는데, 이 『색채론』을 통해 근대 과학의 결정론적·기계론적 사고에서 벗어나 독창적인 자연과학론을 주장하게 됩니다. 근대를 살며 근대를 넘어서는 생각을 했던 괴테의 주장은 이후 150년 넘게 논란의 중심에 서 있었습니다. 그런 점에서 『이탈리아 기행』은, 비록 괴테의 이탈리아에서의 2년여 행적을 담고 있지만 괴테의 온전한 사유의 산물이자 영혼의 자서전이라고 해도 손색이 없는 작품입니다.

괴테의 『이탈리아 기행』을 읽다가 문득 생각난 책은 생뚱맞게도 빌 브라이슨(Bill Bryson)의 『나를 부르는 숲』입니다. 1년 10개월의 이탈리아 여행으로 괴테는 위대한 예술혼과 창조적인 자연관을 터득했다면, 빌 브라이슨은 3,360킬로미터에 이르는 애팔래치아 산길에서 우정과 대자연의 일치를 경험합니다. 대문호 괴테와 재기 발랄한 작가 빌 브라이슨을 연결하는 것 자체가 모순이라고요? 감히 오독도 책 읽기의 즐거움 가운데 하나라는 말로 항변을 대신해봅니다. 오늘을 사는 우리에게 괴테의 『이탈리아 기행』 못지않게 빌 브라이슨의 『나를 부르는 숲』이 주는 감동이 커 보이는 것은 저만의 생각일까요.

덧붙여, 이 땅을 여행하며 예술적 감동을 더불어 만나길

원하는 독자라면 기필코 『나의 문화유산답사기』를 읽어보시기 바랍니다. 최근 서점가에 문화유산 답사를 위한 지침서들이 나오고 있지만, 문화유산 답사기의 효시이면서, 여전히 그만한 책이 나오지 않고 있다는 점에서 『나의 문화유산답사기』는 필독의 가치가 있습니다.

두 남자의 여행기를 소개했으니 이제 두 여자의 여행기도 소개할 차례군요. 먼저 소개해드릴 책은 미국 작가 셰릴 스트레이드(Cheryl Strayed)의 『와일드』입니다. 4,285킬로미터에 이르는 퍼시픽 크레스트 트레일(PCT)을 소개한 한 권의 책에서 셰릴은 삶을 일으켜 세울 새로운 빛을 발견했습니다. 셰릴은 망설이지 않고 그곳을 걷기 시작합니다. 걷기 전 셰릴의 삶은 길고 긴 고통의 시간이었습니다. 어려서부터 아버지의 학대가 있었고, 그럼에도 버틸 수 있는 유일한 이유였던 엄마가 갑작스럽게 세상을 떠난 후 이내 남은 가족들은 흩어지고 행복해야 할 결혼 생활도 파탄으로 이어졌습니다. 스물여섯 셰릴의 삶은 그야말로 만신창이였습니다.

실은 퍼시픽 크레스트 트레일도 유쾌한 길은 아니었습니다. 배낭 여행자라면 누구라도 걷고 싶어 하는 꿈의 코스지만, 말처럼 쉽게 걸을 수 있는 곳은 아니기 때문이죠. 퍼시픽 크레스트 트레일은 멕시코 국경에서 캐나다 국경 너머에 이르는, 9개의 산맥과 사막과 황무지로 이어지고 때론 인디언 부족의 땅을 걷는, 거기다가 길의 폭이 채 60센티미터도 되지 않는 협소한 길입니다. 난폭한 사슴 혹은 방울뱀과 맞닥뜨리기도 하는 예측불허의 길이기도 하죠.

그래도 셰릴은 망설임 없이 앞으로만 나아갔습니다. 혼자, 오래 걸어본 사람은 알죠. 험난한 길, 갈증, 굶주림 따위는 그렇게 큰 어려움이 아니라는 사실을. 오히려 그 온갖 시련을 홀로 맞서야만 한다는 외로움과 두려움이 더 큰 절망이라는 사실을. 하지만 그 길을 걷고 나면, 삶은 새로운 차원으로 들어가 있다는 사실도 걸어본 사람만이 압니다. 셰릴도 그 길 끝에서 새로운 인생과 조우합니다.

다시 배낭을 메며 내가 선택할 수 있는 길을 곰곰이 생각해 보았다. 방법이 하나뿐이라는 건 이미 잘 알고 있었다. 사실 언제나 그랬다. 그냥 계속해서 길을 걷는 것뿐.

예측불허 인생에서 우리가 선택할 수 있는 길은 "그냥 계속해서 길을 걷는 것뿐" 별다른 방도가 있을까요. 셰릴은 퍼시픽 크레스트 트레일을 철저히 혼자 걸으며 인생을 살아가는 방법을 하나씩 터득해갑니다. 발톱이 하나씩 빠져나갈 때마다, 셰릴의 인생은 한층 더 성숙해가고 있었던 것입니다.

두 번째 주인공은 예순일곱 할머니입니다. "어디 좀 다녀올게"라는 인사만을 남기고 할머니는 먼 여행길, 아니 고행길에 올랐습니다. 손에 든 건 자루 하나와 200달러가 고작이었지만, 할머니는 무려 3,300킬로미터나 되는 애팔래치아 트레일을 146일 동안 완주했습니다. 할머니의 이름은 엠마 게이트우드(Emma Gatewood). 요즘처럼 갖가지 기능성 신발과 옷들로 치장하고 나선 길도 아닙니다. 때는 1955년 5월이었고, 할머니는 열한 명의 자녀와 스물세 명의 손자 손녀를 둔, 손자들을 보살피며 평온히 세상 떠날 날만을 기다리던 늙은 여성일 뿐이었죠.

엠마가 애팔래치아 트레일 완주에 나선 것은 언젠가 병원 대기실에서 본 《내셔널 지오그래픽》 때문이지만, 엠마에게는 혼자만의 시간을 가져야 할 절실한 이유가 있었습니다. 남편은 지역사회에서 신망이 두터웠지만, 집에서는 특히 엠마에게는 하루가 멀다 하고 폭력을 행사하는 폭군이었습니다. 남편의 폭력을 피해 그녀가 달려간 곳은 숲. 숲에서 엠마는 위안을 얻었고, 애팔래치아 트레일을 꿈꾸게 되었습니다. 물론 애팔래치아 트레일은 예순일곱 노인에게 호락호락하지만은 않았습니다.

일단 먹고 자는 일이 만만치 않았습니다. 시작 지점에서는 누군가의 호의로 식사 대접도 받았고, 교회에서 잠자리를 해결했습니다. 길이 깊어질수록 산세와 나무, 꽃들은 아름다웠지만 갖가지 산짐승, 들짐승들이 안전을 위협했죠. 위험천만한 방울뱀은 수시로 출몰했고, 8월에 불어닥친 몇몇 태풍이 앞길을 막아서기도 했습니다. 가장 큰 문제는 발길에 차이는 수많은 돌들이었습니다. 그래도 걸었고, 웅덩이를 만나면 옷을 빨았습니다. 졸다가 깨기를 반복하면서 또 걸었습니다.

애팔래치아 트레일을 걷는 것이 고독의 연속만은 아니었습니다. 보이스카우트 아이들이 동행하기도 했고, 더불어 순례자가 되어준 수많은 사람들이 살가운 인사를 나누며 지나갔습니다. 의도치 않게 유명 인사가 되기도 했습니다. 막 창간된 《스포츠 일러스트레이티드》의 기자 메리 스노(Mary Snow)는 애팔래치아 트레일을 걷는 괴짜 할머니의 이야기가 좋은 기삿거리라고 판단해 여러 날 인터뷰해서 기사를 냈습니다. 지역 신문들도 관심을 보이며, 동네 지나가기를 기다려 인터뷰했습니다.

146일 만에 애팔래치아 트레일을 완주한 최초의 여성인 엠마에게 사람들은 '숲 속의 여왕'이라는 별명을 붙여주었고, 엠마는 1957년에 또 한 번 애팔래치아 트레일을 완주했습니다. 도전은 거기서 끝나지 않았죠. 펜실베이니아의 베이커 트레일을 80일 동안 걸었고, 1958년에는 일흔의 나이로 애디론 덱산맥의 여섯 개 봉우리에 올랐습니다. 엠마는 젊은 친척이나 친구에게 동행을 청하기도 했는데, 그만큼 산길에서도 정갈한 삶을 유지했습니다. 자동차 문화가 불 일 듯 일어나던 그 당시, 엠마는 걷기 전도사를 자처했습니다. 심지어 걷기의 즐거움을 알리기 위해 「자연의 선물」이라는 시를 직접 짓기도 했습니다.

왜 그토록 걷느냐는 숱한 질문에 엠마는 "왜냐하면, 그렇게 하고 싶었으니까요"라고 담담하게 말합니다. 이 짧은 한마디야말로 질고의 세월을 견뎌내고, 영혼의 자유를 얻은 사람만이 할 수 있는 고백 아닐까요. 모든 것에 지쳐 포기하고 싶을 때 엠마의 한마디가 우리를 일으켜 세워줄 것 같습니다. "내가 할 수 있다고 했지, 거봐, 이렇게 해냈어!"

세상 모든 책, 미지의 세계를 안내하다

인생이 이상을 찾아가는 끝없는 여행임을 보여주는 문학 작품을 한 권만 선택하라면 프리츠 오르트만(Fritz Ohrtmann)의 『곰스크로 가는 기차』만큼 제격인 책이 없습니다. 어려서부터 아버지로부터 들었던 "멀고도 멋진 도시" 곰스크에 대한 환상 때문에 주인공 남자의 평생 목표는 곰스크입니다. 결혼한 아내는 그래야만 하는 줄 알고 곰스크행 기차에 함께 몸을 실었지만, 우여곡절 끝에 머물게 된 한 마을에서 두 사람은 정착할 수밖에 없었습니다. 물론 남자는 순순히 곰스크로 가는 것을 포기하지 않습니다. 온갖 일을 다 해가며 돈을 모았고, 기차가 올 기미가 보일 때마다 아내를 다그쳐 기차역으로 내달리죠. 하지만 번번이 기차에 탈 수 없었고, 그

때마다 아내는 크고 작은 살림살이를 장만하며 마을에 정착할 준비를 서둘렀습니다. 『곰스크로 가는 기차』는 말과 글만으로는 설명할 길이 없습니다. 꼭 읽어보시라는 말밖에는 더 드릴 말씀이 없는 작품입니다.

독일 작가 프리츠 오르트만의 단편 「곰스크로 가는 기차」는 남자와 여자의 차이를 극명하게 드러냅니다. 그렇다고 남자는 인생의 진정한 목적지를 찾아 끝없이 돌진하고, 여자는 지금 여기에 안주하려 한다고 섣불리 예단하지는 않는 것이 좋습니다. 곰스크로 가고자 하는 남자의 열망은 인간 누구나의 것이며, 마을에 정착해 오롯한 삶을 살고자 하는 여자의 바람도 인간 누구나의 것이기 때문이죠. 궁극의 목적에 지나치게 집착하면 삶은 현실과 유리될 수밖에 없습니다. 그곳에는 행복이 발붙일 자리가 없죠. 부부에게 새로운 삶의 길을 열어준 연로한 선생님이 남자에게 말합니다. "당신은 이미 당신이 원하는 삶을 살았다." 우리가 진정 찾고 있는 곰스크는 어디에 있을까요. 지금, 여기에, 우리가 두 발 딛고 사는 곳은 아닐까요. 짧은 소설이지만 「곰스크로 가는 기차」가 전해주는 울림은 길기만 합니다.

거저 왔다 거저 가는 순례이자 나그네 인생이 우리네 삶입니다. 우리의 일상이 여행이고, 그 여행은 우리를 날마다 성숙하게 만들어줄 것입니다. 그 곁에 한 권의 책이 있다면 얼마나 아름다운 여행일까요. 여행과 관련된 고전은 무궁무진

합니다. 세상 모든 책은 미지의 세계를 안내하는 여행 안내
서이기 때문입니다.

5장.

모험

함께 떠나는
불가능을 향한 도전

초등학교와 중학교 시절 '원식'이라는 이름의 친구가 있었습니다. 절친이었죠. 집도 가까웠지만 무엇보다 마음이 잘 맞아서 우리는 날마다 붙어 다녔습니다. 어떤 이들은 생긴 것도 비슷하다고 말했습니다. 그런 그와 제가 가장 많이 간 곳은 서울 변두리의 봉화산이었습니다. 서울서 나고 자란 저에게 고향에 대한 상념이나 추억이 있을 리 만무하건만 서울 변두리의 작은 산, 원래는 구릉이었다는 봉화산은 제게 고향의 넉넉한 품과도 같았습니다. 어린 시절 오르내리던 봉화산은 크고 높았습니다. 원식이를 비롯한 동네 친구들과 하루 종일 헤매고 다녀도 그 끝이 어디인지 가늠할 수 없을 정도였죠.

봉화산은 저와 제 친구들에게 보물섬이었고, 80일간 세계 일주를 떠나는 것처럼 흥미진진한 모험의 공간이었습니다. 봄에는 만발한 꽃들을 보며 산줄기를 뛰었고, 여름에는 더위를 피해 울창한 숲 속에서 한낮의 여유를 즐겼습니다. 가을에는 이름도 모르는 열매들을 따 먹느라 정신이 없었고, 겨울에는 비료 부대를 깔고 썰매를 지쳤습니다. 동네 코흘리개들은 사시사철 방공호를 아지트 삼아 산속에서 전쟁놀이를 즐겼고, 졸졸 흐르는 작은 개울가에서 가재와 개구리를 잡기도 했습니다.

몇 년 전 봉화산에 다시 올랐습니다. 아내가 두 아들을 데리고 외출한 사이, 누가 잡아끈 것도 아닌데 저도 모르게 발걸음이 그곳으로 향했다고나 할까요. 중학교를 졸업하고 한 번도 오른 적이 없으니 근 30년 만의 일이었습니다. 어릴 적에는 크고 높은 산이었는데 웬걸요. 정상까지는 20분이 채 걸리지 않았습니다. 거의 직선으로 뻗은 길에서, 흙길도 아닌 나무토막으로 계단을 만들어놓은 정상으로 뻗은 길에서, 사람들은 그저 묵묵히 걷기만 할 뿐이었습니다. 어릴 적 하루 종일 헤매고 다녀도 그 둘레를 모두 알 수 없었던 봉화산은, 이제 거기 없었습니다. 울창함을 자랑하던 숲과 이리저리 샛길로 이어졌던 추억의 길도 사라졌습니다. 그저 건강을 위해 산을 오르내리는, 멋진 등산복을 차려입은, 그도 아니면 막걸리 한잔의 여유로움을 즐기려는 어르신들의 쉼터일 뿐이었습니다. 동네 여럿을 품고 있었던 산은 이제 아파트 숲에 둘러싸여 그 꼭대기를 밑에서 볼 수도 없을 지경이더군요.

그렇게 저는, 고향을 대신했던 마음의 자락 하나를 잃어버렸습니다. 봉화산이 제 모습을 잃어버리고, 저의 어린 시절 기억은 이젠 빛바랜 사진으로도 남지 않았습니다. 넉넉한 품으로 어린 시절을 품어주었던 작은 고향이, 아니 어린 제게 꿈과 모험의 세계가 어떤 것인지 존재 자체로 알려주었던 이상향이 이제 저 멀리 사라지고 말았습니다. 그 시절 함께 봉화산을 주름잡던 원식이와 친구들은 지금 어디서 무얼 하고 있을까요. 여전히 모험의 세계를 동경하고 있을까요.

모험의 첫 자리, 쥘 베른

기껏 갈 수 있는 곳이 봉화산이었지만, 모험을 동경하던 저를 자극한 책들은 여전히 곁에 남아 있어 다행입니다. 그 첫 번째 자리는 쥘 베른(Jules Verne)의 작품들에게 주어야 할 것 같습니다. 초등학교 시절, 작가가 쥘 베른인지도 모르고 읽었던 두 권의 책 『15소년 표류기』와 『80일간의 세계 일주』는 모험심 가득한 한 소년의 이상향과도 같았습니다. 어쩌면 서울 변두리 봉화산은 저에게는 열다섯 명의 소년이 헤맨 바다였고, 필리어스 포그가 80일간 일주한 세계였는지도 모릅니다. 사실 『80일간의 세계 일주』의 주인공 필리어스 포그는 모험심이라고는, 요즘 유행하는 말로 '1'도 없는 사람이었습니다. 오히려 정해진 일과를 반복하며 한 치의 흐트러짐도 없이 살던 사람이었죠. 필리어스 포그는 정해진 시간에 일어났고, 클럽에 나가 점심밥을 먹고 신문을 읽었습니다. 그 자리에서 다시 저녁을 먹고 12시까지 카드놀이를 하고는 집으로 돌아오는, 재미도 없고 모험심이라고는 전혀 찾아볼 수 없는 사람이었습니다.

그런 필리어스 포그가 새로운 하인 파스파르투와 함께 모험의 세계, 즉 80일간의 세계 여행에 나섭니다. '인도 전 구간을 가로지르는 철도가 개통되면서 80일이면 세계 여행이 가능하다'는 기사를 읽은 그는 클럽 사람들과 내기를 하고 맙니다. 그것도 전 재산의 절반인 2만 파운드를 걸고 말입니다. 그 2만 파운드는 세계 일주 자금이 됩니다. 모험심이 지나쳐도 과하게 지나친 것은 아닐는지요. 그런데 가만 생각해보면, 세계 일주에 나선 것은 모험심 때문이 아니라 자로 잰듯한 자신의 정확성을 믿었기 때문입니다. 필리어스 포그는 자신이 사용하게 될 모든 교통수단과 도착 시간을 기록했고, 그중 가장 짧은 시간을 이미 염두에 두고 있었던 것이죠. 사건 사고에 난관도 많았지만 어쨌든 필리어스 포그는 여행에 성공하고, 인도에서 만난 여인 아우다와의 사랑도 확인합니다. 끝마무리가 이렇게 싱거울 리는 없겠죠. 책으로 직접 확인해보시기 바랍니다.

쥘 베른의 또 다른 작품 『15소년 표류기』의 원제는 '2년간의 휴가(Deux ans de vacances)'입니다. 제목만으로도 아시겠지요. 15명의 소년이 2년 동안 모진 고생 끝에 돌아온다는 이야기입니다. 여름방학을 맞아 15명의 소년은 부모님과 함께 항해에 나서기로 하고, 하루 먼저 소년들만 배에서 잠을 청합니다. 하지만 무리 가운데 장난이 유독 심한 한 소년이 배와 항구를 연결한 밧줄을 풀어버리고, 배는 이내 이름도 알 수 없는 바다로 표류하고 맙니다. 2주 만에 간신히 무인도에 다다른 소년들은 때론 싸우며 때론 협력하며 모진 2년여의 시간을 버텨냅니다. 마침내는 무인도에 다다른 악당들을 물리치고 그들의 배를 이용해 그리운 고향으로 돌아오지요.

『15소년 표류기』는 여러 모로 어릴 적 함께 뛰놀았던 친구들을 생각나게 합니다. 봉화산은 우리에게 무인도와도 같은 곳이었습니다. 산지사방으로 헤매면서 생존을 위한(?) 먹을거리를 찾았고, 우리의 아지트로 쳐들어오는 악당들과도 (혹은 어른들과도) 맞서야 했습니다. 저와 친구들은 그렇게 봉화산을 지키며 놀았습니다. 모험심 하나만으로도 커다란 삶의 자양분을 쌓았는데, 요즘 친구들은 무엇으로 친구를 사귀고, 무엇을 삶의 자양분으로 삼는지 궁금합니다.

『80일간의 세계 일주』와 『15소년 표류기』도 재미있지만, 사실 쥘 베른의 최고 명작은 『해저 2만 리』입니다. 해저 세계를 탐험하는 잠수함 노틸러스호를 타고 네모 선장과 아로낙스 박사 일행이 펼치는 모험담인 『해저 2만 리』는 SF소설의 선구적 작품입니다. 과학적 사실을 바탕으로 작품의 완성도를 높이면서도 과학 발전에 따르는 부작용, 즉 환경 파괴와 인간성 상실 등을 함께 이야기하는 흔치 않은 작품이기도 하죠. 『해저 2만 리』가 첫선을 보인 1869년에는 잠수함이라는 존재 자체가 보통 사람들에게는 생소했습니다. 당시 군사적 목적으로 여러 나라가 장거리 잠수함을 만들려고 애썼지만 쉬운 일은 아니었지요.

그때 쥘 베른은 당시까지 밝혀진 과학적 사실을 속속 제시하면서 마치 현실과도 같은 작품 세계를 보여줍니다. 『해저 2만 리』의 수중 세계와 과학적 지식이 현실이라고 믿는 사람들을 쥘 베른의 이름을 따서 '베르니안(vernian)'이라고 부를 정도였습니다. 유럽 사회에 '전기'가 일반화된 것은 19세기 말인데, 쥘 베른은 네모 선장을 앞세워 전기적 장치를 동력으로 사용하는 노틸러스호의 작동법을 유려하게 설명합니다.

이 배에는 강력하고 편리하게 사용할 수 있는, 게다가 온갖 종류의 일에 적합한 원동력이 있습니다. 말하자면 이 배를 지배하는 최고 권력 같은 존재지요. 모든 일은 그것에 의해 이루어지고 있습니다. 그것은 열과 빛을 공급해주는, 내 기계들의 영혼입니다. 그 원동력은 바로 전기입니다.

탁월한 기술자이자 오르간 연주자이며 미술에도 조예가 깊은 네모 선장은 초인적 풍모를 지닌 사람입니다. 그는 노틸러스호를 타고 인도양, 지중해 연안, 멕시코만, 남극까지 탐사합니다. 해저 자원에 대한 인식조차 뚜렷하게 없던 때 해저 탄광 이야기를 하는가 하면 다양한 해양 생물들을 실감나게 보여줍니다. 그런 네모 선장이 북극해에서 소용돌이에 휘말려 자취를 감추고 맙니다. 그래서 혹자는 네모 선장을 고대 신화나 서사시의 주인공에 비유하기도 합니다. 사라진 네모 선장의 진면목을, 또한 진정한 모험의 세계를 알고 싶은 독자라면 쥘 베른의 또 다른 책 『신비의 섬』을 마땅히 읽어보셔야 합니다.

이카로스, 체 게바라와 함께하는 모험

『그리스 신화』에서 제가 가장 사랑하는 캐릭터는 이카로스(Icaros)입니다. 이카로스의 아버지 다이달로스(Daedalos)는 아테네 출신이었지만 살인과 몇몇 눈치 없는 행동 때문에 미노스(Minos)의 미움을 사 크레타섬에서 귀양 생활을 하던 중이었습니다. 오랜 귀양 생활에 지친 다이달로스는 하늘길만은 열려 있을 것으로 확신하고 새의 깃털을 모아 실로 엮고 밑동은 밀랍으로 땜질을 했습니다. 흡사 진짜 새의 날개처럼 보이는 날개를 입고 연습도 충실하게 했던 다이달로스는 아들 이카로스에게 충고도 잊지 않았습니다.

> 이카로스야, 내 말 명심해. 하늘과 땅 사이의 중간 길을 잡아야 해. 너무 높이 날면, 해님이 너를 태워버릴 거야. 너무 낮게 날면, 물기 때문에 너무 무거워질 테고. 그러니까 중간쯤을 비행하란 말이야.

하지만 젊은 이카로스에게 난생 처음 맞본 하늘길은 그야말로 별천지나 다름없었습니다. 모험심이 충만해진 이카로스는 하늘을 향해 솟구쳤고, 이내 태양의 강렬한 빛과 열에 의해 밀랍이 녹아내려 바다로 떨어지고 말았습니다. 잠깐 이런 생각을 해보았습니다. 이카로스는 단지 처음 맞본 자유를 만끽하기 위해서 하늘 위로 날아올랐을까요. 아버지 다이달로스가 누누이 경계를 했는데도 말이죠. 오히려 이카로스의 태양을 향한 날갯짓은 예정되어 있었던 것은 아닐까요. 젊음이란 모름지기 불가능을 향한 도전이자 불가능을 알면서도 응전하는 것입니다. 젊음이라는 말에서 모험과 도전 같은 말을 빼면 무엇이 남을까요. 아무런 말도 남지 않는 것은 아닐까요.

하늘을 향한 끝없는 동경이 이카로스의 실체이자 존재 양식이라면, 이 사람의 실체와 존재 양식은 오로지 '사람'에게 향해 있었습니다. 이제는 문화 아이콘으로 더 각광받는 혁명가 '체 게바라(Ché Guevara)' 이야기입니다. 『체 게바라 평전』은 국내 출판계에 평전 장르를 개척할 정도로 인기가 높았던 책인데, 저는 오히려 그의 좌충우돌하는 젊은 시절이 담긴 『모터사이클 다이어리』에 더 애정이 갑니다.

'에르네스토 게바라 데 라 세르나(Ernesto Guevara de la Serna)'라는 23세의 젊은 청년이 친구와 함께 라틴아메리카 여행에 나섰습니다. 그는 의대에 다니는 전도유망한 청년이었고 시를 사랑하는 순수한 청년이었습니다. 하지만 20세기 중반 남미는 미래를 꿈꿀 수 없는 공간이었죠. 더 큰 세상을 보고 싶었던 그는 '포데로사 II'를 타고 칠레와 페루, 콜롬비아, 베네수엘라 등으로 여행길을 이어갑니다. 우여곡절 많은 모험길에서 에르네스토 게바라 데 라 세르나가 발견한 것은 민중의 처참한 생활상이었습니다. 자유를 찾아 떠난 여행에서 그는 평생 자신의 삶을 걸어야 할 사명을 찾았습니다. 바로 '혁명'입니다. 『모터사이클 다이어리』는 젊은 시절의 좌충우돌을 그리고 있지만 실상은 혁명가 체 게바라의 탄생을 알리는 작품입니다. 오래전 영화로도 개봉된 적이 있으니 한번 찾아보시는 것도 좋을 듯합니다.

사람에게 온통 관심이 쏠려 있던 것은 체 게바라만이 아닙니다. 1726년 출간된 『걸리버 여행기』를 쓴 조너선 스위프트(Jonathan Swift) 역시 오로지 사람에게만 관심이 있는 작가입니다. 조너선 스위프트는 작가적 상상력을 총동원해 모험의 세계를 탐험하면서도 그 안에 살고 있는 사람들에게 애정을 줍니다. 보통 대인국과 소인국만 알고 있지만 『걸리버 여행기』에는 독특한 두 개의 나라가 더 등장합니다. 라퓨타와 휴이넘으로 가보죠. 하늘을 나는 섬 라퓨타를 비롯해 발니바르비, 럭낵, 글럽덥드립 등에 사는 주민들은 죽으려고 해도 죽지 못하는 기괴하고 불쌍한 사람들입니다. 대개의 인간은 영생을 꿈꾸지만 인간은 고작 100년을 살 뿐입니다. 만약 인간의 꿈인 영생의 길이 열린다면 어떨까요. 오히려 삶의 허망함에 짓눌릴 것이 분명하고, 한편으로는 죽음이 없는 상황이 주는 불안함에 몸서리칠 게 분명합니다. 덧없는 인간의 욕망을 조너선 스위프트는 풍자적으로 보여준 것입니다.

마지막 모험지 휴이넘은 그런 점에서 눈여겨볼 만한 나라입니다. 그곳 주민들은 말의 모습과 흡사하지만, 모두 높은 지성과 자제력을 갖추었고, 심지어 예의범절마저 탁월합니다. 오히려 그곳에는 '야후'라고 불리는, 인간과 똑같이 생겼으되 온갖 추잡한 일에만 매달리는 동물들 때문에, 주인공 레이엄 걸리버는 인간에 대한 회의감을 품게 됩니다. 오죽하면 모든 여행을 마치고 돌아온 걸리버는 마구간에서 말의 얼굴을 보아야만 마음의 평안을 얻게 되었을까요. 모험은 심장을 뛰게 하는 마력을 지니고 있으며, 걸리버처럼 세상에 대한 새로운 인식을 품게 하는 밑거름이 됩니다. 떠나지 못한다면, 숱한 명작과 고전에서 그 모험심을 충족시켜봐야 하지 않겠습니까.

우주, 외계인을 찾아서

〈그래비티〉, 〈인터스텔라〉, 〈마션〉 등의 영화에서 보듯 인간의 호기심과 모험심이 최대한 발휘되는 공간은 우주입니다. 지구 환경이 황폐해질 대로 황폐해진 때문이기도 하지만 광활한 우주는 알려진 게 거의 없는 만큼 인간의 궁극의 모험심을 자극합니다. 그중 사람들이 가장 관심을 기울이는 것은 바로 외계 생명체입니다. 영화에는 ET처럼 친근한 존재도 등장하고, 에일리언처럼 보기에도 흉측한 존재들도 여럿 있습니다. 그런가 하면 지구 정복에 나선 무시무시한 존재들도 있고, 인간과 화평을 누리고 싶어 하는 존재들도 있죠. 영화는 영화일 뿐, 외계 생명체의 존재 여부는 확실치 않습니다.

여기 외계 생명체의 존재를 긍정하는 두 명의 과학자가 있습니다. 개미 연구의 권위자이자 통섭의 과학자 에드워드 윌슨(Edward Wilson)과 위대한 천문학자 칼 세이건(Carl Sagan)이 그 주인공입니다. 칼 세이건은 "과학과 사랑에 빠졌고, 따라서 사람들에게 과학을 이야기하는 건 세상에서 제일 자연스러운 일"로 여겼던 사람입니다. 평생 하늘을 올려다보면 살았던 칼 세이건은, 조디 포스터(Jodie Foster) 주연의 영화 〈콘택트〉의 원작인 SF소설 『콘택트』를 발표하기도 했습니다. 머나먼 우주의 발전된 문명이 보낸 전파 메시지를 처음 수신하게 된다는 이야기의 『콘택트』에서 화제를 발전시킨 칼 세이건은 외계 생명체에 대한 자신만의 독특한 의견을 개진합니다. 그는 "광활한 우주에 우리만이 존재한다면 엄청난 공간 낭비" 아니겠냐면서 할리우드 영화에서 보듯 "인간을 살짝 비틀어서 우스꽝스러운 인간 캐리커처 같은" 모습은 아닐 거라고 단언합니다.

저마다 조건이 다른 행성에서, 멀게는 여타의 우주에서 인간과 같은 모습으로 존재할 가능성이 희박하다는 것이죠. 그리하여 그는 우주인이 지구에 출몰한다는 주장 자체를 "기본적으로 한심한 소리"라고 일축합니다. 다만 지금은 그들의 신호를 찾아내기 위한 시도가 필요한 시점입니다. 그것만으로도 우주를 향한 인간의 모험심은 충분하다는 것입니다. 마치 영화 〈콘텍트〉의 엘리 애로웨이 박사처럼 말이죠. 칼 세이건의 SF소설 『콘텍트』보다 먼저 읽어봄직한 책은 바로 『코스모스』입니다. 미국에서 1980년 출간된 이래 전 세계 독자에게 사랑받고 있는 『코스모스』는 "가르치려 들지 않고 친근한 태도로 오늘날의 과학 정보를 전달했다"라는 호평을 듣고 있습니다.

외계 생명체에 대한 관심을 환기시킨 또 한 명의 과학자 에드워드 윌슨은 원래 진화생물학자입니다. 그의 책 대부분은 인간 존재에 대한 통찰을 담고 있습니다. 그는 지구 환경의 일원이자 우주의 작은 한 존재로서 좀 더 겸손할 것을 권고합니다. 『인간 존재의 의미』에서 에드워드 윌슨은 미생물과 개미를 비롯한 다양한 생물 종은 물론 외계 생명체까지 언급합니다. 윌슨은 "허약한 작은 행성"인 지구에 사는 우리가 외계인의 정복 전쟁을 두려워할 필요는 없다고 강조합니다. "행성계 사이를 여행할 능력을 발전시켰다면, 행성의 파괴를 피할 능력도 계발"했을 것이 분명하기 때문입니다. 알 수 없는 존재에 대한 막연한 두려움을 갖기보다 혹시 존재한다면 참다운 진리를 추구하는 생명체일 거라는 긍정을 갖자는 의미일 것입니다. 타고난 낙천주의자여서 가능한 설명이기도 하지만, 과학이 진보하는 만큼 그 합리성도 증가할 것이라는 믿음 때문이기도 합니다. 이것이 궁극의 진리 혹은 모험을 열망하는 인간의 바른 자세가 아닐까요.

『인간 존재의 의미』의 전작이라 할 수 있는 『우리는 지금도 야생을 산다』도 함께 읽을 만한 책입니다.

모험 그리고 함께

누가 이런 기준을 정하는지 알 수 없지만, 영어로 쓰인 3대 비극은 에밀리 브론테(Emily Bronte)의 『폭풍의 언덕』과 셰익스피어의 『리어 왕』 그리고 허먼 멜빌(Herman Melville)의 『모비딕』입니다. 희고 거대한 향유고래 모비딕은 일본 앞바다에서 에이해브 선장의 한쪽 다리를 물어뜯은 사나운 고래입니다. 그 모비딕을 찾아 40년 가까이 바다를 떠도는 에이해브는 복수의 화신이자 모험심으로 충만한 사람입니다. 작품의 구조는 무척이나 단순합니다. 에이해브와 피쿼드호 선원들의 처절한 결투와 종말, 그것이 전부입니다.

하지만 모험 가득한 내용만으로 생각하고 『모비딕』을 집어들었다면 적잖이 당황하셨을 겁니다. 『모비딕』에는 고래의 생태와 활동이 정밀하게 묘사되어 있을 뿐 아니라 당시 포경 방법과 포획한 고래를 어떻게 처리했는지까지 상세히 기술되어 있습니다. 누군가의 표현처럼 '고래학 교과서' 같다고나 할까요. 읽기 어려운 또 하나의 이유는 허먼 멜빌이 평생 탐독한 다양한 책들, 이를 테면 『성서』와 존 밀턴(John Milton)의 『실낙원』, 제임스 쿡(James Cook)의 『항해기』 등의 작품이 인용되기 때문입니다. 어떤 연구 자료를 보면 서구 문학 160여 편이 등장한다고 하더군요.

사실 에이해브가 모비딕을 평생 따라다닌 이유는 모험심과 복수심 때문이기도 하지만, 당시 향유고래를 한 마리 포획하면 요즘 흔한 말로 '대박'을 터트리는 일이었기 때문입니다. 유전이 발견되기 전까지 유럽과 미국의 밤을 밝힌 것이 바로 고래기름이었기 때문이죠. 그래서 돈 많은 사람들은 고래를 잡으러 떠나는 배를 후원하는 등, 일종의 도박을 했던 것입니다. 에이해브의 모험이 순수하면서도 순수하지 않은 것은 바로 이런 이유 때문입니다. 그래도 저는 에이해브를 사랑하지 않을 수 없습니다. 자연의 의지 혹은 우주의 힘에 대항하는 인간의 모습처럼 숭고한 가치는 없으니까요.

모험심을 자극하는 작품들이 어찌 이 작품들뿐이겠습니까. 제목부터 '모험'이 들어가는 『톰 소여의 모험』이나 『허클베리 핀의 모험』이 있고, 요즘 청소년들이 좋아하는 『베어 그릴스』 시리즈도 흥미롭습니다. 시내암(施耐庵)의 『수호전』은 108명의 영웅호걸이 펼치는 일대 무용담이고, 손오공을 주인공으로 내세운 『서유기』, 종교적 모험심을 그려낸 존 번연(John Bunyan)의 『천로역정』은 좀 과장하면 온 인류가 읽어야 할 모험 소설입니다.

　잠깐, 이제까지 소개한 모험 관련 고전들의 특징을 혹시 발견하셨습니까. 눈 밝은 독자들은 이미 알고 있으리라 생각됩니다. 그것은 바로 '함께'입니다. 『톰 소여의 모험』, 『허클베리 핀의 모험』 등을 쓴 마크 트웨인(Mark Twain)이 이런 말을 했습니다.

　　슬픔은 혼자서 간직할 수 있다. 그러나 기쁨이 충분한 가치
　　를 얻으려면 기쁨을 누군가와 나누어 가져야 한다.

　이 말을 듣고 있자니 절친 원식이와 서울 변두리 봉화산을 오르내리던 어린 시절이 떠오릅니다. 모험심으로 충만했던 그 시절이 다시 돌아오지는 않겠지만, 여전히 곁에서 불을 밝혀주는 책이 있어 외롭지만은 않습니다.

2부

우리, 더불어 사는 세상

6장.

한국인

한국인,
우리는 누구인가

여러분은 '한국인' 하면 어떤 생각 혹은 이미지가 떠오르시나요. '촛불'이 떠오르는 분도 있을 테고 어떤 분은 '분단'을 생각하기도 하겠죠. 어디 두 가지만 떠오르겠습니까? 사람마다 다를 것이고, 언제 어디서 무엇을 하느냐에 따라 또 달라질 겁니다. 저는 '한국인' 하면 어릴 때 TV에서 보았던 올림픽 금메달리스트의 포효가 떠오릅니다. 제 기억에 선명한 첫 올림픽은 1984년 미국 LA에서 열린 하계 올림픽입니다. 당시 유도 국가대표 하형주 선수가 한국 유도 사상 최초로 올림픽 금메달을 거머쥐었습니다. 우세승 판정이 내려진 뒤, 시상대 위에서 두 팔을 양껏 펼쳐 기쁨을 만끽하는 모습에 눈물이 찔끔 났던 기억이 새롭습니다. 더 인상적이었던 것은 곧바로 이어진 인터뷰입니다. "어무이, 고생 끝났심더." 구수한 사투리는 정겨웠고, 그 안에 담긴 울림은 공명이 컸다고나 할까요. 당시는 몰랐지만 그때 그 장면을 생각하면 나도 어쩔 수 없는 한국인이구나, 하고 생각하게 됩니다.

종교, 한국인의 문화적 문법을 공고히 하다

순대는 자체로 훌륭한 음식이지만 떡볶이와 함께 먹으면 제격이죠. 그런데 그 순대를 먹는 방법이 지역마다 제각각인 것을 아시는지요. 어떤 지방에서는 된장에 찍어 먹고, 또 다른 지방 사람들은 소금장에 찍어 먹습니다. 젊은 세대는 떡볶이 국물을 좋아할 것 같습니다. 순대 모양은 거기서 거기여도, 된장이냐 소금이냐 혹은 떡볶이 국물이냐에 따라 맛은 천차만별일 수밖에 없겠죠. 작은 땅덩어리에서도 이렇듯 식성도 다르고, 말도 다르고, 생김새는 두말할 것도 없이 다릅니다.

모든 것이 다르지만, 이들 모두 한국인이기 때문에 공통적인 생각과 행동 양식을 갖기도 합니다. 이 같은 공통적인 생각과 행동 양식을 사회학자이자 작가인 정수복은 "문화적 문법"이라고 정의합니다. 오래전 출간되었지만 여전히 그 가치가 빛나는『한국인의 문화적 문법』은 총체적이고 장기적인 관점에서 한국인의 감춰진 초상화를 그려낸 수작 중 수작이라고 할 수 있는 책입니다.

"문화적 문법"이란 쉽게 말하면 사회 구성원들의 행위의 밑바닥을 가로지르는 공통의 사고방식입니다. 우리가 말을 할 때 문법을 의식하지 않고 말하듯이, 사회 속에서 어떤 행위를 할 때는 문화적 문법을 의식하지 않고 행위 합니다. 그런 점에서 문화적 문법은 의심할 필요가 없는 "당연의 세계"라고 할 수 있습니다. 흥미로운 것은 이 당연의 세계가 개인의 자유로운 사고와 행위를 구속하는 힘이 되기도 한다는 사실입니다. 개인이 집단의 구속으로부터 벗어나 독자적으로 생각하고 행위 하는 것을 막는 구속력을 가지고 있다는 뜻입니다. 이런 특성 때문에 문화적 문법은 집단 구성원의 일체감을 강화하는 기능을 하면서 동시에 변화를 거부하는 특성을 지니게 됩니다.

정수복은 한국인의 문화적 문법의 구성 요소들을 크게 두 가지로 나누어 설명합니다. 첫 번째는 "근본적 문법"인데 현세적 물질주의, 감정우선주의, 가족주의, 연고주의, 권위주의, 갈등회피주의입니다. 두 번째는 "파생적 문법"으로 감상적 민족주의, 국가중심주의, 속도지상주의, 근거 없는 낙관주의, 수단방법 중심주의, 이중 규범주의 등입니다. 저자는 "근본적 문법과 파생적 문법이라는 각각의 범주 내부의 구성 요소들끼리만 선택적 친화성을 갖는 것이 아니라 범주의 경계를 넘어 12개의 구성 요소들이 서로가 서로를 강화시키는 상화관계를 맺는 경향이 있다"라고 강조합니다. 이들 요소들이 긴장이나 갈등 없이 서로가 서로를 강화시키면서 한국인의 문화적 문법은 공고해지는 것이죠.

주목할 것은 한국인의 문화적 문법이 공고해지는 이유를 "유교적 규범의 확산"에서 찾는다는 점입니다. 저자는 "한국인의 문화적 문법의 원천 또는 기본 출처"가 바로 "유교적 규범"임을 분명히 합니다. 그것이 조선 시대, 일제강점기, 한국전쟁, 유신 체제 등을 거치면서 어떻게 변형되고 왜곡되었는지, 또 강화되었는지를 세밀하게 추적합니다. 그렇다고 유교만이 한국인의 문화적 문법을 형성한 것은 아닙니다. 저자는 종교혼합론의 관점에서 무교(巫敎), 도교, 불교, 유교가 서로 얽히고설키면서 한국인의 문화적 문법을 형성했다고 강조하고 있습니다.

한국인의 문화적 문법을 재구성하는 뇌관

한국인들이 생각하고 행동하는 데 기반이 되는 문화적 문법이 모두 부정적이지만은 않습니다. 다만 오랜 세월 축적되면서 본래의 의도와는 다른 방향으로 전개되거나 왜곡되는 경우가 많았던 것이죠. 이에 저자는 한국인의 오래된 문화적 문법을 해체하고 재구성해야 한다고 주장합니다. 그 뇌관은 '개인주의'에 있다고 확신합니다. 어떠한 소속이나 기원으로도 환원되지 않는 독자성과 존엄성을 지니는 개인을 있는 그대로 인정하는 개인 존중 사상이 없는 한, 나이와 성별, 출신 가문과 출신 지역, 출신 학교와 출신 계급을 기준으로 하는 서열의식과 권위주의는 사라지지 않는다고 판단한 것이죠. 그런 상황에서는 개성을 말살하고 개인차를 묵살하는 획일주의도 없어지지 않습니다. 개인이 존중되지 않는 한, 한국 사회에서 공동체의 논리와 이념 앞에 개인을 줄 세우는 오래된 문법은 계속 통용될 거라고 저자는 일갈합니다. 쉽게 말하자면 "우리가 남이가"라는 말이 앞으로도 계속 득세할 거라는 뜻이죠.

그렇다면 저자는 왜 개인주의에 주목하는 것일까요. 그것
은 앞서 언급한 유교와 불교를 포함한 종교문화적 배경 때문
입니다. 유교의 영향력은 더 언급할 필요도 없으니, 불교에
대한 저자의 표현을 직접 들어보죠.

> 불교에서는 자아를 허망한 것으로 보고 몰아와 망아의 경
> 지를 추구한다. 자신의 에고가 사라진 무아의 상태가 이상
> 적인 상태인 바에야 세상에서 자신만의 고유한 주체적 삶
> 을 주장하는 일이야말로 어리석은 일이 아닐 수 없다. 자기
> 자신을 버리고 타인과 다른 생명체를 위하여 자비심을 베
> 푸는 일을 권장하는 불교적 도덕관에 따르면 개인의 독자성
> 과 권리를 기초로 하는 개인주의는 결코 바람직한 주장이
> 되지 못한다. 불교는 개인의 권리 주장을 초월하여 온갖 인
> 간과 생명체가 하나로 연결되어 있음을 알고 서로 돕고 공
> 생하는 자비의 윤리를 주장한다.

기독교 역시 한국의 문화적 풍토에 적응하면서 본래 가지
고 있던 개인주의적 특성을 상실했습니다. 저자에 따르면, 현
재 한국 기독교는 가족주의의 울타리와 권위주의적 조직 방
식을 크게 벗어나지 못했죠. 교육과 의료 활동을 통해 한국
사회를 근대화시켰지만 개인주의를 얼마나 신장시켰는지는

따져보아야 할 대목입니다. 또한 무교의 구복주의 역시 극복해내지 못하고 있습니다.

개인 주체의 성찰성이 희망이다

사실 한국에서 개인주의는 부정적인 의미와 어감으로 사용됩니다. 그래서 저자는 개인주의를 주장하기에 앞서 개인주의라는 말에 대한 부정적 거부반응부터 바로잡아야 한다고 강조하죠. 저자의 표현을 빌려 이야기하면 "그것은 한국인의 머릿속에 자동적으로 작동하는 반개인주의적 회로 판을 해체시키는 작업의 시작"인 셈입니다. 갈 길은 멀고 험합니다. 집단주의에서 벗어나야 하고, 권위주의를 넘어서야 합니다. 그때에 비로소 개인 주체가 형성되기 때문입니다. 이때야 비로소 자유와 책임 그리고 권리와 의무를 동시에 내면화하는 건강한 개인주의, 즉 자유로운 토론과 여론 형성이 가능한 민주주의가 가능합니다. 바꿔 말하면 민주주의가 없으면 개인주의도 없다는 것입니다.

오늘 한국인의 문화적 문법은 해체하고 재구성해야 하는 절박한 현실에 처해 있습니다. 종교에 뿌리를 내리고 오랜 역사적 과정을 거치며 형성된 한국인의 문화적 문법은, 정부와 기업은 물론 종교 단체와 교육기관, 시민 단체의 행위 양식에까지 속속들이 스며들어 있기 때문이죠. 숱한 난관이 도사리고 있지만 그럼에도 저자는 자주성과 공공성, 독자성과 연대성을 갖춘 개인 주체를 형성하고, 이를 통해 성찰성을 증진한다면 새로운 한국인의 문화적 문법을 작성할 수 있다고 말합니다. 아울러 경제성장 제일주의를 넘어선 새로운 사회운영 모델을 찾아나서야 한다고 강조하죠. 이 같은 로드맵에 따라 현세적 물질주의를 규제하는 초월적 영역을 강화한다면, 그것은 문화적 문법의 변화를 위한 사회운동으로 확대될 수 있을 것입니다.

문화적 문법의 변화는 정치적 민주화나 경제발전보다 훨씬 더 복잡하고 오랜 시간이 걸리는 과제입니다. 문화적 문법은 언제나 거기에 있었던 '당연하고 자명한 것'으로 생각되기 때문에 문제로 제기되고 인식되기 어렵습니다. 결국 저자의 말마따나 "당연의 세계를 낯설게 보면서 변화의 가능성을 모색하는 시도"를 부단히 해야만 합니다. 오늘날 한국 사회에 필요한 것은 헛된 자만심이 아니라 자기분석과 자기비판을 거친 정신적 성숙의 과정입니다. 비판의 칼날을 나와 우리의 외부가 아니라 내부를 향해 벼려야 하는 이유가 여기 있습니다. 나와 한국인의 어제와 오늘, 그리고 내일이 궁금하다면 『한국인의 문화적 문법』을 필독할 일입니다.

소설로 읽어낸 한국인

한 사회의 지형을 파악하는 데 문학 작품만큼 좋은 텍스트가 없습니다. 당대 사회와 그 시절을 온몸으로 받아낸 인간의 삶을 묘사하지 않고서는 문학이 탄생하지 않기 때문이죠. 반면 문학은 한 사회를 이끌 사상과 이념을 배태하기도 하는데, 서울대 정치외교학부 최정운 교수는 『한국인의 발견』에서 사회와 문학이 주고받은 길항을 집요하게 파고듭니다. 전작 『한국인의 탄생』에서 조선 후기 소설은 물론 근대 문학 작품과 작가를 통해 한국 사회의 기원을 추적했던 저자는, 『한국인의 발견』에서도 예의 "한국인, 우리는 누구인가? 어디서 와서 어디로 가는가?"를 천착합니다. 저자가 정치학자로서 문학을 천착하는 이유는 "우리 사회를 이해하는 데 필수불가결한 한국 근현대 사상사의 부재" 때문입니다. 저자는 서두에 "우리에게 사상사 연구를 위한 통상적인 텍스트가 거의 존재하지 않는다면, 그것들을 대체할 다른 지적 창작물을 찾아야 한다"면서 예술 작품, 그중 문학의 가치를 높이 평가합니다.

저자가 선택한 첫 작품은 이태준의 「해방전후: 한 작가의 수기」입니다. 해방 공간에서 "픽션이나 장편소설이 거의 쓰이지 못했"는데, 그나마 이태준의 「해방전후」는 소설가 '현'을 주인공으로 등장시켜 당대 한국인의 표정과 태도를 보여줍니다. 무력감과 고립감에 시달렸던 일제강점기에서 벗어났지만 "조선인들은 마음대로 편안하게 자기 생각을 펴지 못하고, 오히려 일제가 물러가는데도 서로 눈치를 보고 있었다"라고 현은 증언합니다. 사상이 제대로 영글지 못한 시대였고, 신념에 따라 행동하는 것도 자유롭지 못한 시절이었죠. 해방 공간 당시 중요한 작품으로 저자는 채만식의 「논 이야기」를 들고 있습니다. 해방이 되어 제 나라를 되찾았지만, 국가에 대한 의식 자체가 없던 당시 상황을 세밀하게 포착하고 있다는 게 그 이유입니다.

한국전쟁은 한국 사회의 첨예한 논쟁과 갈등을 낳은 중대한 사건입니다. 만개해야 할 사상과 이념은 좌우 이분법으로만 용인되었고, 한국 사회의 진보를 추동할 사상들은 피어보지도 못하고 저버렸습니다. 저자는 손창섭의 「공휴일」에서 한국전쟁의 폐허가 낳은 무력감이 한국인들을 '좀비'로 만들었다고 일갈합니다. "생명력을 잃고 성욕도 사라져버린, 세상과의 친밀함을 잃어버리고 소외된 세상에서 의무감으로 일상을 반복하는" 좀비들은 지금도 우리 사회 대다수를 차지하고 있죠. 그런가 하면 황순원의 「소나기」에서는 "소년과 소녀의 풋사랑을 묘사한 한국 최고의 순수문학 작품"이라는 명제 아래 해석의 여지를 차단한 우리 교육의 아픈 현실을 비판합니다. "소나기라는 일상의 시련도 견디지 못하고 스러져간 죽음"이 허다했던 전쟁 당시의 상황에는 그 누구도 관심

갖지 않았다는 것입니다.

「잉여인간」, 「혈서」 등 손창섭의 1950년대 후반 작품을 통해 저자는 한국인의 부활 의지를 설명합니다. 이 시기에 이르러서야 "시체나 다름없던 인물들이 움직이기 시작하고, 성욕과 생명을 얻기 위해 순례를 하고, 결국에는 생명을 얻어 살아 움직이는 한국인으로 나타난다"라는 것입니다. 이러한 사상적 경향은 1960년대 초 혁명의 불길로 이어집니다. 시작은 이범선의 「오발탄」입니다. 「오발탄」은 사실 한국전쟁 이후 피폐해진 사회, 그 속에서 살아남기 위해 무슨 일이든 해야 했던 한 가족의 굴곡진 사연이 답답함을 자아냅니다. 사실 "좌절과 분노를 표현하고 해소할 길"이 없었던, 그래서 "'위험한 인간'으로, 나아가 '인간 폭탄'"이 될 수밖에 없었던 한국인은 폭발 직전이었습니다. 폭발한 한국인이 만들어낸 것이 바로 미완일망정 혁명입니다.

'역사와 개성의 시대'였던 1960년대, '분열과 연합의 시대'였던 1970년대, '투쟁의 시대'였던 1980년대를 지나 1990년대에 이른 저자는, 1990년대야말로 진정한 의미에서의 "근대로의 진입"이 일어난 시기라고 강조합니다. "서구의 근대성을 흉내 낸 '짝퉁' 근대화를 넘어서 근대성의 근본 문제의식이 내화되어 '근대'라는 시대의 문턱을 넘어 진입"했기 때문이죠. 저자는 하일지의 『경마장 가는 길』, 박일문의 『살아남은 자의 슬픔』, 김소진의 『장석조네 사람들』 등을 통해 정체성을 찾고자 발버둥치는 한국인들의 자화상을 보여줍니다. 걷잡을 수 없이 세속화된 세상 속에서 한국인은 스스로의 정체성을 찾지 못했고, 여전히 그 쳇바퀴는 계속 돌고 있습니다.

저자는 "역사를 겪어오면서 늘 부딪쳐온 첨예한 문제"인 한국인의 정체성이 문학 작품에서 어떻게 발현되었는가를 예의 주시하면서 다음과 같은 문장으로 책을 닫습니다. "우리의 모습을 늘 관찰해야 한다는 문제는 지성의 핵심적 활동이며 …… 늘 변하는 과정에서 각별히 의식 집중을 유지하고 정체성을 지키는 일은 험준한 역사를 더 이상 겪지 않기 위한 필수의 활동인 것이다." 문학 읽기를 통해 시대를 관통한 한국 근현대 사상의 기원을 찾고자 애쓴 저자의 공력이 뚜렷한 책입니다.

한국인의 신화와 외인의 눈에 비친 한국인

한국인의 삶을 그려낸 책 중 사실 제가 가장 사랑하는 책은 김열규의 『한국인의 자서전』입니다. 우리는 신화 하면 보통 그리스와 로마의 신화만을 생각합니다. 『반지의 제왕』의 인기 때문인지 북유럽 신화도 제법 알려지긴 했습니다. 그런데 한국인이면서 우리는 정작 한국의 신화를 거의, 아니 전혀 모르는 경우가 많습니다. 기껏해야 호랑이와 곰이 마늘

스무 쪽과 쑥 한 자루로 백 일을 견디면 사람이 된다는, 하여 우직한 곰만이 아리따운 여인 웅녀로 변해 환웅과 혼인했다는 단군신화 정도만 알고 있는 게 전부입니다. 김열규는 "한국의 자생적 신화가 한국인의 정체성을 밝히는 근원"이라 판단했는데, 『한국인의 자서전』은 우리가 알지 못했던 다양한 신화와 전승을 엮은 책입니다.

그중 제 마음에 큰 울림을 주는 이야기는 어머니와 관련한 '아기빌이'입니다. 아기빌이, 참 생소한 단어지만 우리가 익히 알고 있는 행동이면서 오래전부터 이어온 생활 방식입니다. 지금은 신혼여행을 대개 해외로 나가지만, 불과 30년 전만 해도 제주도가 신혼여행지로 각광을 받았습니다. 제주도에 간 신혼부부들은 대개 돌하르방의 코를 만지고 돌아옵니다. 건강한 아기를 갖고 싶은 마음 때문이죠. 이런 행동을 아기빌이라고 할 수 있습니다.

하지만 그 옛날, 믿고 의지할 것이 마땅치 않았던 시절의 어머니들은 그보다 더 절절한 마음으로 아기빌이를 했습니다. 우리 조상들은, 특히 어머니들은 마을 어귀 등에 있는 거대한 바위에 모가 나지 않은 둥근 돌인 '몽돌'을 시시때때로 비벼댔습니다. 돌을 문질러 댄다고 그 큰 바위에 어떤 변화가 있을까요. 돌을 쪼아서 모양을 바꾸지 않는 한, 한 사람이 돌을 비벼댄다고 해서 그 어떤 변화도 일어나지 않습니다. 돌은 억겁의 시간 동안 일어난 풍화작용으로만 그 모양이 변합니다. 우리네 어머니들은 그 사실을 알고 있으면서도 작은 돌을 큰 돌에 비벼대며 아기를 빌었습니다. 단지 아기를 갖기 위해서였을까요. 아닙니다. 건강하게 출산할 뿐 아니라 제 몫을 하는 한 인격으로 살아가기를, 어머니는 돌을 비벼대며 빌고 또 빌었을 것입니다. 그게 바로 '어머니'라는 이름으로 불리는 한국인의 마음자리입니다.

『한국인의 자서전』이 신화를 통해 한국인의 정서와 삶을 소개하고 있으니, 외인(外人)의 시선으로 바라본 한국인의 모습도 같이 살펴보면 좋을 듯합니다. 현대인의 삶이 아닌 조선 시대 사람들의 모습을 그려낸 책 『미야지마 히로시, 나의 한국사 공부』는 지한파 역사학자인 미야지마 히로시(宮嶋博史)의 눈을 통해 조선 시대 사람들의 이야기를 풀어냅니다. 한국, 한국인에 대한 이야기를 하고 있는데, 왜 갑자기 조선 이야기냐고요? 조선은 오늘 우리 시대와 가장 가까운 시대이자 지금 현재의 삶에 가장 많은 영향을 주었기 때문이죠. 지금 우리 땅의 농경지는 조선 시대에 이미 그 기틀이 마련되었고, 도시의 위치와 규모 등도 조선 시대의 영향력 아래 형성되었습니다. 당연히 조선 시대 사람들의 삶을 살펴보면 오늘 우리 시대의 삶도 조명될 것입니다.

역사에서 배우지 못하는 민족은 망한다 했던가요. 이 말을 들을 때마다 아주 가끔, 우리 민족이 역사에서 자취를 감추지는 않을까 조바심칩니다. 한동안 연예인들의 역사 지식이 수준 이하라는 이야기가 떠돌았습니다. 사실 '도시락 폭탄'을 누가 던졌는지 아는 것은 그리 중요하지 않습니다. '민주화'라는 단어의 뜻을 모른다고 몇 번씩 사과할 일도 아닙니다. 다만 우리 민족이 일제강점기를 극복하기 위해 분투했다는 사실만은 알아야 하고, 불과 30년 전만 해도 도태된 역사가 있었고, 하여 수많은 사람들이 여전히 고통받는 사실만은 또렷하게 인식하고 있어야 합니다. 아쉽게도 도시락 폭탄과 민주화의 의미를 알지 못하는 사람들은 그 본래 뜻도 알지 못합니다. 학생들에게 한국사를 가르치지 않는, 결국 그것이 갖는 의미를 모르는 지금 우리는 역사의 뒤안길로 서서히 사라지고 있는지도 모릅니다.

이런저런 이유로 『미야지마 히로시, 나의 한국사 공부』는 반가우면서도 가슴 한편이 서늘해지는 책입니다. 가슴이 서늘해지는 이유는 저자 미야지마 히로시가 단지 일본인이기 때문만은 아닙니다. 오랜 시간 연구한 동아시아적 관점에서 본 조선 시대 연구가 구구절절 우리 현실을 제대로 짚어내고 있기 때문이죠. 미야지마 히로시는 조선이 주자학을 금과옥조처럼 여긴 것을 단지 형님 나라 중국에 대한 도리가 아닌 "당시로서는 가장 진전된 중국 모델의 수용 과정", 즉 요즘말로 '세계화' 과정으로 봅니다. 주자학은 인간의 본래적인 평등성을 전제로 하면서도 학습에 따라 인간을 차별화하고 사회질서를 잡으려고 했기 때문에 18세기 말까지 "가장 개명된 합리적 사상"이었다는 것이죠. 당연히 주자학적 국가 체제를 확립해가는 과정과 주도 세력인 양반은 다시금 조명되어야 마땅하다는 게 저자의 생각입니다. 우리는 그저 중국의 영향이라고만 해석하는 일을, 일본 역사학자가 나서서 자주적 의식의 발현이라고 옹호해주는 것입니다.

미야지마 히로시의 한국사에 대한 관심은 단지 조선에 머물지 않습니다. 한국의 양반을 형상화하기 위해 중국 사대부와 일본 사무라이를 교차 비교하면서 동아시아 역사를 명징하게 훑어냅니다. 이유는 간단합니다. 역사학계에 만연한 서구 중심적인 역사 인식이 한국과 일본의 대립을 낳았고, 오늘에까지 이어지고 있기 때문이죠. 미야지마 히로시는 머리말에서 다음과 같이 자신의 학문적 과제를 설명합니다.

> 한국과 일본은 어쩌면 서구 중심의 근대주의 영향을 가장 많이 받은 지역일지도 모른다. 그만큼 동아시아 역사에 대한 인식에 있어서 새로운 패러다임을 찾는 일은 인류의 보편적인 과제를 탐구하는 우리의 궁극적인 목표가 아닌가 싶다.

미야지마 히로시가 한국사 연구의 핵심 키워드로 삼은 것은 '소농사회론'입니다. 서구가 대규모 부농 중심의 사회였다면 동아시아에서는 소규모 자급자족 농민들이 밀집해서 살았습니다. 중국은 명나라 때, 한국과 일본은 16세기와 17세기 무렵부터 소농사회로 전환되었습니다. 미야지마 히로시의 소농사회론은 조선 시대를 봉건사회로, 조선 후기를 봉건제 해체기로 파악하는 기존의 역사 인식을 정면으로 반박합니다. 한국의 근대를 19세기 개항에서 찾는 것이 아니라 소농사회가 형성되는 16세기로 밀어 올리고 있기 때문이죠. 독립적으로 보이는 양반과 소농사회론은 이 대목에 이르러 연결됩니다. 조선 후기 양안(量案)과 호적대장을 세세하게 살핀 저자는 평민이 양반과 나란히 토지 소유자로 기록되어 있다는 점에 주목하면서, 조선 시대 양반은 서구에서나 볼 수 있는 토지 귀족이 아님을 역설합니다. 특권적 토지 소유가 없는 것이야말로 양반과 조선 사회, 나아가 한국사를 밝히는 핵심이라는 것이죠.

식민지 근대화론자라는 비판과 그가 주장하는 소농사회론에 대한 반론이 없지 않지만, 미야지마 히로시가 지난 40여 년간 정리한 한국사는 일목요연합니다. 조선 시대 과거시험의 양상과 그것을 기반으로 존재했던 양반과 신분제, 토지 소유와 신분의 분리 등의 내용이 씨줄과 날줄처럼 엮이면서 한국사에 대한 새로운 이해를 돕기 때문이죠. 스스로의 학문적 발자취를 에세이 형식으로 풀어내고 있고 족보와 역사인구학, 황석영의 소설 『심청』 등 흥미로운 주제를 다루고 있어 난해하지 않게 읽을 수 있다는 점 또한 장점입니다. 오늘의 한국인이 어떤 삶의 과정을 거쳐 오늘에 이르렀는지 알수 있어 흥미롭습니다. 한국인은 어디로부터 와서 어디로 가고 있는 것일까요. 명징한 대답을 할 수 있는 사람은 그 누구도 없을 겁니다. 하지만 다양한 책을 통해 오늘 우리 시대 한국인의 좌표는 찾아볼 수 있을 것입니다. 이 책을 읽는 저와 여러분이 바로 한국인의 좌표이니까요.

7장.   민주주의

오늘 '민주주의'를
살고 있습니까

광복 이후, 격동의 세월이 없지 않았지만 한국의 민주주의는 비약적으로 발전하며 오늘에 이르렀습니다. 생명마저 내놓고 독재에 항거했던 선진(先進)들의 헌신이 민주주의 발전의 밑거름이 되었습니다. 그 위를 백가쟁명(百家爭鳴)하며 다양한 민주주의 이론이 피어났고 민주주의 진화를 추동했습니다. 그런가 하면 2016년과 2017년을 잇는 거대한 촛불은 횃불이 되어 한국 민주주의가 견고한 망대 위에 서 있음을 다시 한번 보여주었습니다. '민주주의'라는 말만으로도 가슴 뛰는 일이 된 것이죠.

흥미로운 것은 '민주주의'에 대한 정의와 그것을 수렴하고 실천하는 제도가 하나로만 수렴하지 않는다는 사실입니다. 민주주의는 다양성을 기반으로만 발전하는 이념이자 제도이며 가치이기 때문이죠. 민주주의에 대한 다양한 담론과 논쟁은 그 자체로 제도로서의 민주주의 발전으로 이어졌고, 인간의 인간다운 삶을 가져왔습니다. 그래서인지 민주주의에 관한 책들도 참 다양합니다. 민주주의의 핵심 가치를 이해할 수 있는 책들을 지금부터 만나보실까요.

민주주의의 개념과 기원

먼저 작은 책이지만 개념만은 알차게 소개한 책들을 간략하게 소개해보죠. '민주주의'를 전공한 정치학자 이승원의 『민주주의』는 '민주주의란 무엇인가'라는 근원적 질문에 답하기 위해 고대로부터 현대까지 민주주의 역사를 소상히 살핍니다. 180쪽의 작은 분량이지만 민주주의의 핵심, 즉 인민혹은 시민의 의미를 다시금 조명하면서, 고대 그리스 아테네 시민들의 역할에 주목합니다. 근대 혁명으로 마련된 민주주의 기틀이 어떻게 제도화되는지를 설명하는가 하면, 파시즘 등 민주주의의 가치를 훼손한 시대착오적 가치들을 가감 없이 비판하기도 합니다. 저자는 오늘날 세계적 표준이 된 '신자유주의적 민주주의'에 대해서도 날선 비판을 가합니다. 『민주주의』가 속해 있는 '비타 악티바 시리즈'의 『자유』, 『공화주의』, 『헌법』 등과 함께 읽으면 민주주의에 대한 알찬 독서를 할 수 있습니다.

『민주주의라는 수수께끼』는 누구나 잘 알고 있다고 생각하지만 실상 잘 모르는 민주주의에 대한 기원을 살핀 책입니다. 역사적 기원을 살피면서 우리가 알고 있는 사실과 얼마나 다른지를 소개하고 있어, 오히려 민주주의의 핵심에 접근할 수 있습니다. 영국 케임브리지 대학교 정치학과 교수인 존 던(John Dunn)은 고대, 그것도 일부 지역에서 제한적으로 시행된 정치체제 민주주의가 근 2,000년 동안 사라졌다가 근현대에 들어와 다시 꽃 피우게 된 사실에 주목합니다. '데모크라티아(demokratia)', 즉 민주주의라는 이름은 아테네 등 특정 도시국가나 정치집단에 대한 비아냥거림이었습니다. 흥미로운 것은 저자의 문제 제기가 단지 민주주의가 비아냥거림에서 시작했다는 것에서 멈추지 않는다는 사실이죠. 그는 민주주의가 시민의 자율적인 참여와 연대에 기반을 두고 있지만, 근대의 민주주의는 광범한 대중 동원, 즉 대의제 모델에서 시작했음을 비판합니다. 노동조합운동과 대중정당의 출현이 민주주의의 발전을 가져왔지만 결국에는 정치인에 의한 지배의 논리로 귀착되었다는 것입니다. 그럼에도 민주주의는 평화와 번영, 정의를 함께 누릴 수 있는 새로운 가능성을 내포한 체제라는 점을 강조하고 있어, 민주주의에 대한 새로운 측면을 볼 수 있는 책입니다.

『후불제 민주주의』는 어엿한 글쟁이로 자리매김한 작가 유시민이 한국의 민주주의 기원을 살피면서 헌법의 가치를 새롭게 조명한 에세이입니다. 유시민은 한국의 민주주의를 '후불제 민주주의'로 규정합니다. "대한민국 헌법이 충분한 대가를 지불하지 않고 손에 얻은 일종의 '후불제 헌법'"이고, 그렇기 때문에 "민주주의 역시 나중에라도 반드시 그 값을 치러야 하는 '후불제 민주주의'"라는 것입니다. 한국의 민주주의가 퇴보 아닌 퇴보의 길을 걸었던 것은 헌법에 대한 고민이 없기 때문이라고 유시민은 강조합니다. "사회적 인간으로서 추구하고 준수해야 할 가치와 규범"이 헌법의 조문에 가득함에도 그 가치와 함의를 애써 무시하고 있다는 것이죠. 이를 확증하기 위해 유시민은 정치인으로서의 경험, 자연인으로 돌아와서 보게 된 정치 현실 등을 적재적소에 배치하면서 우리 모두가 헌법에 눈을 떠야 하는 이유에 대해 설명합니다.

헨리 데이비드 소로(Henry David Thoreau)는 『시민의 불복종』에서 "법에 대한 존경심보다는 먼저 정의에 대한 존경심을 기르는 것이 바람직하다"라고 쓴 바 있습니다. 법 자체가 사람들을 정의로운 인간으로 만들 수 없다는, 인간 본성을 파악했기 때문이죠. 그럼에도 민주주의라는 체제와 헌법의 가치는 날마다 새롭게 조명되어야 합니다. 그 기반에서만 인간을 인간 되게 하는, 모든 것의 자유와 평등이 보장되기 때문입니다.

헌법을 알아야 민주주의가 보인다

2016년 말부터 2017년 초로 이어진 촛불은 헌법에 대한 관심을 촉발시킨 바 있습니다. 유시민의 말처럼 헌법에 대한 고민이 없기 때문에 민주주의가 퇴보한다고 많은 사람들이 생각했기 때문이죠. 민주주의와 헌법이 떼려야 뗄 수 없는 조합이라면 헌법에 대한 이해도 풍성하게 해두는 것이 좋겠죠.

대한민국은 민주공화국이다.

대한민국의 주권은 국민에게 있고, 모든 권력은 국민으로부터 나온다.

어릴 적 마르고 닳도록 외웠던 대한민국 헌법 1조 1항과 2항의 내용입니다. 헌법은 한 국가가 존립하기 위한 기본적이고 근본적인 법칙으로, 국가 통치 체제와 기본권 보장을 핵심으로 합니다. 당연히 하위 법들은 헌법의 테두리 안에서만 해석되고 적용할 수 있습니다. 하지만 얼마 전까지만 해도 헌법은, 헌법의 제정과 공포를 기념하기 위해 제정한 제헌절의 의미가 퇴색되어가듯, 존재 의미 자체가 상당히 훼손되었습니다.

『헌법의 발견』은 한국 사회에서 헌법이 제대로 작동되기 위해서라도 시민들이 헌법을 알아야 한다고 강조하는 책입니다. 사실 대부분의 시민들은 법 자체를 이해의 대상이 아닌 "지켜야 할 대상"으로 여기죠. 준법정신을 통해 사회를 통치하고자 했던 권위적 정부의 발생 때문인데, 이런 이유로 헌법이 어떻게, 왜 만들어졌는지 배울 기회가 우리에게 없었습니다. 알지 못하면 무관심한 법. 이 틈을 비집고 특정 세력이 헌법을 독점하면서 국가 정체성마저 왜곡되고 "주권을 비롯한 국민 권리가 훼손되는 결과"를 낳습니다. 몇 해 전 제기되었던 건국절 논란은 결국 헌법의 가치를 제대로 배우지 못한 결과인 셈이죠. 그렇다고 헌법을 달달 외우는 것만이 능사는 아닙니다. 중요한 것은 "현실 속 지금 '나'의 삶을 능동적으로 변화시켜나가는 적극적인 행위"로 인식하는 일이죠. 저자는 플라톤의 『법률』, 몽테스키외(Montesquieu)의 『법의 정신』을 통해 대한민국 헌법 1조 1항인 "대한민국은 민주공화국이다"가 어떤 의미인지를 살핍니다. 그런가 하면 존 스튜어트 밀(John Stuart Mill)의 『자유론』 등을 통해 신체의 자유, 양심의 자유, 학문과 예술의 자유, 언론·출판과 집회·결사의 자유 등 다양한 영역의 자유, 즉 "국가권력으로부터의 자유"가 어떤 의미를 지니는지 설명하죠.

사실 국내 출간된 책 가운데 헌법의 의미와 가치를 가장 일목요연하게 설명한 책은 비타 악티바 시리즈 중 한 권인 『헌법』입니다. 헌법학자인 저자 이국운 한동대 교수는 "헌법의 본질에 대한 질문은 곧 그 헌법과 관련된 권력의 정당성을 묻는 것"이라고 강조합니다. 이를 위해 저자는 고대 폴리스부터 성리학적 기반 위에서 예와 법의 정치사상을 발전시킨 동북아시아의 역사, 16세기 헌정주의 탄생에 이르기까지 헌법에 관련한 역사를 개괄합니다. 특히 정치가 시장에서 소비되는, 이른바 "자유와 민주가 비대칭적 관계에 있는 상황"에서 헌법이 서야 할 새로운 자리를 모색합니다. 새로운 자리라지만 원래부터 그랬어야만 합니다. 즉 제왕적 통치자가 아닌 다중의 시민이 구성하는 권력, 즉 '대한민국은 민주공화국이고 그 주권은 국민에게 있으며 모든 권력은 국민으로부터 나온다'는 우리 헌법 제1조의 의미를 다시 세우는 것 말입니다.

『역동적 자유』는 미국 연방대법관 스티븐 브라이어(Stephen Breyer)의 책으로 "헌법은 어떻게 해석되어야 하는가?"에 대한 진지한 질문과 답변을 담은 책입니다. 저자는 다양한 질문, 이를 테면 헌법은 "문구대로, 쓰인 그대로 해석되어야 하며 그 이상의 해석은 개입되어서는 안 되는가?"에 대한 질문 등을 통해 판사의 자의적 해석과 사법 독재에 대한 의견을 피력합니다.

저자는 1994년 빌 클린턴(Bill Clinton) 전 대통령의 지명을 받아 대법관에 임명된 '자유주의 계열'의 대법관으로 실용주의 노선을 취하며 동성결혼 합법화 판결을 이끌어내기도 했던 사람입니다. 그는 미국 헌법을 문언적 해석이 아닌 "역동적 자유"를 통해 해석해야 한다고 강조합니다. 역동적 자유란 "시민들에게, 그리고 더 나아가서는 모든 사람들에게 더 많은 민주주의를 선사하는 것을 목적으로 삼는 독특한 형식의 자유"입니다. 어차피 문언적 해석만으로 한계가 있다면 역동적 자유를 통해 시민의 자유와 평등을 제고하고, 결과적으로 헌법의 가치를 구현해야 한다는 것이죠.

헌법은 한 국가의 운명을 좌지우지하는 사실상의 지표라고 할 수 있습니다. 헌법에 대한 더 많은 담론이 생성되고 토론의 장이 형성된다면 정치의 지향에 따라 표류하는 일도 없을 겁니다. 무엇보다 중요한 것은 모든 국민이 헌법에 대해 다시금 각성함으로써 대한민국 헌법 1조 1~2항의 천명을 명실상부하게 만드는 일입니다.

헌법 이야기 끝에 조금 생뚱맞지만 법률가들에 대해 이야기해보려고 합니다. 우리 사회의 민주주의를 바로세우는 데 이모저모 법률가들이 역할을 하고 있습니다. 하지만 혹자는 (일부) 법률가들이 우리 사회의 민주주의 혹은 민주적 질서를 퇴행시킨다고 일갈합니다. 세상의 물을 흐리는 법률가들이 깜짝 놀랄 만한 책이 한 권 있으니, 제목부터 무시무시합니다. 『저주받으리라, 너희 법률가들이여!』. 첫 문장부터 압권이죠.

> 부족 시대에는 주술사가 있었다. 중세에는 성직자가 있었다. 그리고 오늘날에는 법률가가 있다.

세 부류가 한 통속인 이유는 "어느 시대에나, 자신들이 갈고닦은 특수한 지식의 권위를 지키기 위해, 기술적 수법에 뻔뻔하고 그럴듯한 말장난을 첨가해, 인간 사회의 우두머리로 군림하던 영특한 무리들"이기 때문입니다. 주술사와 성직자처럼 이제는 법률가들이 언어를 독점했습니다. 자신들만의 언어를 사용해 보통 사람들이 법이나 법률에 대해 이해할 수 없도록 만들었습니다. 그들의 언어는 예외 없이 길고 어색합니다. "예외 없이 그리고 필연적으로" 추상적이고 애매하고 졸렬하기까지 합니다. 누군가의 도움 없이 보통 사람은 이들의 말과 글을 이해할 수 없습니다. 딱 한 번 재판을 참관한 적이 있는데 '나는 누구, 여긴 어디'를 속으로 얼마나 되뇌었던가요.

언어를 독점한 법률가들은 "이너 서클(inner circle)"로 체제를 공고히 합니다. 얼굴과 이름은 몰라도 상관없습니다. "법의 게임을 함께 즐기는 것, 그들만의 대화를 나누고 그들만의 규칙을 숭배하고 그들만의 아름다운 법의 원칙을 휘젓지 않는" 사람이라면 누구나 이너 서클 멤버가 될 수 있습니다. 이너 서클은 다시 "인간 사회의 우두머리"가 되는 발판이 됩니다. 트럼프(Donald Trump) 행정부는 예외지만, 미국의 정권은 대개 대통령부터 장관·참모까지, 국회의원과 주지사도 대개 법률가 출신이었습니다. 예일 대학교 로스쿨 교수를 지낸 저자 프레드 로델(Fred Rodell)은 "모든 통치 권력은 오직 법률가에게 집중"되고 결국 "법률가가 관여하는 곳에 권력분립의 원리는 존재하지 않는" 세상이 올 것이라고 주장합니다.

홍미롭게도 『저주받으리라, 너희 법률가들이여!』가 출간된 것이 1939년입니다. 그 후 80년 가까이 지난 지금 미국은, 아니 한국 상황은 어떤가요. 법률가들의 입지는 더 강화되었고, 아예 제어되지 않을 때도 많습니다. 검사 조직은 제 식구

감싸기에 여념이 없고, 판사 조직은 정권의 눈치를 볼 때가 한두 번이 아니었습니다. 변호사들은 오로지 돈의 향방에 따라 움직이곤 합니다. 가난하고 힘없는 사람들이 기댈 언덕이라고 생각했던 법은 없고, 그것을 도와주려는 진솔한 법률가들은 많지 않다고 저자는 말합니다. 뾰족한 대안마저 없습니다. 저자도 "법률가를 제거하고 대문자의 L로부터 시작하는 법을 우리의 법체계로부터 내던져 버리는 것"이라는 다소 추상적 명제를 제시합니다. 정리하면 법의 정신을 새롭게 벼려야 한다, 정도로 해석할 수 있겠죠. "결코 쉽거나 빠른 해결책은 아니다"라며 인정하지만 "시간과 전망과 계획이 요구"되는 일이기에 오히려 작은 희망을 품을 수 있다고 저자는 말합니다. 하지만 80년 가까이 지난 지금도 법에 의한 정의는 실현되지 않았으니, 법 없이도 살 사람들의 세상은 미망(迷妄)이라 해야 할까요.

살아내는 민주주의

그러니 더더욱 배우고 익혀 삶으로 살아내는 민주주의가 필요합니다. 과거 독재의 억압이 점철된 시기 '민주주의'는 말만으로도 가슴 설레게 했던 그 무엇이었습니다. 하지만 제도적·절차적 민주주의가 비교적 안정되면서 '민주주의'는 오히려 사람들의 관심에서 멀어졌습니다. 모든 사람이 먹고살기 힘들어지면서, 즉 신자유주의 무한 경쟁이 일상화되면서 사람들은 더 이상 민주주의라는 대의에는 무신경하게 되었습니다. 어찌 보면 민주주의는 자체로 미완일 수밖에 없습니다. 완성된 형태는 존재하지 않는, 자체로 날마다 새롭게 보완하며 발전해야 할 것이기에 민주주의는 어느 시대를 막론하고 중요한 덕목이자 날마다 배우고 익혀야 할 가치입니다.

『민주주의를 향한 역사』는 인민, 자치, 정의, 문명, 도시, 권리, 독립의 7가지 개념으로 한국의 민주주의가 어떤 절차를 거쳐 발전했는지 고찰한 책입니다. 특이하게도 민주주의가 발현된 20세기가 아니라 그 기원으로 19세기를 잡아 민주주의의 맹아(萌芽)가 싹터온 과정을 복원합니다. 저자인 김정인 춘천교육대학교 사회과교육과 교수에 따르면 한국의 민주주의는 "전봉준으로 상징되는 인민과 김옥균으로 상징되는 개화파"가 "함께 빚은 역사"입니다. 여기서 인민은 "민주주의를 이끌어갈 주체"로, 동학농민운동에 뛰어든 바로 그 인민들이 이 땅에 만민평등의 기치를 올렸습니다. 아울러 천주교와 동학이라는 평등 지향적 종교 공동체를 경험한 인민들이 '자치'의 가치를 실현함으로써 민주주의의 시발점이 되었습니다. 당연히 3·1운동과 대한민국임시정부의 탄생은 '독립'에의 열망이자 민주주의를 향한 노정(路程)이었던 것입니다. 막연하게 광복 후 대한민국이 수립되면서 이 땅에 민주주의가 시작되었다는 생각을 가차 없이 깨버리는 책이 바로 『민주주의를 향한 역사』라고 할 수 있습니다.

더불어 읽기 좋은 책으로는 2016년 2월 세상을 떠난 세계적 석학 움베르토 에코(Umberto Eco)의 『민주주의가 어떻게 민주주의를 해치는가』를 권합니다. 인권, 자유, 평등을 근간으로 하는 현대의 민주주의가 가장 이상적인 정치체계이자 사상으로 평가받지만, 그 이면에는 민주주의의 가치를 실현할 수 없는 딜레마가 있음을 자세하게 설명합니다. 민주주의가 민주주의를 해친다는 표현에서 보듯, 우리가 알고 있는 상식적 수준의 민주주의로는 이상적 민주주의가 도래할 수 없음을 설파하죠. 민주주의는 생각만으로 실현할 수 없습니다. 배우고 익혀 삶의 가치로 승화시켜야만 시민이 민주주의의 주체가 될 수 있습니다. 작은 책들이 그 토대를 쌓는 데 도움이 될 수 있을 것입니다.

어느 사회든 민주주의가 올바로 정착하기 위해서는 언론의 역할이 그만큼 중요합니다. 편향된 시각으로 세상을 바라보는 언론의 시선은 민주주의의 가치를 땅에 떨어뜨리는 일이기 때문이죠. 그런 점에서 《동아일보》 해직 기자 출신으로 《한겨레》 초대 편집국장을 지낸 성유보의 『미완의 꿈』은 민주주의를 이루는 토대로서의 언론의 역할을 오롯이 드러낸 책이라고 할 수 있습니다. 성유보는 스스로의 삶을 되돌아보면서, 그가 마지막까지 지키고자 했던 언론 민주화의 가치에 대해 조목조목 설명합니다. 그는 특히 기자로서 보도의 주인공을 누구로 설정할 것이냐에 대해 깊이 고민했습니다.

> 언론은 육하원칙, 즉 '누가 언제 어디서 무엇을 어떻게 왜 했는가'를 강조한다. 그러나 이 육하원칙에서 '누가'라는 주인공을 잘못 선택하면 '언론의 자유'는 함정에 빠지고 만다. 보도의 주인공이 국민이냐, 아니면 권력자냐 관료냐가 시민 민주주의 사회와 권위주의 사회의 갈림길이다.

성유보는 우리 언론이 시종일관 시민을 뉴스의 주인공으로 삼은 적이 없다고 일갈합니다. 일제강점기에는 "조선총독부는"으로 시작하는 뉴스가 도배를 했고, 독재 정권에서는 대통령의 이름만이 뉴스를 장식했었죠. 1987년 6월 항쟁 이후 시민이 주인공으로 등장하는가 싶었지만, 이후 재벌 기업의 목소리만 추가되었습니다. "국민들은 일상의 삶 속에서는 결코 주권자가 되지 못하고, 관료 독재와 천민 자본가의 노복이 된다"라는 지적은 뼈아프고 "언론은 언제나 변함없는 정경유착의 충실한 동맹자였다"라는 일갈은 후련합니다. 『미완의 꿈』이 보여주는 언론 자유의 꿈은 민주주의 가치 실현과도 잇닿아 있다는 점에서 일독의 가치가 있습니다.

권력의 감시자가 되어야 할 언론을 위한 반면교사(反面敎師)가 여럿 있습니다만, 조지프 퓰리처(Joseph Pulitzer)만큼 적

나라하고 적절한 사례는 없을 듯합니다. 그에 관한 평전 『퓰리처』는 가난한 이민자에서 미국 언론의 대부가 된 퓰리처의 삶을 복원한 책입니다. 퓰리처는 정치·경제적으로 독립된 언론이야말로 사회의 한 줄기 빛이라고 생각했죠. 정치인, 기업 등과 결탁해 편의를 봐주거나 광고를 수주하는, 예나 지금이나 관행처럼 행해지는 일을 퓰리처는 끊어내고자 했습니다. 퓰리처는 권력이 아닌 "오직 대중을 위한 신문"을 목숨처럼 여겼고, 하여 "언론계의 독립투사이자 민주주의적 정의의 수호자"라고 불리기도 했습니다.

1883년 인수한 조간 《뉴욕 월드》가 그 못자리였습니다. 이후 《월드》로 이름을 바꾼 이 신문은 여론을 호도하는 정치인과 당시 흔한 일이던 기업의 담합을 사정없이 질타했습니다. 노동자의 이익을 한사코 대변하는 일도 쉽지 않았죠. 대중의 지지까지 받게 되면서 퓰리처의 영향력은 상상을 초월하여, 세간에서는 "미국의 대통령 후보로 출마하고 싶은 사람은 퓰리처에게 도움을 받아야 한다"라는 말이 떠돌았습니다. 100만 부 이상 발행되었으니, 그런 말이 도는 것은 당연한 일이었죠.

문제는 역시 욕망입니다. 퓰리처는 "언론이 가진 권력을 정점까지 끌어올린" 자신의 능력에 도취되었습니다. 《월드》가 퓰리처에게 지나친 권력을 준 것이죠. 이내 노동자를 대변한다는 원칙은 사라졌고, 더 크게 몸집을 불리기 위해 스스로가 비판했던 정치권력은 물론 기업과도 담합하기에 이릅니다. 한때 "냉소적이고 돈을 버는 데에만 혈안이 된 선동적인 언론은 그 천박한 수준에 걸맞은 천박한 국민을 양산할 뿐"이라고 말했던 퓰리처는 선동적인 언론을 통해 천박한 국민을 양산하는 데 앞장섰습니다. 빛이 길면 그림자도 길어지게 마련인가, 말년의 퓰리처는 황색 언론의 대명사가 되었습니다. 평계가 없지 않습니다. 세월과 함께 가족과 친구들이 하나둘 곁을 떠났고, 시력을 잃으면서는 자신의 안위만 중요한 사람이 되었습니다.

죽기 몇 해 전 퓰리처는 "내가 죽은 뒤 사람들이 나를 그저 어느 신문의 발행인 정도로만 기억할 것을 생각하니 정말 끔찍하다. 나는 재산이 아니라 정치에 많은 열정을 쏟아부었다. 나는 나 자신을 위한 이기적인 정치가 아니라 자유와 평등이라는 보편적인 이상을 추구하는 정치에 한평생을 다 바쳤다"라는 글을 남겼습니다. 정말 그러한가는 당대 신문을 보았던 독자, 그리고 후대의 평자(評者)들의 몫으로 남겨졌습니다.

신문과 방송 등 모든 언론은 한 사회의 공기(公器)로, 더하지도 빼지도 않고 그 사회의 정치적·사회적·문화적 수준을 반영합니다. 『퓰리처』는 조지프 퓰리처가 남긴 공과를 통해 우리 시대 언론의 역할을 다시금 생각하게 합니다. "신문은 진실을 말할 절대적인 자유를 누린다"라는 말과 함께 권력의 감시자 역할에 충실했던 퓰리처는 "눈먼 왕"으로 쇠락하고 말았습니다. 2016년 말부터 2017년 봄까지 이어진 탄핵 정국과 장미대선을 전후해 권력의 감시자를 자처했던 언론들 중 몇몇은 벌써 "눈먼 왕"이 되고 있는 것 아닌가 의심스럽습니다.

다양성과 비판, 민주주의의 양 날개

민주주의는 공허한 이념이 아닙니다. 우리가 두 발 딛고 있는 지금, 여기에서 누리며 살아야 할 시민의 당연한 의무이자 권리입니다. 민주주의는 살아내야만 체감할 수 있습니다. 살아냄의 방식은 저마다 다르겠지요. 타자의 살아냄을 배우기도 하고 반면교사로 삼기도 하면서 저마다의 방식으로 살아내겠지만, 궁극에는 우리 모두가 함께 살아내야 할 민주주의를 익혀야 합니다.

영국의 소설가 E. M. 포스터(E. M. Forster)는 "민주주의에 두 가지 갈채를 보낸다. 하나는 다양성을 용인하기 때문이요, 또 하나는 비판을 허락하기 때문이다"라고 말한 바 있습니다. 다양성을 용인하며 비판을 허락하는 것이야말로 우리 사회가 가장 부족한 부분 아닐까요. J. F. 케네디(J. F. Kennedy)의 말마따나 "인간을 이성적 존재로서 존경하는 데 기초"하

는 민주주의를 우리는 이제부터라도 살아내는 데 전력을 다
해야 하지 않을까요.

8장.　　　　　　　　　문명

'문명'을 대하는
우리들의 자세

———————————————————————

혹시 '문명'이라는 말에 대해 생각해보신 적이 있으신지요. 사전 정의를 먼저 보면 "사람의 지식과 기술이 발달하여 생활이 편리하고 물질이 풍족해진 상태" 혹은 "원시 사회에 견주어 학문, 기술, 예술 들이 크게 앞선 것"입니다. 사전 정의만 보면 문명이란 발달과 편리, 풍요의 다른 말입니다. 돌도끼 하나에 목숨을 맡기고 사냥을 나섰던 원시인들에 비해, 스마트폰과 태블릿 PC 등이 일상으로 들어온 우리 시대는 앞선 '문명'이라는 것이죠. 확실히 요즘 시대가 기술 측면에서 첨단을 걷고 있는 것은 사실입니다. 그런가 하면 반상(班常)과 남녀의 차이가 엄격했던 조선 시대보다 남녀노소가 평등한 오늘 우리 시대는 지식과 지혜가 진보하면서 문명의 수혜를 입고 있습니다.

문명의 새로운 개념을 제시하는 『슬픈 열대』

우리에게 '문명'이란 어떤 의미일까를 고민하다가, 엉뚱하게도 어릴 적 한 회도 빼놓지 않고 본방 사수했던 만화 〈미래소년 코난〉에 생각이 머물렀습니다. 그때는 거장 미야자키 하야오(宮崎駿)가 감독이었다는 사실조차 몰랐었죠. 코난과 포비가 라나를 도와 흥미로운 모험을 펼쳐나가지만, 실상 만화의 배경은 고도화된 문명의 후폭풍이 몰아쳐 피폐해진 지구입니다. 초자력 병기를 무분별하게 사용한 결과 인류는 파멸하고 극소수만이 생존합니다. 할아버지와 '홀로 남은 섬'에서 목숨을 부지하던 코난은 그곳으로 표류해온 라나를 구해줍니다. 하이하바섬에 살던 라나는 태양 에너지의 비밀을 캐려는 악당에게 쫓기는데, 코난과 할아버지의 배려로 마음의 안정을 찾아가죠. 하지만 이내 악당에게 붙잡혀 '인더스트리아'로 끌려가고, 코난은 친구 포비와 함께 라나를 구하러 갑니다.

눈치채셨겠지만 제 관심의 초점은 기계문명의 정점 '인더스트리아'입니다. 과학기술의 발전은 문명을 정점에 이르게 했는데, 사람들의 생활은 편리하지 않고 오히려 통제를 받습니다. 기술과 더불어 학문과 예술 또한 발전했을 텐데 〈미래소년 코난〉에 등장하는 사람들의 삶은 기쁨과 환희로 충만하지 않았습니다. 어디서 많이 본 장면 아닙니까. 조지 오웰(George Orwell)의 소설 『1984』에도 '빅브라더'로 대표되는 통제 사회가 등장합니다. '유동하는 근대 세계'라는 독창적인 사상을 전개하며 세계 지식생태계를 뒷받침했고, 주저(主著) 『현대성과 홀로코스트』를 통해 홀로코스트가 현대 사회에 던진 함의를 평생 천착했던 지그문트 바우만(Zygmunt Bauman)의 사상에도 이 같은 문명에 대한 통찰이 잘 드러납니다. 인간의 이성과 합리성이 최고조에 달했던 20세기에 홀로코스트라는 사상 유례없는 폭력이 자행된 것에 주목한 지그문트 바우만은 줄곧 "아우슈비츠가 우리 사유의 원점이 되어야 한다"라고 강조했습니다. 이성으로 대표되는 문명이 발달한 세상에서 폭력은 도처에서 그 모습을 드러내고 있습니다. 우리가 알고 있는 발달, 편리, 풍요로 대변되는 문명에 대한 정의는 잘못되었다는 것을 알 수 있습니다.

여물지 않은 생각의 길이 여러 갈래로 퍼져갑니다. 혹시 우리가 알고 있는 문명에 대한 정의가, 그것도 사전적 정의는 왜 올바르지 않은 것일까요. 아니면 우리가 알지 못하는 '문명'에 대한 또 다른 관념이 존재하는 것일까요. 정답이 있을 리 만무하지만, 개인적으로는 문명에 대한 또 다른 개념이 존재한다고 믿습니다.

그 믿음의 단초를 제공한 것은 바로 프랑스 출신 인류학자 클로드 레비스트로스(Claude Lévi-Strauss)의 『슬픈 열대』입니다. 레비스트로스는 브라질에 체류하면서 아마존의 원시 부족을 연구했습니다. 이들은 문명이라곤 접해본 적이 없는, 그야말로 '야만인'들이었죠. 하지만 원시 부족의 삶을 연구하면 할수록 레비스트로스는, 서구인들이 야만인이라고 치부한 원시 부족의 삶이 전혀 야만스럽지 않게 느껴졌습니다. 오히려 나름의 문화와 규칙들 속에서 그들이 처한 삶을 지혜롭게 개척하고 있었기에 더 문명적으로 각인되었습니다.

카두베오, 보로로, 남비콰라, 투비 카와이브 등 아마존 밀림의 4개 부족을 연구한 레비스트로스는 그들이 개인의 존엄은 물론 사회적 규칙 등을 완벽하게 소화하는 모습에 도리어 놀랍니다. 사실 서구 사람들의 기준에 맞춘 문명과 야만이라는 이분법은 허구에 지나지 않은 것입니다. 스마트폰과 태블릿 PC가 우리 생활 깊숙이 들어왔다고 해서 우리가 저절로 '문명'에 속한 사람이 되는 것은 아닙니다. 저마다의 삶의 환경을 긍정하고, 그것을 극복하고 새로운 삶을 꿈꾸는 사람들을 응원할 수 있을 때에라야 우리는 문명에 속한 사람입니다. 그런 점에서 레비스트로스의 『슬픈 열대』는 우리 시대 고전이라 말로는 다 표현할 수 없는 위대한 작품입니다.

그대로 갈 것인가, 되돌아갈 것인가

소위 문명사회라고 하지만 우리는 '존재' 자체로 평가받지 않고 '가진 것'으로 평가받기 일쑤입니다. 천진난만해야 할 초등학생들마저 아파트 평수에 민감한 것이 바로 오늘 우리의 자화상입니다. 명품 가방, 더 넓은 아파트, 고급 외제 승용차에 스스로의 삶을 저당 잡힌 인생들이 얼마나 많은지요. 신자유주의가 팽배한 이때, 인간은 존재가 아니라 소유로 평가받는 하나의 '물질'이 되어버렸습니다.

에리히 프롬(Erich Fromm)은 일찍이 『소유냐 존재냐』에서 소유에 집착하는 삶의 방식, 소위 '문명'이 현대 산업사회의 근본적 문제가 될 것이라고 설파했습니다. 소유에 집착하는 삶의 방식은 더 많이 갖는 것을 미덕으로 여기는데, 이것이 더 나은 인간으로 가는 지름길이라는 거죠. 정확히 말하면 세상 사람들은 더 많이 가진 사람을 부러워한다는 것입니다. 미래에 대한 커다란 꿈을 꾸어도 모자란 청소년들에게 학교와 학원 사이를 새벽부터 새벽까지 전전시키는 이유는 무엇일까요. 좋은 대학, 좋은 직장, 안정된 미래……. 부모들은 소박한 꿈이라고 말할지 몰라도 이러한 삶의 패턴은 우리 자녀들을 소유에 집착하는 삶으로 내몰기에 충분합니다. 소유가 많으면 과연 행복할까요. 소유의 끝은 어디일까요. 소유의 끝이 없는데, 감히 행복을 꿈꿀 수 있겠습니까.

에리히 프롬의 말처럼 이제는 우리도 "존재를 중시하는 삶의 방식"으로 전환해야 합니다. 무한 성장이 아닌 선택적 성장을 지향하며, 물질적 이익보다 정신적 만족을 추구하는 삶을 시작할 때입니다. 『소유냐 존재냐』는 단순히 철학적 근거에 머물지 않고 일상에서 실험할 수 있는 다양한 대안들을 제시합니다. 그 대안들이 궁금하다면 지금 곧 서점으로 달려가 보시기 바랍니다.

현대 문명의 폐해 속에서 소유에 집착하는 삶의 방식을 버리고 존재를 중시하는 방식으로 전환하기 위해 투쟁한 사람이 바로 스콧 니어링(Scott Nearing)과 헬렌 니어링(Helen Nearing) 부부입니다. 소유하는 삶의 방식은 욕망을 제어할 수 없기 때문에 착취와 차별, 가난, 불황과 전쟁으로 이어질 수밖에 없습니다. 스콧 니어링은 『그대로 갈 것인가 되돌아갈 것인가』에서 이처럼 "부도덕"하고 "터무니없이 부조리"한 것들에 반대하고 저항합니다. 하지만 사회는 그의 "밥벌이를 빼앗고 영향력과 신분까지 빼앗으며" 심지어 비웃기까지 했습니다.

그럼에도 스콧과 헬렌 니어링 부부는 버몬트와 메인에서 문명의 폐해를 극복할 "조화로운 삶"을 조용히 실천했습니다. 단지 전원의 한가함을 즐긴 것이 아니라 스스로 돌집을 짓고 자급자족하며, 우리가 문명이라 이르는 것들에 대해 반문하고 저항합니다. 스콧 니어링에 따르면 조화로운 삶이란 정해진 어떤 것이 아닙니다. 개인의 삶과 역사의 전개, 문명사회 모두가 조화로운 삶을 추구하는 과정이지요. 하지만 조화로운 삶을 추구해야 할 오늘날 문명사회는 아이러니하게도 조화롭지 못한 결과만을 낳고 있습니다. 스콧 니어링은 이 책에서 "누구라도, 지금 여기에서부터" 조화로운 삶을 살 것을 "그대로 갈 것인가 되돌아갈 것인가"라는 말로 권하고 있는 것입니다. 『조화로운 삶』과 『조화로운 삶의 지속』 등 니어링 부부의 모든 책은 현대 문명이 나아갈 바를 알려줄 뿐만 아니라, 일상을 대안적 삶으로 변화시키고자 하는 사람들에게 필독서라고 할 만합니다. 신영복의 유고 『냇물아 흘러흘러 어디로 가니』에도 비슷한 의미의 글귀가 있어 소개합니다.

저는 이런 시기에 오히려 조용히 문 닫고 좀 근본적인 생각을 돌이켜 해보는 것이 필요하다고 생각합니다. 경제성장에 대한 무제한적인 환상을 반성하는 일이 필요하다고 생각합니다. 욕망 그 자체를 생산하는 경제성장과 자본 운동에 대한 근본적인 성찰을 기울여야 하는 것이 당연하다고 믿습니다.

모든 문명은 성찰을 통해 발전합니다. 하지만 과학기술에 압도된 현대 문명은 성찰할 여유가 없습니다. 하루가 다르게, 아니 1분 1초의 여유도 없이 변화를 추구하는 세태에서 성찰은 낭비이기 때문입니다. 하지만 성찰 없는 문명의 끝은 명확합니다. 인공지능으로 대표되는 과학기술은 속절없이 발전하고 있지만, 그것을 어떻게 사용할지에 대한 이해나 성찰은 전무합니다. SF영화 속 상상은 점점 현실이 되고 있고, 어쩌면 숱한 SF영화들이 보여주었던 파국도 현실이 될 수 있습니다. 성찰 없는 문명의 시대를 살고 있는 우리에게 신영복은 이렇게 조언합니다.

성찰은 자각적 개인으로 하여금 자신의 정체성과 주체성을 담보하게 하는 궁극적 모태입니다. 성찰은 최종적으로는 창조적 전망성을 담보해내는 '최고 형태의 인식'입니다. 오늘의 교육 현실에 있어서 진정으로 필요한 것은 냉정한 성찰이라고 할 것입니다.

작은 것이 아름답다

소유와 존재의 문제로 갈등했던 인물 가운데 제게 가장 매력적으로 다가온 인물은 '개츠비'입니다. F. 스콧 피츠제럴 드(F. Scott Fitzgerald)의 『위대한 개츠비』에 등장하는 바로 그 사람입니다. 가난한 농부의 아들로 태어난 개츠비는 오로지 부와 출세를 꿈꿉니다. 어렵사리 만난 상류사회 여성 데이지에 흘딱 빠져버렸는데, 데이지는 개츠비가 파병된 사이 대대로 부자인 뷰캐넌과 결혼을 해버리고 맙니다. 가난 때문에 데이지가 떠났다고 생각한 개츠비는 가난에 한이 맺혔고, 밀주업도 마다하지 않고 돈을 벌기 시작합니다. 부정한 방법에 갱단의 비호가 더해져 결국 개츠비는 막대한 부를 이루고, 데이지의 집이 보이는 강 건너에 저택을 마련하고 밤마다 파티를 엽니다. 하지만 데이지의 사랑을 얻는 데는 실패하고, 개츠비는 누군가에게 살해되면서 허망한 삶을 마감합니다.

20세기 초, 미국 산업사회의 시작은 이처럼 허망한 죽음을 양산했습니다. 하지만 그 죽음은 부와 성장이라는 장밋빛 그늘에 가려 제대로 알려지지 않았습니다. 도시로 몰려든 수많은 사람들로 붐비고, 낮에는 자동차가 질주하고, 밤마다 파티가 열리기 시작한 20세기 초 미국은 과연 문명이 존재하는 공간이었을까요? 그로부터 100년 가까이 지난 21세기를 살고 있는 우리에게 개츠비는 많은 시사점을 줍니다. 그래서 제목도 '위대한' 개츠비인 것일까요. 판단은 전적으로 독자들의 몫으로 남겨두고자 합니다.

한 세대만 거슬러 올라가 볼까요. 로버트 루이스 스티븐슨(Robert Louis Stevenson)의 그 유명한 작품 『지킬 박사와 하이드』는 인간 본질에 관한 질문과 해답을 품은 작품이자 인류가 쌓아올린 거대한 문명을 비판한 걸작이기도 합니다. 1885년 10월, 서른다섯의 스티븐슨은 크리스마스 시즌을 겨냥해 『지킬 박사와 하이드』를 발표했지만 당시 여론은 싸늘했습니다. "선정적인 싸구려 소설"이라는 비판이 지배적이었으니까요. 그러나 시간이 지날수록 평가가 후해지면서 "인간의 이중적인 본성을 바탕으로 한 우화"라는 평이 줄을 이었습니다. 펭귄클래식코리아판 『지킬 박사와 하이드』를 번역한 박찬원은 서문에 그 이유를 이렇게 설명합니다.

> 이 이중성의 본질은 인간 영혼 속에서 일어나는 선과 악, 의무와 유혹 간의 싸움으로 인간의 역사만큼이나 오래된 것이다.

『성서』가 말하는 창조 이후 시대로 가보죠. 인류 최초의 살인자 가인은 동생 아벨을 돌로 쳐 죽이고 징벌을 받아 세상을 부유(浮遊)하게 됩니다. 그런 가인의 후손들이 세상에 나가 문명을 개척하죠. 가인 스스로도 "성을 쌓고 그의 아들의 이름으로 성을 이름하여 에녹이라" 부릅니다. 말하자면 마을, 아니 도시를 개척한 첫 사람이 된 것이죠. 가인의 후손 중 유발은 "수금과 퉁소를 잡는 모든 자의 조상"이 되어 음악을 태동시켰고, 두발가인이라는 후손은 "구리와 쇠로 여러 가지 기구를 만드는 자" 즉 기계문명의 창시자가 됩니다.

오해하지는 마십시오. 문명의 태동과 발전이 인간의 죄 혹은 타락의 결과라는 말은 아닙니다. 인간 삶의 편리와 유익을 위해 문명은 고안되고 발전했지만, 그것을 향유하는 인간은 한사코 욕망을 결부시켜 사용하고자 합니다. 당연히 인류 역사에서 선과 악의 대결로 나타날 때도 있었고, 의무와 유혹 간의 피나는 싸움으로 전개될 수밖에 없었습니다. 언젠가부터 신자유주의가 득세하고, 과학기술을 특정 기업이 독점하게 되면서 이 같은 경향은 더욱 심화되었습니다. 문명 자체로 선과 악의 모습을 드러낼 수 없지만, 그것을 사용하는 인간이 어떤 얼굴을 하고 있느냐에 따라 문명은 다른 모습으로 우리 앞에 펼쳐질 수밖에 없습니다.

화제를 바꿔보겠습니다. 한때 '작은 것이 아름답다'라는 명제는 시대의 상징처럼 여겨졌습니다. 하지만 요즘 이 명제를 기억하는 분이 얼마나 될지 궁금합니다. 그만큼 우리 시대가 작은 것보다는 큰 것을, 아니 큰 것을 넘어 거대한 그 무언가를 원하는 사회가 되었기 때문입니다. 1973년 첫 저서인 『작은 것이 아름답다』를 출간했던 에른스트 슈마허(Ernst

Schumacher)는 다음과 같은 말로 현대 문명이 봉착한 난관을 뚫어야 한다고 보았습니다.

> 오늘날 거의 모든 사람이 거대주의라는 우상숭배로부터 고통을 겪는다. 그러므로 작은 것 – 이것이 적용되는 곳에서 – 의 미덕을 고집하는 게 필요하다. 또한 만일 주제나 목적에 상관없이 작은 것을 맹목적으로 숭배한다면, 이와 정반대 방향으로 영향력을 행사하고자 노력해야 할 것이다.

대량생산에 의한 대량소비 사회의 진행, 대량생산 체제를 유지하기 위한 자원 소비량의 증가, 생산성 향상을 위한 투자의 대규모화와 거대 조직화의 문제 등은 악순환의 고리를 형성하며 우리 삶을 옥죄고 있습니다. 과학기술의 상상할 수 없는 진보는, 그 자체로는 진보이지만, 결국에는 파국을 맞게 마련입니다. 제어할 수 없는 힘은 곧 파멸을 의미하기 때문입니다. 수많은 SF영화에서 보았던 허구적인 내용들이 단지 허구에 그칠까요. 그것은 과학기술, 즉 문명이라고 명명된 모든 것들에 의해 현실이 되고, 결국 우리 삶을 지배하는 수단이 될 것입니다. "작은 것은 자유롭고 창조적이고 효과적이며, 편하고 즐겁고 영원하다"라는 슈마허의 말은 유토피아를 꿈꾸면서도 디스토피아에서 벗어나지 못하는 못난 현대인들을 위한 금언인 셈입니다.

문명은 인간만의 것인가

종종 이런 생각을 합니다. 문명은 인간만의 것인가, 동물과 식물의 세계에도 그들만의 문명이 존재하지 않을까 하는 질문 말입니다. 반려동물을 키우는 사람들이 늘었습니다. 개나 고양이처럼 고전적인(?) 동물도 있고, 이구아나와 뱀처럼 특이한 동물을 키우는 사람들도 종종 있죠. 반려동물을 금지옥엽(金枝玉葉)으로 키우는 사람들은 이구동성으로 "말이 통한다", "위로를 받는다"라고 말합니다. 소통이 사라진 사람과 사람 사이를 반려동물들이 채우고 있는 셈이죠.

한 침팬지가 있었습니다. 본래 있어야 할 야생에서 태어나지 못한 침팬지는, 나면서부터 침팬지가 아닌 '인간'으로 키워졌습니다. 침팬지의 이름은 '님 침스키(Nim Chimpsky)'였고, 1973년 11월 19일 미국 오클라호마주 노먼에 위치한 영장류 연구소에서 태어났습니다. 하지만 어미 캐럴린의 손에서 자라지 못하고, 출생 10일 만에 뉴욕의 한 가정으로 입양되었습니다. 침팬지가 미국식 수화를 배울 수 있는지 알아보기 위한 실험의 일환이었죠. "인간화된 침팬지에게 소통 기술을 가르칠 수 있으면 인간이 언어를 습득하는 과정이 밝혀지리라는 희망"을 안고 시작된 실험이었습니다. 이른바 '프로젝트 님'은 그렇게 시작되었습니다.

님은 대리모의 끔찍한 사랑을 받으며 자랐고, 님도 그를 잘 따랐습니다. 님은 사람의 옷을 입고, 사람이 먹는 음식을 먹으며, 어려운 배변 훈련을 거쳐 가끔 화장실을 이용하기도 했습니다. 연못에서 낚시를 즐겼고, 가족을 위해 설거지를 하곤 했습니다. 생후 2개월부터 배운 수화 덕에 님은 주변 사람들에게 남다른 사랑을 받았습니다. "타고난 매력과 짓궂은 유머감각, 인간에 대한 예리한 이해"를 갖춘 님을 사람들은 좋아할 수밖에 없었죠. 하지만 인간으로 산다는 것이 침팬지인 님으로서는 어려운 일이었습니다. 인간 세계에 살지만, 본래는 야생이 고향인 침팬지였기에 님은 어디에도 만족하지 못했습니다. 이 분열된 본성이 때론 주변 사람들을 피곤하게 만들기도 했습니다.

하지만 프로젝트 님은 만 4년을 넘기지 못했습니다. 문제는 돈이었죠. 연구비가 고갈되자 영장류 연구소는 실험을 중단했고, 님은 자신이 태어난 영장류 연구소로 돌아와야만 했습니다. 영장류 연구소는 님 외에도 여러 침팬지를 사람들에게 입양했지만 님처럼 오래 버틴 침팬지는 없었습니다. 대부분 폭력성 등을 이유로 파양되었고, 그들은 사육장으로 돌아와야만 했습니다. 문제는 님을 포함한 침팬지들이 역시 돈 문제로 영장류를 대상으로 의학 생체 실험을 하는 뉴욕 대학교 영장류약물외과실험연구소에 팔렸다는 사실입니다. 다행히 님을 포함한 일부 침팬지는 지지자들의 강력한 항의와 시위 덕에 구출되어 동물보호소로 옮겨졌습니다.

동물보호소에서 님은 환대를 받았지만, 이전과 같은 활력을 보이지는 않았습니다. 누군가에게 버림받았다는 깊은 슬픔이 님의 삶을 지배하게 된 것이죠. 님은 2000년에 세상을 떠났습니다. 보통의 침팬지가 50년을 사는 데 비해 님은 스물일곱 짧은 생애를 살았습니다. 인간으로 살아야만 했던 어린 시절을 보내고, 다시금 본래의 자리인 침팬지로 돌아와 사람들의 냉대를 받아야만 했던 님 침스키가 극도의 스트레스를 받았음을 그의 수명이 에둘러 말해줍니다.

『님 침스키』는 님 침스키의 삶뿐 아니라 인간에게 입양되었던 여러 침팬지들이 겪어야 했던 여정을 추적하며 한 가지 질문을 던집니다. 번역자의 말처럼 "현대 사회에서 동물이 인간과 얽혔을 때 어떤 비극을 겪게 되는가" 하고 말이죠. 모든 동물 관련 실험이 인류의 행복과 안전을 위한다고, 혹은 인류 번영을 위한 작은 희생이라고 말합니다. 하지만 그것은 기실 이 땅을 더불어 살아가야 할 생명에 대한 차별이자 억압이며 결국 폭력입니다. 모든 생명은 존중받아야 할 권리와 가치를 가지고 태어났지만, 그것을 설파하는 인간에 의해 언제나 폭력적 상황에 직면합니다. 2011년 선댄스 영화제 월드 다큐멘터리 부문 감독상과 2011년 보스턴 비평가협회 최우수 다큐멘터리상 등을 수상한 다큐멘터리 영화 〈프로젝트 님〉의 원작이기도 한 『님 침스키』는 한 마리의 침팬지를 주인공으로 내세웠지만 결국 인간이란 무엇인가를 묻게 하는 책이 아닐 수 없습니다. 더불어 인간이 그토록 사랑하는 문명이라는 이름으로, 또 하나의 문명을 갖고 사는 이 땅의 수많은 생명들을 억압하는 인간의 무지몽매함을 다시 한번 반성케 합니다.

문명은 하나의 삶의 방식이다

문명 그 자체는 선한 것도, 악한 것도 아닙니다. 지식과 과학기술의 발달로 생활이 편리해지는 것을 싫어할 사람은 없습니다. 문제는 그것을 대하는 우리의 삶의 태도입니다. 생활이 편리해지고 물질이 풍족해진 것만큼 우리의 마음은 '저 높은 곳'이 아니라 오히려 '저 낮은 곳'을 향해야 합니다. 나 자신의 존재의 이유와 함께 우리라는 공동체의 존재 의미를 함께 묵상해야 합니다. 에리히 프롬이 말한 존재를 중시하는 삶의 방식이란 나만을 위한 것이 아니라 더불어 사는 '우리'를 위한 것이기 때문입니다. 또한 문명이란 월등한 것도 없고, 하등한 것도 없습니다. 문명이란 그 자체로 사람들의 삶의 모습이기 때문입니다. 오늘도 스마트폰과 태블릿 PC를 만지작거리며 하루를 시작합니다. 하지만 이것 때문에 문명인이라는 착각을 버린 지는 오래입니다. 문명은 그저 삶의 방식일 뿐이라는 사실을 알기에 그렇습니다.

9장. 생명

당신의 '생명 감수성'은
얼마나 되나요

생명(生命)은 무엇이든 소중합니다. 우리 곁에 살아 숨 쉬는 모든 생명은 그 자체로 의미가 있으며, 어떤 노래 가사처럼 "사랑 받기 위해 태어난" 존재들입니다. 하지만 우리 사회의 '생명 감수성'은 낮을 대로 낮은 요즘입니다. 각종 혐오라는 말이 돌 정도로, 우선 인간 존재에 대한 사랑이 없습니다. 인간에 대한 애정이 없는 사회에서 동물과 식물을 포함한 뭇 생명에 존중을 기대할 수 있을까요. 더더욱 인간을 '만물의 영장'이라고 부르면서 그 외의 것들은 모두 정복의 대상으로 삼는 사회에서, 인간 이외의 생명은 고유의 가치를 뽐낼 수 없습니다. 그렇다고 그 생명의 가치가 폄하되거나 평가 절하되어서는 안 될 일입니다. 그래서인지 언젠가부터 시작된 과학책에 대한 독자들의 큰 사랑이 반갑기만 합니다. 인간의 본성과 우주의 본질을 탐구하는 책이 많지만, 그 와중에 생명에 대한 빛나는 찬사를 담은 책도 많습니다. 이 글에서는 고전 반열에 오른 책들보다는 비교적 최근 출간된 책들 중에서 '생명 감수성'을 높일 수 있는 몇 권을 소개하려고 합니다.

에드워드 윌슨, 생명을 노래하다

생명의 본성을 알기 위해서는 먼저 인간을 알아야만 합니다. 그래야만 인간의 이웃인 생명의 본질과 현상을 알 수 있기 때문이죠. 생명으로서 인간의 좌표를 가장 잘 설명한 사람은 아마도 에드워드 윌슨일 것입니다. 그의 시선은 늘 인간 존재 혹은 본성을 향해 있습니다. 『지구의 정복자』는 '우리는 어디서 왔는가, 우리는 무엇인가, 우리는 어디로 가는가'라는 부제가 보여주듯, 인간을 인간 되게 하는 조건을 조목조목 설명합니다. 『인간 본성에 대하여』에서는 인종과 문화, 전쟁과 협력, 종교와 윤리, 성과 예술 등 인간의 거의 모든 행동과 본성이 "인간이라는 영장류에 관한 사회생물학"이라고 정의합니다. 『바이오필리아』, 『생명의 편지』 등도, 심지어 자서전인 『자연주의자』 역시 자연을 탐구한 끝에 만나게 된 인간의 모습에 대한 담대한 고찰이라고 할 수 있습니다.

에드워드 윌슨이 인간의 존재와 본성을 탐구한 또 한 권의 책 『인간 존재의 의미』는 '지속 가능한 자유와 책임을 위하여'라는 부제에서 보듯 '어떤' 존재인가에 대한 물음을 넘어 '왜' 존재하는가에 대한 깊은 통찰을 담고 있습니다. 윌슨은 인간 존재가 "우리가 생각한 것보다 더 단순할지도 모른다"면서 인간을 단지 "자수성가한 독립적이고 고독하고 허약한, 생물 세계에서 살아가도록 적응한 생물 종"이라고 규정합니다. 물론 인간은 그 단순함마저 이용할 줄 아는 존재이죠. 윌슨은 인간은 "타고난 불안을 지닌 채 살아가고, 아마도 그것을 창의성의 주된 원천으로 여기면서 기쁨을 얻는 방법을 찾아"내는 존재라고 강조합니다. 존재 자체, 즉 어떤 존재인가를 뛰어넘어

의미, 즉 왜 존재하는가를 고민하는 게 인간인 셈이죠.

윌슨은 "우리는 어디서 왔는가", "우리는 무엇인가"의 문제보다 "우리는 어디로 가고 있는가"를 더 어려운 문제로, 이어 "왜 존재하는가"를 가장 어려운 문제로 설정합니다. 앞선 문제들도 그렇지만 '왜'라는 물음에 답하기 위해서는 인문학과 과학이 다시금 하나가 되어야 한다고 윌슨은 주장합니다. 그는 17~18세기부터 지금까지의 계몽운동 역사는 물론 시를 비롯한 다양한 창작 예술의 가치를 간략히 개관하면서 새로운 계몽운동의 가능성을 예고합니다. "자그마한 인지 상자"에 불과한 인문학만으로는 새로운 계몽운동이 불가능하기 때문입니다. 과학과 기술의 발전이 현재 인류의 위치를 결정하는 데 중요한 역할을 한 만큼, 과학과 인문학의 조합이 있어야만 "우리는 왜 존재하는가"에 대한 물음에 답할 수 있다는 것입니다.

그렇다고 인문학이 마냥 과학을 거드는 역할에만 그치지는 않습니다. 과학적 발견이나 기술 발전은 일종의 한살이를 거치게 됩니다. 발견 초기 엄청난 규모와 상상할 수 없는 수준의 복잡성에 이르지만, 이내 속도가 느려지고 안정화됩니다. 그 변화와 속도 자체만으로도 사회적으로 파급을 줄 수 있습니다. 하지만 "무한정 진화하면서 다양해질 쪽"은 오히려 인문학입니다. 인문학은 변화와 속도를 해석하고 의미를 부여하는 일에 한계가 없기 때문이죠. 과학과 기술을 "더 빨리 발전시키도록 하자"는 말끝에 윌슨은 이렇게 덧붙입니다.

> 하지만 인문학도 장려하자. 인문학이야말로 우리를 인간답게 만들고, 과학이 이 수원을, 즉 인류 미래의 절대적이면서 독특한 원천을 엉망으로 만드는 데 쓰이지 않게 막아줄 수 있다.

에드워드 윌슨은 "각 종에게 맞는 서식 가능한 행성은 단 하나밖에 없으며, 따라서 불멸할 기회도 단 한 번뿐"이라면서 인류의 다른 행성 이주 계획을 경계합니다. 그리고 우리가 두 발 딛고 있는 이 땅의 가치를 인정하는 것, 아울러 그곳에서 불멸하는 것이야말로 인간이 왜 존재하는가에 대한 해답이라고 말합니다. 과학과 인문학을 고루 발전시켜야 하는 이유도 바로 여기에 있죠. 이를 위해서는 극복해야 할 산적한 문제들이 많습니다. 인간의 본능, 자유의지와 함께 종교적 편향성도 극복해야 할 과제 중 하나입니다. "신자의 무조건적인 복종을 요구하는 믿음의 중요성"이 과학과 인문학의 발전을 가로막을 때가 많기 때문이죠. 윌슨은 "믿음의 존엄성보다 신자 개인의 존엄성을 우위에" 놓을 수 있어야 "진정한 자유의 외침", 즉 인간의 인간됨이 넘치는 세상을 만들 수 있다고 봅니다. 에드워드 윌슨의 주장에 대한 견해는 분분하지만 과학적 발견을 통해 오로지 인간의 삶을 탐구하는 열정만큼은 인정받을 만합니다.

내친 김에 에드워드 윌슨의 책을 한 권 더 살펴보도록 하죠. 『개미언덕』은 흔히 사회생물학의 창시자로 불리는, 그래서 사회생물학에 대한 비판의 십자포화를 받고 있는 에드워드 윌슨의 첫 장편이자 자전적 소설입니다. 윌슨은 책 첫 장에 『웹스터 신국제 영어사전 제3판』의 '개미언덕'의 풀이를 의도적으로 배치했습니다. "1. 개미나 흰개미가 둥지를 파면서 쌓인 언덕, 2. 끊임없이 움직이느라 바쁜 사람들로 붐비는 공동체". 결국 『개미언덕』은 개미 이야기면서 인간 이야기면서 "시공간에 있어서 수천 배 더 큰 생물권 전체" 이야기라는 사실을 강조하기 위해서입니다.

주인공 래프는 플로리다 주립대학교에서 생물학을 전공하고도 하버드 로스쿨로 진학한 독특한 인물입니다. 그는 어려서 앨라배마주에 있는 노코비 숲의 웅장함 속에서 자랐음에도 로스쿨 졸업 후 앨라배마 최대의 부동산 개발회사의 법률 고문으로 변신하죠. 사실 래프의 행적만으로는 그가 자연을 버리고 개발의 품에 안긴 것처럼 보입니다. 하지만 작품의 결을 유심히 따라가다 보면 개발과 보존, 전쟁과 평화 등의 이분법적 접근이 아닌, 윌슨이 강조하는 유기체로서의 사회, 즉 사회생물학의 본령과 자연스럽게 만날 수 있습니다. 흥미로운 것은 윌슨은 의도적으로 책 중간에 '개미언덕 연대기', 즉 노코비 숲에서 벌어지는 개미 제국의 흥망성쇠를 다

룬다는 사실입니다. 그 이유를, 추천의 말을 쓴 최재천 교수
는 "인간 사회에도 비슷한 일이 벌어질 수 있음을 은유적으
로 충고"하기 위해서라고 말합니다. 인간과 동물의 삶이 '생
명'이라는 점에서 궁극적으로는 다르지 않고, 결국 모든 생명
의 다양한 사회적 현상을 생물학적 관점으로 풀이할 수밖에
없다는 사회생물학의 핵심을 다시 한번 강조하는 것이죠.

당신이 몰랐던 꿀벌의 사생활

다디단 꿀만 좋아할 뿐 꿀벌의 삶에는 관심이 없었습니
다. 꿀벌에 대한 지식은 왜 그리 얄팍한지, 꿀벌들이 여왕벌
의 제왕적 통치 아래 고된 노동에 시달리는 줄만 알았습니
다. 양봉가이면서 코넬 대학교 생물학과 교수인 토머스 D. 실
리(Thomas D. Seeley)의 『꿀벌의 민주주의』는, 우선 꿀벌에 대한
우리의 편견을 깨는 것으로 시작합니다. 여왕벌이 꿀벌 집단
의 우두머리인 것은 확실하지만, 군림하지 않습니다. 오로지
2~3년을 사는 동안 50만 개의 알을 낳는 것을 스스로의 사
명으로 삼을 뿐입니다. 사실 여왕벌을 중심으로 여왕벌의 딸
들인 꿀벌과, 생활은 나태하지만 여왕벌과의 짝짓기만큼은
민첩한 수벌이 모여 이룬 꿀벌 집단은 "통합된 전체로서 기
능하는 하나의 살아 있는 독립체"입니다. 집단 단위로 음식

을 섭취하고 소화하는 것은 물론 산소와 이산화탄소를 교환하기도 합니다. 수분과 체온 유지도 당연히 "5킬로그램의 독립 개체"인 집단에서 이뤄집니다. 이처럼 저자는 오랜 관찰과 실험을 통해 그간 우리가 알지 못했던 꿀벌의 생태를 새로운 각도에서 조명합니다.

이 대목에서 꿀벌의 생태를 조명했던 그간의 책들과는 확연히 다른 특색이 하나 끼어듭니다. 꿀벌 집단은 "어떤 행동을 취할지 결정"하는 일을 여왕벌에게 일임하지 않고 자신들만의 고유한 의사 결정 구조를 따른다는 사실이죠. 저자는 꿀벌들의 고유한 의사 결정 구조가 심지어 민주적이기까지 하다고 주장합니다. 여왕벌 한 마리와 수천 마리의 꿀벌이 집단 이주를 감행하는 '분봉'이 대표적인 예입니다. 딸 여왕벌이 자라면 어미 여왕벌은 자리를 내주어야 합니다. 이때 어미 여왕벌과 생사고락을 함께하기로 한 꿀벌 중 수백 마리가 정찰대를 조직해 새로운 터전을 찾아 나섭니다. 정찰대에 리더가 있을 리 없습니다. 그럼에도 정찰대는 "마치 뇌 속의 신경세포처럼 집단적인 지혜를 발휘"해 최적의 집터 후보지를 찾아내고야 맙니다. 밖에서는 집터 후보지를 찾아다니고, 안에서는 먹이를 먹고 휴식을 취하는 정찰대는 꿀벌 집단의 안팎 상황에 정통하기 때문에 최적의 집터를 찾을 수 있습니다.

최적의 후보지를 찾은 정찰대는 무리에게 돌아와 8자춤, 엉덩이춤, 반원 돌기 등 "광란하듯 춤추는 교묘한 동작"을 통해 함께 이주에 나서자고 설득합니다. 이견 조정 과정도 민주적입니다. 정찰대는 집터 후보지를 제시한 후 "서로 겨루는 여러 대안을 활발하게 광고"해 중립적인 벌을 자기편으로 포섭하죠. 궁극에는 최적의 집터를 지지하는 꿀벌들이 경쟁을 완벽하게 장악해 마침내 모든 꿀벌이 하나의 집터를 지지하기에 이릅니다. 꿀벌 집단은 민주적 절차와 방법을 통해 모든 성원을 만족시키는 만장일치를 추구하는 것이죠. 하찮게만 보이던 꿀벌의 민주적이면서 통합적인 삶과 헨리 데이비드 소로의 "대중은 결코 최고의 기준에 도달할 수 없다. 오히려 최저의 기준으로 자신을 끌어내릴 뿐"이라는 말은 절묘한 대비를 이룹니다.

꿀벌의 일거수일투족을 추적하던 저자는 책 막바지에 이르러 '꿀벌의 지혜'를 일목요연하게 정리하는 친절함까지 선보입니다. 꿀벌이 인간들에게 전해주는 지혜는 이런 것들입니다. "공동 이익과 상호 존중에 기초한 개인들로 결정 집단을 구성하라. 집단적 사고에서 지도자의 영향을 최소화하라. 문제에 대한 다양한 해결책을 모색하라. 논쟁을 통해 집단 지식을 종에 합하라." 여왕벌만을 떠받들고 살 것 같았던 꿀벌들이 민주적 절차와 과정을 통해 스스로의 삶을 선택한다는 사실은, 리더 부재의 시대를 살고 있는 우리에게 커다란 울림을 주기에 충분하죠. 아울러 저자의 맺음말 중 한 대목이 긴 여운을 남깁니다.

가장 큰 함정이란 특정한 결론을 옹호하거나 집단이 선택지를 깊고 넓게 살펴보지 못하도록 군림하는 지도자를 말한다.

씨앗은 그 자체로 하나의 우주

벌을 비롯한 곤충의 생활 터전은 바로 숲이죠. 그런데 그 숲은 어디서 기원하는 것일까요. 다들 아시죠. 바로 하나의 씨앗에서 나무와 풀이 태어나고, 울창한 숲을 이룹니다. 씨앗 하나에 세계가 담겨 있다는 말 들어보셨을 겁니다. 상상 하나 해보죠. 해마다 여름이면 유난히 길고 고통스러운 열대야가 이어집니다. 더위에 지친 밤이면 시원한 수박 생각이 간절하지 않던가요. 어떤 이는 수박씨가 피부 미용에 좋다며 씹어 먹었지만, 저는 줄곧 씨를 정성스럽게 발라냅니다. 나름 번잡스러운 일을 지금도 이어오는 건 아마도 '배 속에서 수박씨가 자라면 어떡하지?'라고 생각했던 어릴 적 걱정 아닌 걱정 때문일 겁니다. 아직까지 전 세계 어디에서도 배 속에서 수박이 자랐다는 보고는 없는 걸 보면 기우임에 틀림없지만 말이죠.

배 속에 들어간 씨앗은 자랄 리 만무하지만, 세상 도처에 뿌려지는 씨앗은, 자연은 물론 인간 삶의 환경을 변화시킵니다. 우리가 먹는 과일이며 일용할 양식은 모두 씨앗의 결과물 아니던가요. 어디 그뿐인가요. 일상에서 쉽게 접하는 수풀과 나무 등은 작은 씨앗 하나에 빚을 지고 있습니다. 그 단순한 진리를 요령 있게 알려주는 책이 보존생물학자 소어 핸슨(Thor Hanson)의 『씨앗의 승리』입니다. 소어 핸슨은 이미 『깃털』로 어지간한 과학책 마니아들의 뇌리에 깊숙이 각인된 인물이죠. 깃털의 기원과 역할, 쓰임새 등을 소상히 설명한 『깃털』에 무릎을 쳤던 독자라면 『씨앗의 승리』에서는 고개를 주억거릴 게 분명합니다. 박사 과정 시절 거대한 열대우림에서 씨앗의 확산과 포식에 관해 연구했던 저자는, 자연 세계에 얼마나 널리 씨앗이 퍼져 있는지 단순명쾌하게 정의합니다. "요컨대 숲 이름도 그곳에 자라는 나무 이름을 따라 짓지, 그곳을 뛰어다니는 원숭이나 날개를 퍼덕거리고 다니는 새 이름을 따라 짓지 않는다. 세렝게티를 풀밭이라고 부르게 되지, 어느 누구도 풀이 자라는 제브라밭이라고 부르지 않는다." 조금만 주의를 기울이고 자연계의 토대를 면밀히 살펴보면 "씨앗과 그 씨앗을 지닌 식물들이 자연계에서 가장 중요한 역할을 하고 있는 것"을 발견할 수 있다는 겁니다.

작은 씨앗 하나가 자연계에 중요한 역할을 할 수 있는 이유는 무엇일까요. 저자는 씨앗이 영양분을 공급하고, 맺어주고, 견디고, 방어하고, 이동하기 때문이라고 주장합니다. 씨앗은 어린 식물체가 섭취할 최초의 식량을 미리 갖고 있는데, 이것이 발생 초기의 뿌리와 순, 잎이 나는 데 결정적인 영향을 줍니다. 씨앗 이전의 식물은 번식이 어려웠지만, 씨앗이 생기면서 독창적인 방식인 꽃가루가 난세포를 퍼뜨리며 맺어주는 역할을 합니다. "추운 기간을 거치거나 불을 통과하거나 심지어는 동물의 내장을 통과해서 나와야 하는 경우"까지 견디면서 싹을 틔우죠. 단단한 껍질과 뾰족뾰족한 침, 화합물, 심지어 독까지 머금고 스스로의 생명을 방어하기도 합니다. 바람 등 다양한 방법을 통해 이동하면서 생태계의 다양성마저 확보해주었습니다. 이쯤 되면 책 제목을 '씨앗의 승리'라고 한 건 '옳고도 아름다운' 일이라 하겠습니다.

『씨앗의 승리』의 미덕은 단지 씨앗의 과학적 사실을 조곤조곤 설명하는 데 그치지 않고, 씨앗과 연관된 인간 삶의 역사를 마치 역사서처럼 엮어나간 점입니다. 로마 공화정의 몰락을 앞당긴 것이 곡물 부족에서 왔다는 지극히 상식적인 이야기부터, 14세기 아시아와 유럽의 흑사병의 원인이 쥐벼룩이었다는 좀 더 깊이 있는 주장도 펼치죠. 쥐의 털 속에 있는 벼룩은 일 년 이상 살고, 이 벼룩의 유충은 곡물도 먹을 줄 알았습니다. 하여 전염병에 감염된 쥐가 장거리 항해 동안 바다에서 죽더라도 벼룩은 살아남아 정박하는 항구도시마다 병을 옮겼다는 것이죠. 그런가 하면 현대인의 공식 음료가 된 커피와 인간의 상호 의존적 역사를 훑어가면서 카페인에 얼마나 무서운 독성이 있는지도 알려줍니다. 저자에 따르면 카페인은 "천연 살충제"로 딱정벌레 유충을 죽이고 달팽

이를 말라 죽게 만듭니다. 또한 부근에 있는 다른 식물 뿌리의 성장을 억제하는데, 발아 자체를 막기도 하죠. 혼자 커피를 마시는 사람들이 늘어나는 게 커피의 이러한 성분 때문은 아닐까 하는, 실없는 생각까지 듭니다. 제2차 세계대전 당시 히틀러(Adolf Hitler)가 러시아에서 유일하게 탐낸 것은 러시아의 식물 육종학자 니콜라이 바빌로프(Nikolay Ivanovich Vavilov)가 만든 씨앗들이었다는 이면의 이야기도 흥미롭습니다.

인류의 최대 관심사가 '먹고 입는' 일이라면 이에는 전적으로 씨앗이 관여되어 있습니다. 목화가 사람들의 의복을 바꾸었고, 산업혁명의 결정적 배경이었다는 점만으로도 충분히 알 수 있죠. 과일을 먹을 때면 번거롭게 여겨졌던, 어쩌면 우리 주변에서 가장 보잘것없어 보이는 씨앗의 반전인 셈입니다. 『씨앗의 승리』는 과학적 사실을 비교적 쉽고 정확하게 설명하며, 역사적 사실을 접목할 때는 과감한 해석을 덧붙이고 있어 읽음직한 책입니다. 누군가 "씨앗은 그 자체가 하나의 우주"라고 했는데, 그 여실한 증명이 바로 『씨앗의 승리』라고 감히 말하고 싶습니다.

'노는 물'이 달라 몰랐던 물고기의 삶

생명 감수성이 높은 사람들은 개와 고양이 등 다양한 반려동물을 곁에 둡니다. 크고 작은 어항에 다양한 물고기를 기르는 분들도 많죠. 아들들 성화에 못 이겨 잠시 열대어 몇 마리를 기른 적이 있습니다. 온갖 열대어를 기르는 지인이 분양해준 열대어들은 작은 어항에서 (내 생각에는) 행복했습니다. 내심 오래 기를 마음이 없었던지 기포발생기 등의 장비는 생략했습니다. 어찌어찌 몇 개월을 길렀습니다. 하지만 겨울이 시작되고 사건이 발생했습니다. 열대어가 살 수 있는 적당한 수온을 맞추지 못해 이름조차 몰랐던 열대어들은 배를 드러내고 물 위로 떠올랐습니다.

잊고 있던 기억이 떠오른 건 한 권의 책, 바로 『물고기는 알고 있다』 때문입니다. 부제부터 충격이 큽니다. '물속에 사는 우리 사촌들의 사생활'. 저자가 물고기와 인간을 사촌이라 명명한 이유는 "물고기가 우리가 생각하는 것보다 훨씬 똑똑하며, 상상을 초월할 정도로 인간과 닮았"기 때문이죠. 물고기는 시각, 청각, 후각, 미각뿐 아니라 "살아 있는 내비게이션"이라 부를 만큼 다양한 방법으로 원근 각지를 찾아갑니다. 황새치나 파랑비늘돔, 홍연어는 태양의 각도를 기준으로 방향을 설정하는 비상한 능력을 지녔습니다. 연어는 후각이 곧 내비게이션인데 새끼 때 지나온 물의 냄새를 차례로 기억해 모천(母川)으로 회귀하죠. 어떤 물고기는 자연계의 전기 자극을 지각하는 생물학적 능력인 '전기 수용(electroreception)'과 '전기 기관 방전(electric organ discharge)'을 통해 의사소통을 합니다.

물고기는 척추동물의 일원으로서 "포유동물과 동일한 기본 체제, 즉 척추, 일련의 감각기관, (뇌에 의해 지배되는) 말초신경계 등을 보유"하고 있습니다. 당연히 통증을 느끼며, 그에 따른 공포와 스트레스도 경험하죠. 아울러 "사회생활을 하며, 삶의 질을 추구하는" 존재로서 물고기도 쾌감을 추구합니다. 물고기가 물 위로 점프하는 것은 본능에 따른 행동이 아니라 호기심으로 인한 행동, 나아가 놀이일 수 있다는 게 일단의 동물학자들의 주장입니다. 호기심이 있고, 놀이를 추구한다면 "생각"하는 존재일 수도 있습니다. 대서양 일대에 서식하는 작은 물고기 '프릴핀고비'는 만조 때의 해안선과 간조 때의 해안선 사이의 부분인 '조간대 지형'을 모조리 암기합니다. "만조 때 헤엄치는 동안 움푹한 곳(간조 때 웅덩이가 생길 만한 곳)들의 레이아웃을 작성하여 머릿속에 넣어"둔다는 것이죠. 이렇게 암기한 지형은 문어나 왜가리 같은 포식자가 공격할 때 정확하게 인근 웅덩이로 도망치는 데 사용됩니다. 지형지물을 이용하거나 도구를 사용해 먹잇감을 찾는 것도 물고기가 생각 있는 존재이기 때문이죠. 물을 발사체로 사용하는 물총고기는 "인상적인 주걱턱"을 "일종의 총신(銃身)"으로 만들어 사냥합니다. 물고기의 모든 행동은 본능이 아니라 생각의 결과물인 셈입니다.

"뭉치면 살고 흩어지면 죽는다"라는 누군가의 말을 아는 듯, 대개의 물고기가 뭉쳐 삽니다. 물고기의 사회생활 기본

단위는 "떼(shaol) 또는 무리(school)"인데, 떼는 "물고기들이 쌍방향적·사회적으로 모여들어 형성한 그룹"입니다. 무리는 좀 더 정연한 방식, 이를 테면 같은 속도, 같은 방향, 상당히 일정한 간격으로 수영하는 것을 말합니다. 물고기들이 큰 무리를 형성하는 이유는 "이동의 용이함, 포식자 탐지, 정보 공유, 숫자의 힘"을 발휘할 수 있어서입니다. 철새가 그렇듯, 많은 물고기가 한 방향으로 이동하면 해류가 생겨 무리 구성원들은 에너지를 절약할 수 있습니다. 이러한 물고기들의 사회생활은 "다른 개체를 인식"하는 방편이 되고, 나아가 "침입자들에 대항하여 영토를 유지하고 방어"하는 데 유리하죠. 물고기도 다양한 방식으로 성생활을 하며, 각자의 스타일대로 양육합니다. 사람이 생각하는 수준으로 물고기도 생각하고 행동하는 것입니다.

인간의 사촌 격인 물고기를 다양한 방식으로 고찰한 저자는 태곳적부터 물고기를 잡았던 인간을 향해 한 마디, 아니 여러 마디 던지네요. 식량 조달이 아니라 이윤 추구를 위해 남획하는 문제에서부터 물고기 양식의 허실, 연구라는 미명 아래 물고기의 "비명횡사"를 조장하는 세태까지 문제 제기는 다양합니다. 최고급 회로 먹기도 하고, 혹은 마트에 수북이 쌓인 참치 캔 덕분에 멸종 위기에 처한 참다랑어 이야기도 빠지지 않습니다. 저자는 물고기를 먹지 말자고 주장하지는 않아요. 다만 "물고기가 고통을 느낀다"라는 증거에 기초해 "선처를 베풀어야 마땅하다"라고 말할 뿐입니다. 에필로그의 마지막 대목은 이렇습니다.

> 제대로만 알면, 인간은 세상에서 훌륭한 공동선을 얼마든지 행할 수 있다.

'노는 물'이 달라 이해하지 못했던 물고기의 삶을 다시 생각하면서, 저는 과연 공동선을 위해 물고기와 회를 먹지 않을 수 있을까, 혼자서 생각합니다. 아마도 저는 "잎새에 이는 바람에도 나는 괴로워했다"를 연발하면서……, 나머지는 독자들의 상상에 맡깁니다.

지구의 주인이었던 공룡이 사라진 이유

2억 3,000만 년 전부터 육상을 지배했던 척추동물 공룡은 6,600만 년 전 무렵 소리 소문 없이 사라졌습니다. 의견은 분분하지만 멸종 원인에 대해 딱히 밝혀진 것은 없죠. 빙하기, 운석, 화산 등 분분한 의견 사이로 가설 하나가 더해졌네요. 암흑 물질(dark matter). 왠지 SF영화에서 악당과 함께 등장할 법한 그 무엇이지만, 하버드 대학교 물리학과 리사 랜들(Lisa Randall) 교수는 『암흑 물질과 공룡』에서 공룡의 멸종 원인으로 암흑 물질을 지목합니다. 암흑 물질이란 우주에 존재하는 수수께끼 물질로, 보통 물질처럼 중력을 통해서 상호 작용하지만 빛을 방출하거나 흡수하지 않습니다. 한마디로 영향은 주지만 눈에 보이지 않는 물질이라는 말이죠.

"추측 단계의 시나리오"임을 전제로 리사 랜들 교수는 다음과 같은 가설을 제시합니다. 6,600만 년 전 폭이 최소 10킬로미터 되는 천체가 우주에서 지구로 곤두박질쳤는데, 그때 공룡을 비롯한 생물 종의 4분의 3이 멸종했습니다. 천체는 혜성일 확률이 높은데, 그 원인에 대해서는 아무도 모릅니다. 리사 랜들 교수는 아무도 모르는 원인이 바로 암흑 물질이라고 주장하는 것이죠. 혜성이 원래의 궤도에서 이탈한 이유는 태양계가 우리 은하의 은하면 속에 담긴 암흑 물질의 원반을 통과하느라 교란을 겪었기 때문입니다. 어떻게 이런 설명이 가능하냐고 묻는다면 "우주는 정의상 하나의 개체이며, 그 구성 요소들은 이론적으로 모두 상호 작용"하기 때문이라고 리사 랜들 교수는 설명합니다.

제목이 그렇듯 암흑 물질과 공룡 멸종의 연관성을 추적하고 있지만, 실제로 『암흑 물질과 공룡』은 '암흑이 지배하는 우주', '살아 움직이는 태양계', '암흑 물질의 정체'로 주제를 좁혀갑니다. 다시 말하면 공룡의 멸종이 이 책의 핵심 주제가 아니라 우주의 변화, 나아가 그것이 우리가 두 발 딛고 살아가는 지구라는 환경에 어떤 영향을 미치는가에 더 큰 관심이 있다는 것이죠. 중요한 점은 실체가 분명하지 않은 암흑 물질이 우주에 있는 전체 물질의 85퍼센트를 차지한다는 점입니다. 크게는 은하, 태양, 지구, 작게는 별, 기체, 인간을 이루는 보통 물질은 15퍼센트밖에 되지 않아요. 과장을 보태자면, 숱한 SF영화에서 보듯이 우주를 지배하는 것은 '암흑'이라고나 할까요. 그래서겠지만, 암흑 물질은 물리학은 물론 천문학, 입자 물리학, 우주론 등에서 과학자들의 이목을 집중시키고 있습니다. '우주 정복' 같은 자극적 용어를 사용하지만 실제로 우리는 우주에 대해 알고 있는 것이 많지 않죠. 잘 알려진 것, 즉 보통 물질에만 집착하면 정작 중요한 우주의 탄생, 진화, 은하와 별들의 진화, 생명의 탄생 등 우주론적 빅 퀘스천들을 해결할 수 없다는 게 리사 랜들 교수의 생각입니다. 보통 물질은 "암흑 물질의 씨앗에 의존하여 구조를 형성"했기 때문에 암흑 물질의 본질에 접근하는 것이야말로 우주의 시원(始原)을 밝히는 일이라는 것이죠.

보통 물질과 암흑 물질이 서로 연결되어 있듯, 암흑 물질들 간에도 상호 작용합니다. 리사 랜들 교수는 이를 "재미 삼아" 암흑 빛(dark light) 혹은 암흑 전자기력(dark electromagnetism)이라고 부르자고 합니다. 암흑 물질이 중력 외에 빛을 흡수하거나 방출하지 않는다고 알려졌지만 "새로운 암흑 물질 요소는 오로지 이 새로운 종류의 빛만을 방출하고 흡수할 것"이라고 가정할 수 있다는 거죠. 보통 물질에 얽매여온 지난 과학의 역사를 되풀이하면 공룡의 멸종 이유도 우주의 역사도 밝힐 수 없기에, 리사 랜들 교수는 제5의 힘, 즉 암흑 전자기력에 주목해보자고 강조합니다. 그는 대담한 가설을 펴면서도 암흑 전자기력 외에도 알려지지 않는 "모종의 다른 힘"이 있을 수도 있다는 열린 학문적 태도를 견지합니다. 공룡을 멸종시키고, 우주의 변화를 야기하는 것은 결국 암흑 물질 혹은 또 다른 어떤 물질 등 "보이지 않는 권력자"들이라는 것이죠.

『암흑 물질과 공룡』은 우주를 형성하는 암흑 물질의 역할과 영향에 대한 단순한 주장을 나열한 책이 아닙니다. 치밀한 추론 과정을 통해 그것이 공룡의 멸종 등 다양한 과거 사건에 어떤 영향을 주었고, 지금 어떤 영향을 주고 있으며, 앞으로 어떻게 전개될지를 상세하게 설명하죠. 결국 이 책의 미덕은 보이지 않는 것의 실존을 믿고 끈질기게 추론 과정을 펼치고 있는 리사 랜들 교수의 연구 태도라고 할 수 있습니다. 물론 『암흑 물질과 공룡』은 과학 지식이 일정 부분 뒷받침되어야 읽기 용이한 책인 것은 사실입니다. 그렇다고 겁먹을 필요는 없습니다. 다양한 학문의 세계를 오가며 비교적 쉽게 설명한 리사 랜들 교수의 집요한 노력과 더불어 '과학 전문' 번역가 김명남의 번역을 신뢰할 만하기 때문입니다. 신선한 자극에 굶주린 독자라면 『암흑 물질과 공룡』이 제격입니다. 생명은 무엇이든 소중합니다. 알면 사랑한다고 했던가요. 우리 주변에 지금도 많은 생명이 함께 숨 쉬고 있습니다.

10장.　　　　　　　평화

전쟁을 넘어 평화를
연습하자!

인간의 역사는 파괴, 특히 전쟁의 역사라고 해도 지나친 말이 아닐 정도로 역사 이래 수많은 전쟁이 있었습니다. 혹자는 "전쟁이 인류의 역사를 바꾸는 거대한 물줄기가 되곤 했다"라고 말하지만 전쟁만큼 인간의 영혼을 파괴하는 행위는 아마도 없을 것입니다. 특히 한국 사람들에게 '전쟁'이라는 단어는 같은 민족끼리 총칼을 겨눠야 했던 아픔을 담고 있으며, 60년이 훨씬 지난 지금도 우리 민족의 깊은 트라우마로 남아 있습니다. 그런데도 우리는, 아니 전 세계는 여전히 전쟁 준비에 여념이 없습니다. 왜 인간은 전쟁을 벌였던 것일까요? 평화의 길은 진정 멀고도 험한 가시밭길인지 궁금합니다. 평화의 길을 가기 위해 먼저 전쟁이란 무엇인지 살펴봐야 하는 이유가 바로 이 때문입니다.

전쟁의 본질을 탐구한 고전 『전쟁론』

전쟁에 관한 명저를 꼽으라면 아마도 많은 사람이 카를 폰 클라우제비츠(Karl von Clausewitz)의 『전쟁론』을 이야기할 것입니다. 프로이센의 장군이자 탁월한 전쟁 이론가였던 클라우제비츠는 실제 전쟁을 치른 수많은 경험을 토대로 전쟁의 본질은 물론 전쟁 이론, 전략과 전술, 전투, 공격과 방어, 군사력과 전쟁 계획 등 전쟁에 관한 거의 모든 것을 철학적으로 고찰합니다. 사실 클라우제비츠에게 전쟁은 정치와 다르지 않았습니다. 그는 전쟁을 "다른 수단에 의한 정치의 연속"이며 "전쟁은 총으로 하는 외교이며 외교는 말로 하는 전쟁"이라고 정의합니다. 과거에는 나라 간에도 말보다 주먹이 가까웠습니다. 탐나는 것이 있으면 말을 먼저 건네지 않고 주먹부터 휘둘러 원하는 것을 쟁취했죠. 하지만 나라 간에도 지켜야 할 규칙과 규범이 생겼고, 언제부턴가 '외교라는 전쟁'으로 원하는 바를 얻게 되었습니다.

클라우제비츠는 『전쟁론』 첫머리에서 전쟁의 본질에 대해 "나의 의지를 실현하기 위해 적에게 굴복을 강요하는 폭력 행위"라고 규정합니다. 생각해보면 모든 인간은 나의 의지를 실현하기 위해 삽니다. 때론 그것을 위해 적은 아닐지언정 주변 사람들에게, 특히 나보다 힘없는 사람들에게 일종의 폭력 행위를 강요하기도 합니다. 그런 점에서 인간사 모든 일이 전쟁일 수도 있습니다. "사는 게 전쟁"이라고 했던 옛 어른들의 말은 이 같은 현실 인식을 잘 보여줍니다. 한 유명 가수의 노랫말 중에 "전쟁 같은 사랑"이라는 표현도 있으니 전쟁은 일상다반사가 아닐는지요.

다시 본론으로 돌아가죠. 클라우제비츠가 규정한 전쟁 중 "나의 의지"는 어떻게 정치로 귀결되는 것일까요. 단순하게 말하면 이렇습니다. 나의 '의지'를 실현하고자 하는 집합적 욕구는 반드시 정치적 성격을 띠게 되고, 그렇게 결집된 정치적 목적을 실현하기 위해서는 폭력 행위, 즉 군사적 성격으로 드러나게 되는 것입니다. 하지만 이것은 이론상의 전쟁입니다. "추상 세계에서 일어나는 절대전쟁", 즉 극단적인 전쟁은 하나의 개연성을 바탕으로 시작되고, 종결됩니다. 그런데 현실에서의 전쟁은 거의 대부분 '우연'의 산물입니다. 1914년 6월 28일, 보스니아의 수도 사라예보에서 울린 두 발의 총성이 제1차 세계대전을 불러왔습니다. 오스트리아의 황태자 프란츠 페르디난트(Franz Ferdinand) 대공과 조피(Sophie) 부인을 저격한 세르비아 청년 가브릴로 프린치프(Gavrilo Princip)는 자신의 테러로 인해 전 유럽이 전쟁의 포화 속으로 빨려 들어갈 것이라고는 생각도 못했을 겁니다.

1455년부터 1485년까지 무려 30년 동안 영국에서 벌어진 '장미전쟁'은 왕위 계승을 놓고 요크 가문과 랭커스터 가문의 일대 격돌이었지만, 가문을 상징하는 문장이 같아 벌어진 일이기도 했습니다. 두 가문을 상징하는 문장은 장미인데, 빨간색(랭커스터)과 하얀색(요크)으로 색만 다를 뿐 모양은 똑같습니다. 두 가문의 문장인 장미 때문에 '장미전쟁'이라고 부르는 것이죠. 이 전쟁에서 랭커스터 가문이 승리하는데, 승리의 주역이었던 헨리 튜더(Henry Tudor)는 요크 가문의 엘리자베스(Elizabeth of York)와 결혼해 튜더 왕조를 열게 됩니다. 튜더 가문의 문장은 랭커스터와 요크의 문장인 장미에 빨간색과 하얀색을 조합해 만들었습니다. 이것만으로 장미전쟁의 발단이 장미 때문이라고 주장할 근거는 부족하지만, 사소한 일이나 때론 우연이 전쟁을 만들어내는 것은 분명합니다.

클라우제비츠는 현실에서 전쟁이 일어나는 이유로 세 가지, 즉 폭력성, 우연성, 정치성을 들고 있습니다. 먼 옛날, 돌도끼도 없던 시절의 전쟁은 오로지 생존을 위한 싸움이었습니다. 그러나 이성이 발달하고 한 사회가 처한 현실적 인식이 극대화되면서 모든 전쟁은 현실의 전쟁이 되었습니다. 그래서 병사, 무기, 화력 등 순전히 군사적인 판단에 따라 수행해서는 안 되는 일이 된 것입니다. 왜 전쟁을 해야 하는지 생각하지 않고 총만 쏘는 행위는 무모한 용기일 뿐입니다. 한때 한반도를 둘러싼 군사적 긴장감은, 결국 총만 쏘면 모든 것이 해결될 것으로 생각하는 위험천만한 일이었습니다. 남북관계란 결국 우리가 처한 현실 인식을 바탕으로, 순리를 바탕으로 지혜롭게 풀어나가야 할 문제임을 오래전 클라우제비츠가 『전쟁론』을 통해 보여주었던 것입니다.

반전·평화를 외치는 시민의식

클라우제비츠의 『전쟁론』이 전쟁의 속성을 밝힌 고전(古典)이라면 일본의 작가이자 평화 운동가 히로세 다카시(広瀬隆)의 『왜 인간은 전쟁을 하는가』는 『전쟁론』에 대한 오마주이자 20세기에 발발한 전쟁의 음험한 속내를 속속들이 밝힌 화제작입니다. 일본에서 '1인 대안언론'이라 불릴 만큼 철저한 현장성을 바탕으로 일본은 물론 지구적 문제에 접근하는 저널리스트이자 반전·반핵 평화 운동가인 히로세 다카시는 클라우제비츠의 이론을 따라 20세기에 일어난 전쟁을 분석합니다. 히로세 다카시는 일본과 독일이 주축이 되어 벌인 제2차 세계대전에 주목합니다. 스스로 일본인이기 때문만은 아닙니다. 제2차 세계대전 이후 세계는 "하루도 쉬지 않고" 전쟁을 거듭하게 되었고, 그 폭력성 또한 더더욱 짙어졌기 때문입니다. 일본이 주도한 제2차 세계대전은 세계사에 어두운 그림자를 드리운, 어쩌면 원죄(原罪)와도 같은 사건으로, 사실 제2차 세계대전 이후 세계는 복마전(伏魔殿), 말 그대로 마귀가 숨어 있는 집이나 굴이 되어버린 것입니다.

『왜 인간은 전쟁을 하는가』가 20세기에 일어난 전쟁의 본질을 추적했다면, 미국 일리노이 대학교 역사학과 교수인 존 린(John A. Lynn)의 『배틀, 전쟁의 문화사』는 "공허한 지적 유희를 불가능하게 만드는 엄연한 현실"로서의 전쟁을 조명합니다. 엄연한 현실로서의 전쟁은 최신형 무기나 용병술 등 전쟁 기술이 만들어내는 것이 아닙니다. 역사학자인 저자는 전쟁이라는 행위 자체가 "군사문화에 달려 있으며, 군사문화는 그것을 포괄하는 사회문화에서 비롯된다"라고 일갈합니다. 전쟁이란 정책 결정을 담당하는 소수의 호전적 인사들의 놀음이 아니라 한 사회의 지배적 인식이 발전한 것이라는 말입니다.

반대로 한 사회의 지배적 인식에 맞서는 소수의 의견들, 즉 반전과 평화를 외치는 목소리가 높아질 수도 있습니다. 베트남전쟁이 대표적인 사례입니다. 국가는 비록 전쟁 중이지만 반전(反戰)을 부르짖을 민주 시민들은 그 어디나 존재합니다. 기어이 파병이 이루어졌지만 이라크와 아프가니스탄 전쟁에 대한 우리 시민들의 인식도 반전·평화였던 것을 상기하면 『배틀, 전쟁의 문화사』가 전달하고자 하는 내용은 쉽사리 이해하실 수 있을 것입니다.

전쟁, 아니 인간에 관한 모든 것 『삼국지』

저에게 '전쟁' 하면 떠오르는 첫 책은 단연 『삼국지』입니다. 초등학교를 졸업하던 겨울방학이었습니다. 선친의 서가에서 정비석이 번역한 『삼국지』를 꺼내 읽기 시작했습니다. 이후 『삼국지』는 제 인생의 책이 되었고, 변변치 못한 실력이지만 책을 읽고 평하는 일을 업으로 삼게 되었습니다. 서점에 가보시면 다양한 판본의 『삼국지』가 나와 있습니다. 황석영, 김홍신, 장정일, 조성기, 이문열 등 내로라하는 작가들이 『삼국지』를 선보였기 때문이죠.

복숭아꽃 피는 장원에서의 도원결의를 시작으로 인애와 성심으로 사람을 대하는 유비(劉備), 오관참장(五關斬將)의 주인공 관우(關羽), 장판교에 우뚝 선 장비(張飛), 동남풍을 비는 제갈공명(諸葛孔明) 등이 펼치는 지략과 무예의 대회전(大會戰)은 그야말로 장관을 연출합니다. 한(漢)의 영화가 쇠하자 중원을 두고 위(魏), 촉(蜀), 오(吳) 세 나라가 자웅을 겨룹니다. 때론 출중한 장수들의 무예의 대결이 등장하고, 때론 책략가들의 지략이 생과 사를 가릅니다.

　개인적으로 가장 추천하고 싶은 『삼국지』는 월탄 박종화의 『삼국지』입니다. 1964년부터 1968년까지 《한국일보》에 1,603회가 연재되는 동안 일명 '월탄 삼국지'로 불리며 대중적인 사랑을 받았던 작품입니다. 한국에서 출간된 『삼국지』의 시조 격인 작품이기도 합니다. 한문에 조예가 깊고, 『금삼의 피』, 『임진왜란』, 『세종대왕』 등을 선보이며 '한국 역사소설의 대부'로 불린 박종화의 『삼국지』는 말 그대로 고풍스러운 『삼국지』의 맛을 한껏 드러낸 작품이라고 할 수 있습니다.

　최근 다시 『삼국지』를 읽으면서 제가 주목한 대목은 전쟁의 변화 양상입니다. 『삼국지』 초기에는 주로 무장(武將)들의 일대일 대결이 전쟁의 승패를 좌우하는 경우가 많았습니다. 천군만마가 대립한 평원에 양측의 대표 장수들이 자웅을 겨룹니다. 한 장수가 이기면 모든 군대가 일시에 달려들어 상대편 군사를 도륙합니다. 무명이었던 관우와 장비가 절륜한 무예 하나만으로 빠른 시간 내에 중원을 호령하는 장수로 우뚝 선 이유도 바로 이 때문입니다. 그러나 제갈공명이 등장하면서부터 『삼국지』의 전쟁 양상은 바뀝니다. 진법을 중심으로 지략 대결에 나서는 것입니다. 군사 전략과 전술이 전쟁의 승패를 좌우하게 된 것이죠. 『삼국지』를 읽는 즐거움 가운데 가장 큰 것은 촉의 제갈공명과 위의 사마중달(司馬仲達), 오의 주유(周瑜) 등 신출귀몰한 모사들이 펼치는 육도삼략(六韜三略)의 대결입니다. 오죽하면 "죽은 공명이 산 중달을 쫓아냈다"라는 말이 떠돌았을까요.

혹시 『삼국지』를 세 번 이상 읽은 사람과는 말을 섞지 말라는 농담이 있는 것 아시는지요. 아마도 인간사의 모든 것을 담고 있으나 그중 정도(正道)를 버리고 잡사(雜事)만을 취할 것을 두려워 한 말일 것입니다. 그런 우려에도 불구하고 『삼국지』는 곁에 두고 읽어야 할 책입니다. 『삼국지』는 전쟁만을 다룬 흥미 위주의 소설이 아니라 인간의 역사를 포괄하는 거대한 물결을 그려내고 있기 때문입니다.

악의 평범성에 대한 보고서 『예루살렘의 아이히만』

클라우제비츠의 지적처럼 현실에서의 전쟁은 우연성이 좌우하는 경우가 많지만, 그 우연성이 때론 광기(狂氣)를 동반

하곤 합니다. 피와 살이 튀는 전장은 그 자체로 광기를 불러일으키기 충분합니다. 제2차 세계대전 당시 나치가 유대인을 비롯한 전 세계인들에게 저지른 범죄는 광기라고밖에 표현할 길이 없습니다. 수많은 우연들이 중첩되면서 전쟁이 벌어졌지만 광기 어린 나치의 행위는 절대 우연이 아닙니다. 그래서 어떤 사람들은 히틀러와 그 수하들을 악의 화신이라 부릅니다. 이 대목에서 주목해야 하는 책이 바로 한나 아렌트(Hannah Arendt)의 『예루살렘의 아이히만』입니다.

유대인 학살의 주범인 아돌프 아이히만(Adolf Eichmann)이 잡힌 것은 1960년 5월 11일, 아르헨티나 부에노스아이레스의 외곽에서였습니다. 이스라엘 비밀경찰에 체포된 아이히만은 예루살렘으로 이송되었고, 한 지방법원에서 재판을 받게 됩니다. 그때 아렌트는 미국의 교양 잡지 《뉴요커》의 특파원 자격으로 아이히만의 재판을 참관합니다. 그 자신이 유대인이었던 아렌트에게 유대인들이, 아니 제2차 세계대전의 악몽에서 벗어나고자 했던 모든 사람들이 한나 아렌트에게 원한 글은 무엇일까요. 아마도 아이히만과 나치에 대한 신랄한 비판과 정죄에 가까운 독설이었을 것입니다.

물론 『예루살렘의 아이히만』에 이 같은 내용이 없는 것은 아닙니다. 그러나 아렌트는 "(아이히만은) 자기가 무슨 일을 하고 있는지 전혀 깨닫지 못했던 자"라고 말합니다. 과격하게 표현하자면, 아이히만은 그저 시키는 대로 일을 처리한 충실한 공무원일 뿐이라는 것입니다. 또한 아이히만에게 유대인 학살은 지극히 일상적이고 평범한 일이어서 양심의 가책을 느끼지 못할 수도 있다는 뜻이기도 합니다. 아렌트는 이를 "악의 평범성"이라고 말합니다. 한나 아렌트는 이 일로 동족인 유대인들에게조차 '따'를 당했고, 때론 적으로 간주되기도 했습니다.

전쟁과 광기, 거기서 분출하는 악한 생각과 행동은 과연 어디서 비롯되는 것일까요. 전체주의에 대한 가장 탁월한 철학적 성과를 내놓은 한나 아렌트는 우리 모두에게도 이런 광기와 악이 존재한다고 말하는 것입니다. 아렌트가 보기에 양심은 인간 본연의 것이기보다 환경과 사회적 여건의 제약을 받는 것이기에, 모든 인간은 그 유혹에서 자유로울 수 없는 것입니다. 『예루살렘의 아이히만』은 철학적 명제가 충돌하면서 인간 본연의 의지와 욕망을 탐구하고 있어 읽기에 녹록한 책은 아닙니다. 그런 분들에게는 '정치적인 것에 대한 마지막 인터뷰'라는 부제를 단 『한나 아렌트의 말』을 권해드립니다.

『한나 아렌트의 말』은 철학자라는 그럴듯한 명패를 거부하고 스스로 "세계 안에서 관계 맺고 살아가는 인류에 주목"하는 '정치 이론가'로 자처했던 한나 아렌트의 삶과 사상의 단초를 엿볼 수 있는 책입니다. 사상적 기반을 완성한 뒤인 1964년부터 타계하기 직전 해인 1973년까지, 한나 아렌트가 행했던 네 편의 굵직한 인터뷰를 엮은 이 책은 한나 아렌트의 지적 자장(磁場)이 어디서 출발했고 어떻게 전개되었는지를 솔직한 어조로 풀어냅니다. 난해한 텍스트 탓에 때론 왜곡되고, 그 왜곡 때문에 종종 세상의 질타를 받았던 것을 상기하면 『한나 아렌트의 말』은 세간의 오해를 조금이나마 풀 수 있는 계기가 될 만합니다.

1964년 10월 독일 ZDF 텔레비전의 정치 시사 프로그램 〈추어 페르손〉에서 나눈 대화를 엮은 「무엇이 남아 있느냐고요? 언어가 남아 있어요」는 아렌트의 사상 전반에 대한 요약과도 같습니다. 아렌트는 그간의 저서에 대한 풀이에 집중하면서도 그가 학문을 천착하는 방법론에 대해서도 간간이 덧붙이죠. 이를 테면 "나는 정치를, 말하자면 철학 때문에 흐릿해지지 않은 밝은 눈으로 보고 싶어요"라든지 "나한테 중요한 것은 사유 과정 자체예요"라는 주장은 그가 학자로서 이미 철저한 선구안을 가졌다는 점을 암시합니다. "세상을 이해하고 싶은 욕구"는 스스로 유대인임을 자각케 했고, 그 자각은 아렌트 사상의 핵심인 공공 영역(public realm)에 대한 성찰로 이어졌습니다.

해제 「아렌트 숨결이 깃든 대화록」을 쓴 숭실대 철학과 김선욱 교수도 밝혔듯이 『한나 아렌트의 말』에서 가장 흥미를 유발하는 대목은 「아이히만은 터무니없이 멍청했어요」라는 두 번째 대담입니다. 1964년 11월 독일 SWR 텔레비전 〈다스 테마〉에서 나눈 이 대담에는, 여전히 설왕설래 말이 많은 아렌트의 '악의 평범성' 문제를 정면으로 다룹니다. 보통 '악의 평범성'이라고 하면 흔한 것이며, "우리 모두의 내면에 아이히만이 있고, 우리 각자는 아이히만과 같은 측면을 갖고 있다"라고 생각합니다. 하지만 아렌트가 주장하는 평범성은 "심오한 의미가 없는" 행동이나 "악마적 의미가 하나 없는" 행동과는 무관하게 "남들이 무슨 일을 겪는지 상상하길 꺼리는 단순한 심리"만 있는 상황을 가리킵니다. 쉽게 말하면 남의 입장에서 생각하지 않는다는 것 자체가 악의 평범성이라는 것이죠. 해제를 쓴 김선욱은 "남의 입장에서 생각하기를 못하는 것이 아이히만에게서 보이는 악의 참모습이라는 것"으로 정리합니다. 그런 점에서 역지사지(易地思之) 못하는 장삼이사들은 모두 악의 평범성에 노출되었다고 볼 수 있습니다. 물론 한나 아렌트는 악의 평범성이라는 논리가 모든 악을 설명하는 유일한 방법이라고 주장하지 않습니다. 바로 이 대목이 정치 이론가로서 아렌트가 가진 미덕 중 하나가 아닐까 싶습니다.

세 번째 대담 「정치와 혁명에 관한 사유」는 1972년 출간된 『공화국의 위기』를 중심으로 폭력과 권력, 혁명의 문제를 다룹니다. 그런가 하면 1973년 10월 프랑스 국영 라디오 텔레비전 방송국과 행한 「마지막 인터뷰」는 만년의 대담답게 다양한 주제를 포괄하며 공화주의, 즉 "아렌트적 공화주의"에 대한 설명을 덧붙이죠. 한나 아렌트는 말만으로 자신의 정치 철학 혹은 정치 이론의 지향을 밝히지 않았습니다. 번역자의 말마따나 "극단적인 세력의 피해자이자 목격자"로서 한나 아렌트는 정치적 사유를 행동으로 옮길 것을 강조했고, 그렇게 살았습니다. 『한나 아렌트의 말』은 정치 이론가 아렌트의 일면을 보여주기에 충분한 책입니다. 그렇다고 아렌트의 주요 저작들을 읽어볼 기회를 스스로 놓을 필요는 없습니다. 『한나 아렌트의 말』만으로 한나 아렌트라는 빙산 전체를 보았다고 생각한다면 한나 아렌트 역시 슬퍼할 테니 말이죠.

문학과 전쟁

문학은 전쟁을 시대적 배경으로 삼을 때가 많습니다. 세계문학도 그렇지만 동족상잔의 비극 한국전쟁을 겪은 우리나라도 전쟁을 배경으로 하여 참 많은 소설이 탄생했습니다. 한국전쟁을 배경으로 한 전후 소설은 6장 「한국인」 편에서 충분히 설명했으니 시대를 조금 더 당겨볼까요.

사무치도록 왕이 되고 싶어 했던 능양군 이종(李倧)은 기어이 광해군을 밀어내고 왕위에 올랐습니다. 어진 임금이라는 묘호(廟號)를 가진 인조(仁祖)가 바로 능양군 이종입니다. 왕이 되고자 했으면 준비라도 철저해야 했지만 인조는 단지 왕이 되고자 했을 뿐, 준비는 없었습니다. 논공행상에 불만을 품은 이괄이 난을 일으키자 한양에서 전주로 도망쳤고, 정묘호란 때는 강화도로 내뺀 이가 바로 인조입니다. 그뿐인 가요. 인조는 병자호란 때 청의 황제 칸에게 세 번 절하고 아홉 번 고개를 조아려 군신의 예를 다했습니다. 인조는 세자와 신하들, 수많은 공녀(貢女)들까지 딸려 보내면서 제 목숨 하나 건사하기에 바빴습니다.

김훈의 『남한산성』은 병자호란 당시 남한산성에 고립된 인조의 곤궁한 처지가 여실히 드러나는 작품입니다. 혹자는 결사항전이라고 묘사하기도 하지만 『조선왕조실록』의 기록에 따르면 "임금은 남한산성에 있"었을 뿐 이렇다 할 움직임이 없었습니다. 궁벽한 성에 갇힌 왕은 할 일이 없었지만 그 임금의 삶을 건사하기 위해 수많은 사람, 특히 여인네들은 조바심쳐야 했습니다. 한양의 궁을 나서기도 전에 지밀나인들은 "임금의 이부자리며 수저를 짐바리에 얹으면서 소리 죽여 흐느껴야 했"습니다. 왕을 따라 나설 수 있는 지밀나인들의 형편은 그나마 나았죠. "무수리, 의녀, 어린 나인들은 빈 대궐에 남든가 집으로 돌아가라"라는 명령을 받았습니다. 알아서 살라는 말이었습니다.

산 입에 거미줄 칠 수는 없는 노릇. 피난을 가서도 임금은 먹어야만 했습니다. 곤궁한 처지에 이것저것 가릴 처지가 아니었건만 "성 안으로 들어온 뒤로 임금은 음식의 간을 힘들어했다"라고 합니다. 수라간 상궁은 궁에서 입던 옷이 아닌

"여염의 옷을 입"고서 왕의 밥상을 차리기 위해 이리 뛰고 저리 뛰었습니다. 궁 안에서라면 반찬으로도 치지 않는 "마른 산나물과 무말랭이도" 수라상에 올랐고 "졸인 닭다리 한 개와 말린 취나물 국"이 오르기도 했습니다. 왕의 밥상을 맡은 여인이 얼마나 노심초사했을까 싶지만, 왕은 그저 남한산성에 있었을 뿐입니다.

살 길이 막힌 성 안의 민촌의 삶도 피폐하기는 마찬가지였죠. 겉보리 한 섬 들지 않고 성 안으로 들어온 조선의 조정은 "가호를 돌면서 징발할 수 있는 민촌의 물력"을 모두 가져갔습니다. "집집의 남은 곡식이며 땔나무, 이부자리, 솥단지, 간장, 가마니, 가축, 벗겨서 말먹이로 쓸 수 있는 초가지붕" 등이 "환궁 뒤 면천(免賤)과 복호(復戶)를 널리 베풀라"라는 하나마나한 약속과 함께 사라졌습니다. 장정은 부역으로 끌려가고 노약자와 불구자들만 남은 곳에서 여인네들은 민촌의 삶을 건사하는 유일한 손길이었을 것입니다.

전쟁의 참화는 남녀노소, 지위고하를 가리지 않습니다. 오히려 신분이 높을수록 견디기 어려울 수도 있습니다. 삼전도에 주둔한 청나라 지휘부로 화친을 청하러 간 조선의 이조판서 최명길은 미색이 수려한 여인들과 마주합니다. 통역을 맡아 조선 정부를 뒤흔드는, 평안도 은산 관아의 세습 노비였던 정명수는 한양에서 잡아온 사대부가 여인들의 시중을 받고 있었습니다. 수많은 사람들, 그중 어떤 여인들은 살아도

산 것이 아니요, 죽어도 죽은 것이 아닌 삶을 살았습니다. 그래도 인조는 남한산성에 있었을 뿐이었습니다.

영화 〈최종병기 활〉의 배경도 병자호란 당시입니다. 수많은 전쟁 포로들이 청으로 잡혀갔고, 그중 일부만이 조선으로 돌아왔습니다. 그렇게 돌아온 남성들은 삶을 유지할 수 있었으나 돌아온 여성들은 온갖 냉대와 굴욕을 당해야만 했습니다. 환향녀(還鄕女), 고향으로 돌아온 이들이었지만 그들은 '화냥년'이 될 수밖에 없었던 것이죠. 홍제천에서 몸을 씻고도 주변의 차가운 시선을 이겨낼 수 없었던 이들은 화냥년이 되었습니다. 전쟁은 여성의 삶을 나락으로 떨어뜨리는, 이제 다시는 일어나서 안 될 일임에 분명합니다.

역사에서 배우고 평화를 연습하자

한국인들은 한국전쟁이라는 아픈 상처를 안고 풍진세계(風塵世界)를 살아왔습니다. 전쟁으로 인한 분단은 우리 민족에게 커다란 한을 남겼고, 또한 이념에 의한 대결은 여전히 우리의 발목을 잡고 있습니다. 그래서일까요. 최근 전쟁이라는 말 뒤에는 꼭 '평화'라는 단어가 짝을 이루고 있는 것을 보게 됩니다. 혹자는 "평화를 위해 전쟁을 준비하라"라고 말하지만, 전쟁을 준비하지 않는 평화가 더더욱 바람직하지 않을까요. 지금도 세계 곳곳에서 전쟁이 벌어지고 있지만, 전쟁은 오로지 과거의 기억만으로도 족합니다. 역사에서 배우고, 평화를 연습하는 한 사람 한 사람이 소중한 시절입니다.

3부

나, 세상을 이해하는 통로

11장.   자아

나는 누구인가

_____

가끔 책장 깊숙이 숨겨둔 대학 시절 일기장을 꺼내 보곤 합니다. 재수를 하고서도 원하는 대학과 원하는 학과에 입학하지 못해 학교 주변을 겉돌던 시절, 제 일기장에는 수많은 고뇌와 고민의 흔적들이 난무합니다. "내 영혼에 영락(零落)을 고하는 작은 메아리" 같은, 어디선가 주워들은 글귀가 있는가 하면 '나는 누구인가', '삶이란 무엇인가' 등 당시로서는 감당하기도, 대답하기도 어려운 문구들이 페이지마다 빼곡합니다. 세상 고민과 고독을 한 몸에 짊어지고 살던 시절의 치기라고나 할까요.

　그렇다고 제 대학 시절이 암울하지만은 않았습니다. 평생 함께 가는 친구들을 만났고, 평생 해야 할 일을 바로 그때 발견했으니까요. 학과 공부에는 도통 흥미를 느끼지 못해 도서관 주변을 맴돌며 읽었던 책들이 오늘 제가 살아가는 밑천이 될 줄 누가 알았겠습니까. 비록 얼치기였지만 어떻게 살 것인가, 나는 누구인가 등을 고민하고 또 고민했더니 '책'이라는 '구원의 손길'이 제게 다가왔습니다. 어쭙잖은 고민이었지만 그것이 오늘의 제 삶을 열어주지는 않았을까 생각하며 글을 열어봅니다.

소크라테스와 뭉크의 고민

'나는 누구인가'라는 명제를 생각하고 고민하는 것은 고명한 철학자들의 전유물이 아닙니다. 철없는 어린아이도 가끔은 나는 누구일까를 고민하고, 사춘기 청소년들은 이 문제를 해결하기 위해 질풍노도의 시기를 보내기도 합니다. 나이 지긋한 어르신들도 나는 누구인가 생각하며 만년을 보냅니다. '나는 누구인가'는 남녀노소, 장삼이사의 고민이자 모든 인간이 짊어진 삶의 무게와도 같습니다.

"너 자신을 알라"라고 말했던 위대한 철학자 소크라테스(Socrates)를 모르시는 분은 아마도 없을 겁니다. 대개는 이 명언을 소크라테스가 생각 있는 몇몇 사람, 즉 자신의 제자에게 던진 화두라고 생각하지만 전혀 그렇지 않습니다. 소크라테스는 멋진 학당에서 하루 종일 책만 읽는 책상물림의 철학자가 아니었습니다. 그는 '시장의 철학자'라고 해도 손색이 없을 정도로 시장통을 누볐던 사람입니다.

당시 아테네는 군인 출신 정치가 페리클레스(Perikles)가 다스리고 있었습니다. 민주적 권리를 제한하지 않으면서 국민들을 이끌었고, 파르테논 신전을 건립하기도 했지요. 외적으로는 스파르타와 연합해 페르시아의 침입을 막으면서 '아테네의 황금기'를 구가했습니다. 문제는 이 과정에서 시민정치는 사라지고 사실상 독재에 가까운 정치 상황이 벌어졌다는 것입니다. 하지만 시민들은 연연하지 않았습니다. 나름 먹고 살만 했기 때문이죠. 이때 소크라테스는 활력을 잃어버린 시민들을 향해, 특히 하는 일 없이 시장통이나 배회하는 청년들을 향해 하나의 화두를 던집니다. "너 자신을 알라." 너 자신을 알라는 화두 안에 얼마나 많은 이야기가 숨겨져 있는지 모릅니다.

모든 권력은 깨어 있는 사람의 탄생, 곧 "너 자신을 알라"라는 소크라테스의 일갈에 반응하는 청년들의 탄생을 두려워합니다. 당연히 당대 권력은 소크라테스를 죽일 수밖에 없었습니다. 그렇게 소크라테스는 "악법도 법이다"라는 말과 함께 삶을 마감했습니다. "악법도 법"이라는 말에도 많은 이야기가 숨어 있지만, 본론에 집중하기 위해 이만 줄입니다. 이처럼 "너 자신을 알라"에는 수많은 혹은 함축된 이야기와 의미가 숨겨져 있습니다. 어찌 보면 오늘 우리 시대와도 일맥상통하는 것 같지 않습니까.

어설프더라도 '나는 누구인가'를 고민하는 일은 기실 세상을 품는 일과 고스란히 연결되어 있습니다. 인간이라면 누구나, 특히 청소년기를 지날 때 한 번쯤은 이런 질문을 해봤을 겁니다. 어떤 사람은 이 질문 하나 때문에 숱한 밤을 뜬눈으로 지새우기도 하고, 누군가는 이 질문에 대한 답을 찾기 위해 순례의 길 혹은 고행의 길을 떠나기도 합니다. 물론 질문만 한번 던질 뿐 심각하게 고민하지 않는 사람도 태반일 겁니다. 중요한 것은 이런 질문들이 쌓이고 쌓여 하나의 지형을 이루고, 다시 사회 변화를 추동하는 힘이 된다는 사실입니다. 그런 점에서 "철학의 알파와 오메가를 보여주는 책"이라는 평가가 아깝지 않은 『소크라테스의 변명』은 누구라도 읽어야만 하는 책입니다. 그만큼 '나는 누구인가'의 시작은 소크라테스가 제격입니다.

아마도 뭉크를 모르시는 분은 없을 겁니다. 노르웨이 출신의 표현주의 화가인 에드바르 뭉크(Edvard Munch)의 바로 그 작품, 〈절규〉가 유명하기 때문이지요. 뭉크는 1893년에 완성한 〈절규〉에서 괴기스러울 정도로 뒤틀린 한 인물을 묘사합니다. 이를 두고 어떤 평론가들은 겉모습이 아니라 우리 안에 있는 내면의 분열과 좌절 등을 묘사했다고 말합니다. 그런데 뭉크는 작품을 잘 팔지 않는 화가로 유명했습니다. 그런 그가 몇 작품을 팔아 노르웨이 스퀘옌에 있는 에켈리라는 곳에 땅을 사고 집을 지어 20년 가까이 은거했습니다. 사람들의 관심을 피해 오로지 자신의 내면에 집중하며 그림을 그리고 싶었기 때문이죠.

〈절규〉를 기반으로 변형시킨 작품만 해도 50점이 넘는 것을 보면 뭉크는 이 작품에 꽤나 애착이 많았던 모양입니다. 그런 점에서 내면세계에 대한 진지한 탐구, 잠재의식에 관한 끊임없는 관심, 자아에 대한 발견 등은 뭉크가 그림을 통해 한평생 탐구하고자 했던 주제라고 할 수 있습니다. 뭉크는 수많은 그림을 통해 자신의 내면, 즉 자아에 접근해갔던 것입니다.

난해하기로 유명한 교향곡을 작곡했던 오스트리아의 작곡가 구스타프 말러(Gustav Mahler)는 미완성인 제10번을 포함해 모두 11개의 교향곡을 통해 작곡가 자신은 물론 청중의 자아와 내면에 말을 걸었습니다. 구스타프 말러의 교향곡이 특유의 난해함에도 불구하고 여전히 수많은 음악가들과 대중의 사랑을 받는 것은 바로 이런 이유 때문일 겁니다. 사람들의 삶은 결국 자아와 내면, 즉 '나는 누구인가'를 알아가는 과정이며 다시, 그것을 통해 온전한 삶의 자리를 영위해갑니다. 숱한 미술 작품과 음악 작품에도 '나는 누구인가'라는 물음이 깃들어 있다면, 인간 정신의 온전한 발현체인 책과 텍스트에는 얼마나 많은 물음과 또 그에 대한 해답이 들어 있을까요.

루소, 더불어 사는 인간을 향한 꿈

격동의 18세기, 그중에서도 큰 격랑이 일어났던 프랑스에서 사상계의 이단아로 이름 높은 사람이 있습니다. 바로 『인간 불평등 기원론』, 『에밀』, 『사회계약론』 등의 저작으로 유명한 장 자크 루소(Jean Jacques Rousseau)입니다. 제가 루소의 이름을 처음 대한 것은 중학교 사회 시간이었습니다. 그때는 그 냥 루소가 『사회계약론』을 썼다는 정도만 달달 외웠습니다. 루소가 어떤 사람인가, 『사회계약론』은 어떤 내용인가를 묻는 내용은 시험에 나오지 않았기 때문입니다. 그런 루소가 자신에게 '이단아'라는 타이틀을 안겨준 『에밀』의 제1부 첫 문장에서 인간의 좌표를 이렇게 묘사합니다.

> 조물주는 모든 것을 선하게 창조했으나, 인간의 손길이 닿으면서 모든 것은 타락하게 된다.

루소가 설정한 인간의 좌표는 종교가 있느냐 없느냐에 상관없이 암울합니다. "인간의 손길이 닿으면서 모든 것은 타락하게 된다"라는 말을 곧이곧대로 받아들인다면, 우리가 사는 세상은 결국 타락한 공간이 될 수밖에 없기 때문이죠. 하지만 오늘날 우리의 현실을 비추어 보면 부정할 수만은 없어 보입니다. 과장을 조금 보태자면 인류에게 닥친 모든 위기는 기실 인간이, 아니 내가 만들어낸 자연적인 역습인 셈입니다.

그래서인지 루소는 이런 인간이 바로 서기 위해서는 '교육'이 절실하다고 주장합니다. "식물은 재배에 의해 성장하고, 인간은 교육을 통해 형성"되기 때문이죠. 루소가 주장한 교육의 방법은 세 가지로, 자연의 교육, 사물의 교육, 인간의 교육이 그것입니다. 그러나 자연의 교육과 사물의 교육은 인간 역량 밖의 일인지라 인간의 교육만이 유일하고도 적절한 방법이라고 할 수 있습니다. 하지만 그것마저도 인간 스스로 주도할 수 없습니다. 그래서 루소는 책과 가족, 또래로부터 고립되는, 즉 모든 속박에서 벗어나 천성적 자유를 만끽할 수 있는 교육만이 인간의 본래 좌표를 되찾는 길이라고 말합니다.

물론 이 같은 루소의 철학은 오해의 소지가 있습니다. 그래서인지 "자연인은 전적으로 자기 자신을 위하여 존재한다"라는 지극히 이상적인 루소의 교육관은 당대 귀족들에게 배척을 받을 수밖에 없었습니다. 하지만 이 말에 뒤를 잇는 루소의 주장을 유심히 살펴본다면, 아마도 고개를 주억거릴 수밖에 없을 겁니다.

> 자연인은 수의 한 단위인 정수(整數)의 경우처럼, 자기 자신 혹은 자신의 동료하고만 관계를 맺고 있는 독립적인 실체이다. 분모에 의해 그 값이 결정될 수밖에 없는 분수의 분자처럼, 사회인의 가치는 사회적 유기체라는 전체와 맺는 관계에 따라 결정된다. 훌륭한 사회제도란 인간의 본성을 최대한 변형시킬 수 있고, 인간으로부터 독립적인 존재를 박탈하여 상대적인 존재로 만들 수 있으며, 자아를 하나의 공통된 단위, 즉 사회 속에 융합시킬 수 있는 제도이다. 그 결과 개인

은 자신을 더 이상 하나의 개체가 아니라 사회적 유기체와
같은 단위의 한 부분으로 생각하게 되고, 전체 속에서만 자
신을 의식하게 된다.

혹자는 루소를 개인주의 교육을 부추기기는 주범이라고
말하기도 합니다. 그도 그럴 것이, 루소는 책과 가족은 물론
또래 집단의 영향력까지 완전히 배제하고 천성적 자유를 만
끽해야 한다고 주장했으니까요. 하지만 실상 루소가 이야기
하는 교육은 개인적 관점이 아니라 "인간으로부터 독립적인
존재를 박탈하여 상대적인 존재로 만들 수 있으며, 자아를
하나의 공통된 단위, 즉 사회 속에 융합시킬 수 있는 제도"
입니다.

그런 점에서 루소가 추구한 인간의 좌표는 '나는 누구인
가'에 대한 질문이며, 확장해보면 사회적 관심사의 표출이라
고 할 수 있습니다. 그 질문에 대해 루소는 '더불어 사는 존
재'야말로 가장 이상적인 인간이며, 그것이 교육이 추구해야
할 궁극의 목표라고 생각하고 있는 것입니다.

만인의 진정한 아름다움을 추구한 다산 정약용

'나는 누구인가'라는 존재의 시원을 묻는 질문과 대답에

있어 서양 철학보다는 동양 사상이 훨씬 더 웅숭깊다는 것은 누구나 아는 사실입니다. 단도직입적으로 공자(孔子)를 먼저 살펴보죠. 공자는 『논어』에서 다음 같이 말합니다.

> 사람다움이란 자기가 세우고 싶은 대로 주위 사람을 세우고, 자기가 이르고 싶은 대로 주위 사람을 이르게끔 한다. 가까운 일상에서 유추를 끌어낼 수 있으면 그것이 사람다움으로 나아가는 방향이라고 할 수 있다.

사마천(司馬遷)은 『사기』에서 공자를 "상갓집의 개"라고 부르며 낮춰 보기도 했지만, 난세인 춘추전국시대를 온몸으로 받아내며 '덕'에 기초한 정치, '인'에 바탕을 둔 위정자의 자기 개조를 부르짖었던 공자였습니다. 그래서인지 공자는 평생 인(仁)의 문제를 다룸에 있어 '사람다움이란 무엇인가'를 가장 앞세웠다고도 할 수 있습니다.

하지만 공자와 대척점에 서 있다고 생각할 수도 있는 노자는, 사람다움에 대해서 애초부터 조금은 부정적인 시각을 가지고 있었습니다.

> 천지는 그 무엇을 사랑하지 않고 만물을 풀로 만든 강아지로 여긴다. 성인은 그 누구도 사랑하지 않고 백성들을 모두 풀로 만든 강아지로 여긴다. 천지 사이는 사랑이라곤 털끝

만큼도 없고 그냥 불어서 바람을 일으키는 풀무와 같을 뿐이다.

노자의 말을 듣고 있노라면 어릴 적 즐겨보던 만화영화 〈개구쟁이 스머프〉의 투덜이 스머프가 생각나는데, 여러분은 어떠신지요. 물론 노자의 지적은 지도자에 초점이 맞춰져 있지만, 다시 한번 돌아보면 결국 모든 사람을 향한 일갈과 다름이 없습니다. 그런 점에서 노자의 사람다움이 꼭 부정적이라고만은 할 수 없습니다. 노자가 "백성을 사랑하는 성인이 없다"라고 지적한 것은 그러한 성인의 탄생을 기다리는 간절한 바람이 있었기 때문입니다. 천지 사이에 털끝만큼도 없는 사랑을 찾아내기 위해 노력하는 사람, 그것이 노자가 말하는 사람다움의 핵심이 아닐까 하고 혼자서 생각해봅니다.

퇴계와 율곡, 다산 등 이 땅의 석학들도 '나는 누구인가'라는 질문에 답하기 위해 무던히도 애썼습니다. 퇴계는 『근사록』에서 "가엽고 불쌍히 여기는 마음은 사람답게 사는 길"이라고 이야기했고, 율곡은 "안으로는 차분하게 내 안, 즉 마음에서 진리를 찾고 밖으로는 생기 있게 활발하게 움직이는 자연의 움직임을 잘 살핀다"라고 말한 바 있습니다. 퇴계와 율곡은 비록 표현 방식은 다르지만, 사람다움의 길은 내 안에서 시작한다는 것을 에둘러 보여주고 있습니다.

다산 정약용은 '나는 누구인가'라는 물음에 어떻게 답했을까요. 성균관대 동양철학과 신정근 교수는 다산이 학문을 닦은 목적은 "건강하고 공정한 사회의 회복" 때문이라고 표현한 바 있습니다. 신분의 차별은 물론 빈곤의 양극화가 유별났던 조선 시대에 정약용은 "깨끗하고 고결한 (사대부) 개인의 구원만큼이나 힘겹고 시끄럽고 더러운 사회(민중)의 구원이 중요하다"라고 생각했습니다. 정약용에게 사람다움이란 사대부만의 것이 아니라 반상의 구분 없이 이뤄져야 하는 궁극의 목적이기 때문입니다. 그런 점에서 다산의 실학적 학풍은 작게는 학문적 지향이며 크게는 만인(萬人)의 진정한 사람다움을 추구한 휴머니즘이라고 치켜세워도 모자람이 없습니다.

신정근 교수가 쓴 『사람다움이란 무엇인가』는 동양의 모든 고전을 속속들이 다 뒤지지 않아도 될 만큼 잘 정리된 책입니다. '오래된 질문을 다시 던지다'라는 시리즈의 명칭처럼 '인간은 무엇인가', '나는 누구인가'라는 질문에 명징한 답을 전해주기에 충분합니다. 물론 '인(仁)'의 3,000년 역사를 정면으로 다루고 있지만, 인(仁)을 추구하는 주체가 인(人)이라는 점에서 이 책은 좋은 자료임에 틀림없습니다.

자연, 참 나를 만나는 공간

시절이 하 수상하니 귀향 혹은 귀농을 선택하는 사람들이 많습니다. 사정이 여의치 않아 '소나기는 피해 가자'는 심정으로 귀향과 귀농을 선택한 사람들도 있지만, 자연과의 교감을 통해 참 나를 찾으려고 귀향·귀농을 선택한 사람들도 적지 않습니다. 『공지영의 지리산 행복학교』를 보면 21세기를 산다고는 볼 수 없는 도인풍의 사람들이 등장하는데요. 경쟁이 일상화된 도시의 생활과는 달리 그들의 삶에는 평화와 애덕(愛德)이 넘칩니다.

자연과 벗한 삶에 평화와 애덕이 넘치는 이유는 무엇일까요? 물론 경쟁이 없다는 것만으로 모두를 설명할 수는 없을 겁니다. 하지만 남과 나를 비교하지 않고, 또 경쟁하지 않으면서 자신의 내면에 고요하게 집중하기 때문이 아닐까요. 도시에 산다고 자신의 내면에 집중할 수 없다는 것은 편견이지만, 루소나 스피노자(Baruch Spinoza)가 말한 지극히 자연스러운 상태로서의 인간이 자신의 삶을 반추하고 새로운 길을 찾는 게 훨씬 자연스러운 일이라는 사실만큼은 부인할 수 없습니다.

자연으로의 귀의를 이야기할 때 빼놓을 수 없는 사람이 『월든』의 작가 헨리 데이비드 소로입니다. 극도의 상업주의와 산업주의에 반대하며 월든 호숫가 숲 속에 손수 오두막집을 짓고 2년간 홀로 생활했던 헨리 데이비드 소로. 그는 그곳에서 직접 일하며 최소한의 비용으로 삶을 꾸렸고, 그 외의 모든 시간은 독서와 사색, 자연과의 교감에 할애합니다. 단순하고 자족적이며 독립적인 삶은 소로 자신의 내면과 독대하는 시간이었고, 이후 '자발적 고립'의 삶의 모본이 되었다고 해도 과언이 아닙니다.

　자연으로의 회귀와 자아 성찰에서 놓치면 안 될 부부가 있죠. 8장 「문명」 편에서도 언급했던 스콧 니어링과 헬렌 니어링 부부입니다. 부유한 집안 출신에 대학교수라는 든든한 뒷배를 초개와 같이 버린 부부는 버몬트와 메인의 숲 속에서 자신들만의 삶을 개척합니다. 두 사람이 보기에 세계대전, 대공황 등으로 이미 자정 능력을 잃어버린 미국의 상황은 암울했습니다. 그와 같은 세계에서 살 수 없다는 자각은 결국 자급자족하는 삶으로 이어졌고, 마침내는 땅에 뿌리박은 삶, 조화로운 삶을 추구합니다. 영성이라는 말이 난무하는 세상에서 그들의 삶은 현실에 뿌리박은 진정한 영성적 삶이었고, '나는 누구인가'라는 질문과 그 해답을 찾기 위해 천착한 삶이었습니다. 두 사람이 함께 쓴 책도 있고, 각자 쓴 책도 있습니다. 『조화로운 삶』, 『조화로운 삶의 지속』, 『그대로 갈 것인가 되돌아갈 것인가』 등 어떤 책이든 읽어둘 만합니다.

　물론 이 땅에도 그와 같은 현자가 없는 것은 아닙니다. 지금도 이름 모를 숱한 현자들이 자연과 벗하며 스스로의 존재 이유를 묻고 답하며, 물질 만능과 경쟁으로 타락한 세상에서 오아시스와도 같은 존재로 살아갑니다. 개인적으로 철학자 윤구병이 변산에서의 삶을 세세하게 기록한 『가난하지만 행복하게』를 시시때때로 읽는 이유가 바로 이 때문입니다. 법정 스님도 물질 만능 시대를 거스르는 대안적 삶을 추구하는 이들의 책을 즐겨 읽었는데, 그중 하나가 바로 윤구병의 『가난하지만 행복하게』였습니다. 노동과 교육이 하나였던 변산공동체의 행복한 삶을 지긋한 눈으로 바라보던 법정 스님은 "분수 밖의 욕심을 부리지 않는 마음"을 제안합니다. 분수 밖의 욕심을 부리지 않는 마음이야말로 '나는 누구인가'라는 화두를 두고 고민하는 사람들이 찾아가야 할 자리가 아닐까요. 이어지는 법정 스님의 말이 오롯합니다.

> 내면적인 가난을 통해서 삶의 진실을 볼 수 있고, 그때 거기에는 아무 갈등도 없다. 이와 같은 삶은 교회나 사원에서도 발견할 수 없는 축복이다.

'나는 누구인가'를 고민하며 미로와 같은 길을 찾을 때 절대 잊지 말아야 할 것이 하나 있습니다. 개인적으로는 이 대목이 '나는 누구인가'에 대한 답을 찾는 핵심이 아닐까 싶은데요. 바로 나와 더불어 살고 있는 사람들, 즉 '공동체'에 대한 감수성입니다. 생각해보면 간단한 문제입니다. '나는 누구인가'는 나로서 존재하는 것에 대해 깊이 고민하는 것이지만, 나로서 존재한다는 것은 결국 누군가 옆에 있고, 더불어 삶을 공유하기 때문입니다.

강상중 도쿄대학 명예교수는 『고민하는 힘』에서 "나라는 존재에 드리워진 실존적 물음"에 대해 이야기하면서 '자아'와 '자기중심주의'를 구분할 수 있어야 한다고 말합니다. '나는 누구인가'는 결코 "자기만 생각하는 모습"이 아닙니다. 사람들은 이런 사람들을 오히려 피곤해합니다. 그리고 의미심장한 한마디를 던집니다.

'자기중심주의자'라는 말을 듣는 사람들 중에는 자아에 대해 고민하는 사람이 적고 '자기중심주의자'라는 말을 듣지 않는 사람들이 오히려 자아에 대해 고민하는 사람이 많다는 것은 매우 흥미로운 일입니다.

강상중 교수는 "자아라는 것은 타자와의 관계 속에서만 성립"한다고 말합니다. "사람과의 관계 속에서만 '나'라는 것이 존재할 수 있다"라는 말이죠. 타자라고 지칭했지만, 그것은 실은 공동체를 의미합니다. 더불어 살아야만 '자아'를 발견할 수 있습니다. 『고민하는 힘』은 작은 책이지만 담고 있는 내용은 결코 작지 않은 책입니다. 특히 일본의 대문호라 칭

해도 손색이 없는 나쓰메 소세키(夏目漱石)와 독일이 낳은 최고의 사회학자 막스 베버(Max Weber)를 실마리 삼아, 그들이 풀어낸 '나는 누구인가'에 대한 고민과 삶을 살아내는 지혜를 펼쳐 보이고 있어 제법 함량이 충실합니다. 극단의 시대를 살고 있는 우리에게 옛 사람들이 전해주는 울림 있는 가르침들을 따라가다 보면 '나는 누구인가'에 대한 새로운 해답을 얻을 수 있을 것입니다. 정답은 없습니다. 무수한 해답이 우리 곁을 떠돌고 있을 뿐입니다.

고전, 오늘을 새롭게 할 인류의 자양분

'나는 누구인가'라는 질문에 대한 대답은 하나가 아닐 겁니다. 중요한 것은 세상의 모든 사람이 온전한 한 인격으로, 자신만의 물음과 대답을 가져야 한다는 사실이죠. 하지만 그 온전한 대답을 찾기란 쉬운 일이 아닙니다. 종교뿐만이 아니라 '나는 누구인가'라는 물음과 대답에도 이단과 사이비가 버젓이 주인인 양 행세하는 경우가 많기 때문이죠.

그래서 우리는 더더욱 고전으로 마음을 돌려야 합니다. 고전은 "세상 누구나 읽었다고 자부하지만 누구도 읽지 않은 책"이 되어서는 안 됩니다. 고전은 오늘 새롭게 읽어야 할 인류의 자양분이기 때문입니다. 바로 지금, 고전의 세계를 누비

며 '나는 누구인가'라는 질문에 대한 해답을 찾아보지 않으
시렵니까? 물론 그 답도 여러분의 내면에서부터 시작한다는
사실, 잊지 마시기 바랍니다.

12장.   부모

세상에서 가장
헌신적인 사랑

세상에서 온전한 나로 존재하기 위해서는 누군가의 도움이 꼭 필요합니다. 제아무리 온전한 나라고 해도 천상천하 유아독존(天上天下唯我獨尊)일 수 없는 것이 인간이기 때문이죠. 그 누군가는 때론 친구일 때도 있고, 선생님일 경우도 있습니다. 혹은 이름 모를 '키다리 아저씨'일 수도 있겠지요. 하지만 그 누군가 중 가장 헌신적인 사랑으로 도움을 주는 사람은, 대개 우리는 그들의 사랑을 잊고 살 때가 많지만, 바로 '부모님'입니다. 그래서일까요. 지금이야 뒤틀린 사랑 이야기가 전부지만, 과거에는 TV 드라마에서 〈사모곡〉을 비롯해 부모님의 사랑을 기리는 작품들이 제법 많았습니다.

어머니를 향한 김만중의 지극한 효심

오늘 아침 어머니 그리는 시를 쓰고자 하니,

今朝欲寫思親語(금조욕사사친어)

글이 되지도 않았는데 눈물만 적시네.

字未成時淚已滋(자미성시루기자)

몇 번이나 붓을 적시다가 다시 내던졌으니,

幾度濡毫還復擲(기도유호환부척)

해남서 지은 시는 문집에서 응당 빠지겠네.

集中應缺海南詩(집중응결해남시)

『구운몽』과 『사씨남정기』의 작가로 유명한 서포 김만중이 어머니를 생각하며 쓴 「사친시」 전문(全文)입니다. 김만중이 「사친시」를 지은 것은 1689년 9월로, 유배지 경남 남해에서 어머니를 그리워하는 절절한 마음이 시에 뚝뚝 묻어납니다. 하지만 석 달 뒤인 12월에 어머니 윤씨 부인은 세상을 떠났고, 김만중은 이듬해 1월에야 그 소식을 듣게 됩니다. 임종을 지키지 못한 김만중은 자책하다가 1692년 4월, 56세의 나이로 풍운(風雲)과도 같았던 삶을 마감했습니다.

김만중의 집안은 조선의 명문가 중에서도 명문가였습니다. 부계는 집안 대대로 예학의 대가들을 배출한 가문이었습니다. 모계 또한 명문가로, 외증조부 윤방은 영의정을 지냈고 외조부 윤지는 이조참판을 지낼 정도였죠. 아버지 김익겸은 강직한 인물이었습니다. 병자호란 당시 강화도가 청나라 군대의 손에 넘어가자 강화도 남문에 앉아 화약고에 불을 지르고 스스로 생을 마쳤습니다. 당시 김익겸의 나이가 스물셋, 참으로 안타까운 일이라 하지 않을 수 없습니다.

태중에 있을 때 아버지를 여읜 유복자였기에 김만중의 어머니에 대한 사랑은 참으로 각별했습니다. 유복자로 태어난 자신을 위해 평생 노심초사했던 어머니의 심중을 누구보다 잘 알고 있었던 것이지요. 게다가 남편도 없이 삯바느질로 자식들 뒷바라지를 했던 어머니였습니다. 이런 이유로 김만중은 정치적 격랑에 휘말려 유배를 간 상황에서도 어머니를 위해 글을 지었던 것입니다. 평안북도 선천에 유배당했을 때는 『구운몽』을 지어 어머니에게 보내드렸고, 경상남도 남해에서 귀양살이할 때는 『사씨남정기』를 써서 어머니에게 보내드릴 정도로 지극정성이었습니다.

김만중은 대제학을 지낸, 유학에 뛰어난 학자였습니다. 그런 그가 『구운몽』과 『사씨남정기』 등의 작품을 국문, 즉 한글로 썼습니다. 물론 한문본과 한글본이 모두 있고, 대개 한문본이 먼저 나오고 나중에 한글본이 나온 것으로 학계는 추측하고 있습니다. 혼자서 이렇게 생각해봅니다. 명문가 출신이지만 여인들에게 글을 가르치지 않았던 시절임을 감안하면 김만중의 어머니 윤씨 부인도 한문으로 된 글을 읽을 수 없었을 겁니다. 멀리 유배 간 아들을 생각하며 홀로 지내실 어머니를 위로하기 위한 소설은 당연히 한글로 쓸 수밖에 없지 않았을까요. 한문으로 썼다 해도 곧 한글로 새롭게 쓰지 않았을까요. 『구운몽』과 『사씨남정기』의 내용도 내용이지만, 김만중의 지극한 효심은 이처럼 작은 것 하나 놓치지 않는, 어머니를 향한 사랑에서 시작된 것이 아닐까 싶습니다.

오이디푸스, 아버지와 경쟁하다

때때로 감사합니다. 그러나 때론 반항도 합니다. 벌써 10

여 년 전에 세상을 떠나셨지만 선친을 향해 아직도 번갈아 감사와 반항을 하곤 합니다. 반항의 이유는 간단합니다. 닮고 싶지 않았던 그이의 모습을 쏙 빼닮았음이죠. 융통성 없고 세상 물정 모르는 성정은 꼭 아버지의 그것이었습니다. 이만하면 반항할 만하지 않습니까.

그럼 감사한 이유는 무엇일까요. 그것 역시 닮고 싶지 않은 모습을 쏙 빼닮았기 때문입니다. 융통성 없고 세상 물정 몰라 오로지 책만 읽을 수밖에 없었던 그분의 삶은 오늘날 제 삶의 모습입니다. 오늘 제가 한 권의 책을 읽을 수 있는 건 바로 선친의 유산입니다. 이제 와 생각해보니 그분의 삶은 제게 큰 바위 얼굴이었고, 반항은 또 다른 감사의 표현이었습니다. 결국 선친의 삶은 제 삶 속에서 이어지고, 다시 제 아들들에게 저 역시 부모라는 이름으로 삶을 이어가고 있습니다.

하지만 동서고금을 보면 부모와 자녀의 관계가 항상 사랑과 존경의 관계는 아니었습니다. 어떤 아버지와 아들은 경쟁 관계였고, 또 어떤 아버지와 딸은 애증과 연민으로 점철된 삶을 살았습니다. 세상의 모든 자녀들이 그러하듯, 어머니의 사랑을 너무 늦게 깨닫게 되는 자녀들이 문학의 대상이 되기도 합니다. 그런가 하면 무지렁이 삶을 살면서도 고귀한 꿈을 간직한 아들을 전폭적으로 신뢰하는 어머니가 있기도 합니다.

아버지와 아들 사이의 경쟁 관계를 가장 극명하게 보여주는 문학 작품은 아마도 소포클레스(Sophocles)의 비극 『오이디푸스 왕』에 등장하는 테베의 왕 오이디푸스와 그의 아버지 라이오스일 겁니다. 사실 그들의 경쟁에는 자의(自意)란 없습니다. 오로지 아폴론의 신탁(神託)에 의한, 타의(他意)에 의한 경쟁만이 난무할 뿐입니다. 아주 간략한 문장으로 정리하면, 테베의 왕 라이오스는 아들에게 살해될 것이라는 신탁을 신봉한 나머지 아들 오이디푸스를 내다 버리고, 결국에는 아들에게 죽임을 당합니다.

물론 『오이디푸스 왕』을 아버지와 아들의 경쟁 구도로만 읽는 것은 온당치 않습니다. 『그리스 비극』을 쓴 연세대 임철규 명예교수의 말처럼 소포클레스의 『오이디푸스 왕』은 "인간 존재의 근원적인 불안정성과 삶의 표면적인 아름다움 아래 있는 잠재적 공포 등 인간 실존의 불확실성을 부각"시키고 있기 때문입니다. 그럼에도 『오이디푸스 왕』은 이 세상 모든 아버지와 아들이 한 번쯤은 느낄 수 있는 감정과 상황을 극명한 사례로 보여준다고 할 수 있습니다.

결과적으로 이러한 질문과 대답은 인류의 역사와 함께하며 수많은 문학 작품으로 재현되었는데, 20세기에 이르러서는 이고르 스트라빈스키(Igor Stravinsky)가 〈오이디푸스 왕〉이라는 오라토리오를 작곡하기도 합니다. 한편 지크문트 프로이트(Sigmund Freud)는 오이디푸스 왕의 동기와 감정과는 무관한 이야기를 바탕으로 아버지에 대한 질투와 혐오 경향을 '오이디푸스 콤플렉스'라고 명명하기도 했습니다.

연민과 애증으로 점철된 리어 왕과 코딜리아

경쟁 관계에 있던 아버지와 아들에 이어 연민과 애증으로 점철된 아버지와 딸의 관계를 살펴볼까요. 『햄릿』, 『맥베스』, 『오셀로』와 함께 셰익스피어의 4대 비극 중 하나인 『리어 왕』에 등장하는 고대 브리튼 왕국의 리어 왕은 세 딸에게 왕국을 나눠주고 말년의 한유(閑遊)를 즐기고자 합니다. 첫째 딸 고너릴과 둘째 딸 리건은 척하면 척이었습니다. 두 사람은 아버지 리어 왕을 향해 말로는 형언할 수 없는 사랑을 고백합니다. 고너릴의 말을 들어볼까요.

> 폐하, 저는 말로 표현할 수 없을 만큼 폐하를 사랑합니다. 제 시력보다도, 움직일 공간보다도, 자유보다도, 그 밖에 소중하고 풍요롭고 귀한 그 어떤 것보다도 폐하를 사랑합니다. 은총, 건강, 아름다움, 명예가 있는 삶보다도 폐하를 사랑합니다. 일찍이 자식이 부모에게 바친 바 있는, 그리고 부모가 받은 바 있는 그 어떤 효심보다도 더 아버님을 사랑합니다. 숨조차 보잘것없게 만들고, 말로는 다 표현할 수 없는 그런 사랑으로, 이 모든 걸 다 넘어서는 그런 사랑으로 아버님을 사랑합니다.

입에 착착 감기지요. 큰딸 고너릴이 자신을 향한 엄청난 사랑을 고백하자 리어 왕은 "그늘진 숲과 평야, 풍부한 강과 넓은 초지로 풍요로운 곳, 이 땅을 네게 주마"라고 통 큰 약속을 합니다. 내친김에 둘째 딸 리건의 아버지를 향한 사랑 고백도 들어볼까요. 듣고 있자니 리건은 고너릴보다 한 수 위인 것 같습니다.

> 저도 언니와 같은 재질로 만들어졌으니 언니만큼 폐하를 사랑한다고 생각해요. 언니는 제 사랑의 명세서를 저 대신 잘 말해주었어요. 단지 좀 부족해요. 고백하건대, 저는 가장 예민한 감각이 가질 수 있는 다른 모든 즐거움에는 오히려 적대감을 느끼고 오직 폐하의 사랑 안에서만 행복을 느낀답니다.

두 딸의 달콤한 말에 녹아내린 리어 왕은 막내딸 코딜리아에게 "네 언니들에게 준 것보다 더 풍요로운 삼 분의 일을 받기 위해 무슨 말을 하겠느냐? 어서 말해 보거라"라고 종용합니다. 하지만 두 언니의 사랑 고백에 주눅이 든 막내딸 코딜리아는 아버지가 듣지 못하는 목소리로 "코딜리아는 뭐라고 말하지? 그저 사랑만 할 뿐, 그리고 침묵을 지킬 수밖에"라고만 읊조리다가, 결국에는 "할 말이 없습니다, 폐하"라고 대답합니다. 그리고 덧붙이는 한마디.

불행하게도 저는 제 마음을 제 입으로 끌어올릴 줄 모릅니다. 자식으로서의 도리에 따라 폐하를 사랑할 뿐 그보다 조금도 더하거나 덜하지는 않습니다.

생각해보면 "자식으로서의 도리에 따라" 부모를 사랑하는 것만큼 아름다운 것이 있을까요. 막내딸의 속마음을 헤아릴 길이 없었던 리어 왕은 분노하고 "영원한 남으로 여길 것"이라는 청천벽력과도 같은 선언을 해버리고 맙니다. 문제는 그다음에 벌어집니다. "은총과 건강, 아름다움, 명예가 있는 삶보다도 폐하를 사랑합니다"라고 고백했던 두 딸은 아버지를 배신하고, 리어 왕은 왕의 권좌는 물론 딸들마저 잃어버리고 유리방황하는 신세가 되고 맙니다. 결국에는 스스로가 내친 막내 코딜리아와 재회하지만 그녀는 주검일 뿐 말이 없습니다.

어쩌면 『리어 왕』의 이야기는 지금도 현재진행형입니다. 수많은 부모들이 헌신과 사랑을 바쳐 자녀들을 양육하지만, 조금 과장을 보태자면, 오늘날 자녀들은 고너릴과 리건처럼 부모의 단물만을 빼먹고 말 뿐이죠. 또 하나, 사랑은 말로만 하는 것이 아니지 않습니까. 무성한 말의 잔치로 고백되는 사랑은 그 수명이 짧을 수밖에 없습니다. 반면 코딜리아가 보여준 것처럼 그 대상을 향한 묵묵한 사랑은 때론 인정받지 못한다 해도, 영원합니다. 자녀를 향한 부모의 사랑도, 부모를 향한 자녀의 사랑도 영원하여 아름답기를 소망합니다.

순임금, 효의 사상을 전파하다

서양의 신화와 고전이 아버지와 아들 혹은 아버지와 딸의 뒤틀린 관계를 묘사했다면, 동양 신화에 등장하는 부모와 자녀의 관계는 지극히 모범적입니다. 중국 신화에서 요(堯)임금과 함께 태평성대를 이룬 군주의 대명사로 불리는 순(舜)임금은 만고(萬古)에 다시없는 효자입니다. 한 눈에 눈동자가 둘인 기이한 아이여서 '중화(重華)'라고 불리기도 했던 순임금은 시각 장애가 있는 아버지의 매질을 참고 또 참았습니다. 몽둥이로 때리려고 하면 멀찍이 도망쳤는데, 맞기 싫어서가 아니라 아버지가 살인범이 될까 저어했기 때문입니다.

그런 순에게 사람들은 좋은 농토는 물론 고기가 잘 잡히는 어장을 양보해주었고, 결국에 순은 요임금의 대를 이어 임금 후보에 오르기까지 합니다. 요임금은 순에게 두 딸을 시집보낼 정도로 신망이 두터웠습니다. 하지만 아버지와 계모는 순을 잡아먹지 못해 안달이었죠. 창고 지붕을 수리하게 하고 밑에서 불을 지르는가 하면, 우물을 파게 하고 위에서 메워버리기도 합니다. 그때마다 순이 기지를 발휘하여 위기를 모면했음은 두말하면 잔소리입니다. 마침내 임금의 자리에 올라서도 순은 부모를 대함에 소홀함이 없었습니다. 심지어 이복동생 상(象)을 제후에 봉하기도 합니다. 결국 악인들도 감화를 받아 선한 길로 인도됩니다.

사마천은 『사기』에서 순임금의 행적을 일목요연하게 정리하고 있습니다. 사마천이 순임금 시대를 맛깔스럽게 정리한 이유는 요순시대를 이상향으로 생각했기 때문입니다. 임금이 백성을 부모처럼 섬기는 나라, 자녀들이 부모를 해처럼 우러르는 나라를 사마천은 꿈꾸었습니다. 그래서겠지요. 중국의 사상가들은 충과 더불어 효를 숭상했고, 그것은 중국은 물론 동아시아에서 부모와 자녀의 관계를 규정하는 커다란 잣대가 되었습니다.

세상천지에 자식을 먼저 잃은 부모 마음처럼 처참한 것이 또 있을까요. 그래서 옛사람들은 돌아가신 부모는 선산에 묻고 죽은 자식은 부모 가슴에 묻는다고 말했는지도 모릅니다. 가슴에 묻은 자식은 평생 부모의 삶과 함께할 것이기에, 그만큼 큰 고통 가운데 살 수밖에 없습니다. 이 땅의 신화와 전설 등을 모아 한국인의 정신과 정체성을 밝혀준 김열규의 『한국인의 자서전』에 보면 '번데기 무덤'이 등장합니다. "나무줄기의 윗부분 또는 굵다란 가지에다 매단 그 무덤!"은 화전을 일구며 늦게 둔 사내아이를 두 돌이 못되어 여읜 엄마와 아빠의 염원이 담긴 특별한 무덤입니다.

> 양지 바른 마루턱의 큰 나무를 골랐다. 정정한 거목, 노송을 찾아냈다. 짙푸른 소나무는 싱싱한, 죽음 모르는 목숨이려니, 아기 아버지와 어머니는 생각했다.

그곳에 "바람 따위로 떨어지지 않게 꽁꽁 동여매었"던 거죽은 "영락없이 번데기 모양"이었습니다. 가만 생각해보면 위험천만한 일이지만 아기를 떠나보내는, 아니 가슴에 묻어야만 하는 엄마의 작별 인사를 듣노라면 마음이 절로 숙연해집니다.

잘 자거라, 아가야! 겨울 가고 봄이 오거든, 번데기 아가야!
허물 벗고 훨훨 날아오르렴. 한 마리, 큰 나비, 아름다운 꽃
나비 되어서 날개 쳐 날아올라라. 그러곤 그 옛날 네 집으
로 이 어미 찾아와다오!

신화와 전설로 입에서 입으로 전해져 온 이야기지만, 옛사람들은 번데기 무덤의 모양새가 어머니 젖가슴을 닮았다고 했답니다. 이에 대한 김열규의 해석이 의미심장합니다. "사람이 누린 무덤 가운데 이만한 무덤은 또 없을 것이다. 어머니 젖가슴으로 상징될 무덤, 그런 것이 흔할 수가 없다." 또 하나, 겨우내 찬 바람을 이겨내고 새 봄이 오면 마침내 껍질을 벗어버리고 나비가 될, 아이의 부활을 기대하는 것입니다. 이 땅을 살았던 모든 부모의 마음이 이와 같지 않을는지요.

아우렐리우스, 『명상록』으로 아들과 대화하다

자녀에 대한 부모의 사랑은 조건도 없고 대가도 바라지 않습니다. 있는 것은 물론 없는 것까지도 모두 주고 싶은 것이 부모 마음입니다. 이런 마음이 깊어 엇나간 사랑을 종종 보긴 하지만, 그래도 부모의 사랑은 오로지 내리사랑입니다.

로마의 황제였던 콤모두스(Commodus)는 재위 기간(180~192) 동안 정치보다 곡예, 요술, 예술에 몰두했습니다. 때론 검투사로 나서 검투장을 긴장시키는가 하면 맹수를 상대로 싸움을 벌이기도 한, 어떻게 보면 무모한 황제였습니다. 결국 신하에게 살해당하고, 제국은 돌이킬 수 없는 혼란에 빠지게 됩니다. 정치가로서 실패한 사람이었지만 콤모두스는 아버지에게만큼은 세상 누구보다 사랑을 받았던 아들이었습니다. 콤모두스가 어리광이나 피우는 아들이었을 거라고 생각되지만, 그렇다고 그의 아버지 아우렐리우스가 온실의 화초처럼 아들을 키웠을 거라는 섣부른 상상은 하지 말도록 합시다.

철학자이자 황제였던 마르쿠스 아우렐리우스(Marcus Aurelius)는 적의 침입을 막기 위해 수많은 전쟁에 나서면서도 일기를 통해 삶을 정리했고, 그 안에 자신만의 철학적 사색을 가감 없이 담아냈습니다. 그 책이 바로 저 유명한 『명상록』입니다. 아우렐리우스는 『명상록』에서 교육과 악, 자연의 조화와 질서, 쉼, 인간의 의무, 목적의식, 고통, 죽음, 우주의 질서 등

철학적 명제에 대한 자신의 논리를 사색적이고 철학적 필치로 정리하고 있습니다. 세간 사람들은 아우렐리우스의 『명상록』이 후기 스토아학파의 사상에 뿌리를 두고 있다고 말합니다. 무엇보다 실천윤리를 강조한 스토아학파의 명맥은 아우렐리우스를 통해 현실 정치에 발현된 것이라고 주장하는 사람들도 있습니다.

『명상록』은 아우렐리우스만의 것이 아니었습니다. 아우렐리우스의 뒤를 이어 황제에 오른 콤모두스가 탐독한 것이 바로 『명상록』이기 때문입니다. 물론 콤모두스는 아버지만큼 뛰어난 황제도 아니었고 철학적 소양도 부족한, 한마디로 실패한 황제입니다. 그토록 유명한 저작을 남겼지만, 아들이 제대로 이어받지 못했으니 아버지 역시 실패한 인생이라고 생각할 수도 있습니다. 그런데 이렇게 생각해보는 것은 어떨까요. 아우렐리우스가 자신만의 철학과 사상에 충실하기 위해 『명상록』을 남기지는 않았을 것이라고 말이죠.

『명상록』은 명백히 자신의 대를 이어 황제에 오른 콤모두스를 위한 것이었습니다. 자신의 뒤를 이어 제국을 반석 위에 올려놓으라는 일갈이 그 책에 담겨 있습니다. 제아무리 높다고 한들 세상의 사상과 철학은 온전히 홀로 받아내야 할 때가 있습니다. 다시 말하면, 아우렐리우스는 기록하는 자로서 아버지의 몫을 다했고, 아들 콤모두스는 스스로의 공과에 상관없이 그저 아우렐리우스의 사랑받는 아들일 뿐이었습니다. 그런 점에서 콤모두스의 성공 혹은 실패와는 상관없이 『명상록』은 한 아버지의 아들을 향한 피보다 진한 부성애의 또 다른 표현이라고 할 수 있습니다.

아버지의 사랑이 선 굵은 그것이라면, 어머니의 사랑은 잔잔함 가운데 빛나는 사랑입니다. 그 사랑은 자녀들을 다시 일으켜 세우고, 다시 뛰도록 합니다. 막심 고리키(Maxim Gor'kii)의 『어머니』가 바로 그런 사랑을 절절하게 보여주는 대표적인 작품입니다. 물론 "러시아 문학에서 노동 계급에 관한 진정한 의미에서의 최초의 소설"이라든가 "인류에 의해 축적된 모든 물질적·정신적 가치를 보존할 만한 능력을 갖춘 하나의 힘으로 노동 계급을 다룬 최초의 소설"이라는 유명한 평론가들의 평가에도 동의합니다. 하지만 그런 큰 함의보다 저는 제목 그대로 '어머니'가 주는 사랑에 눈물겨워 합니다.

펠라게야 닐로브나는 무지와 가난, 남편의 술주정과 폭력에 시달리는 러시아의 무지렁이일 뿐이었습니다. 하지만 아들 파벨 블라소프가 술로 인생을 허비하지 않고 노동자에서 혁명가로 환골탈태(換骨奪胎)하는 데 결정적인 동기를 부여하는, 또 한 명의 혁명가라고 해도 과언이 아닙니다. 물론 닐로브나가 거치게 되는 혁명의 과정은 그 시절 혁명에 가담한 지극히 평범한 노동자들의 그것과 다르지 않습니다. 하지만 촌로(村老)의 혁명에 대한 헌신은 아들에 대한 사랑과 다름없었고, 그 사랑이 결국 아들을 진정한 혁명가로 키워낸 것입니다. 어머니의 사랑은 물과 불을 가리지 않는, 때론 혁명의 당위를 이해하지 못하면서도 그것과 함께 산화할 수 있는 아름다움인 것입니다.

책으로 만나는 부모님

부모와 자녀의 관계를 다룬 책들이 어디 이뿐이겠습니까. 200만 부를 훌쩍 넘긴 신경숙의 소설『엄마를 부탁해』도 엄마의 빈자리를 생각하게 하고, 박완서의『그 많던 싱아는 누가 다 먹었을까』에 등장하는 강한 생활력과 유별난 자존심을 지닌 어머니의 모습도 눈에 선합니다. 메마른 감성을 지닌 사람들마저 눈물을 흘리게 했던 조창인의『가시고기』도 우리 시대 아버지 모습을 절절하게 보여준 바 있습니다.

한 사람의 고유한 인격은 저절로 만들어지지 않습니다. 주변 사람들과 교감하면서 만들어지는 것이며, 부모는 항상 든든한 지지자로 우리 곁에 있습니다. 책 읽기의 마무리는 항상 작은 실천을 동반해야 한다고 생각합니다. 그럼 이렇게 해보시는 건 어떨까요. 몇 권의 책으로 부모님을 만나 보셨다면, 지금 바로 부모님에게 전화 한 통 넣어보도록 하시죠. 쑥스럽지만 "사랑합니다"라는 고백을 덧붙인다면 금상첨화가 아닐까 싶습니다.

13장.　　　　　　　우정

우정이 없으면
태양도 없다

———————————————————————

사람에게는 누구나 '내 편'이 필요합니다. 기쁘고 행복한 일이 있을 때 함께 웃어줄 내 편이 필요하고, 힘들고 지칠 때 손 잡아주는 내 편은 더더욱 필요합니다. 알 수 없는 인생, 그 한가운데서 희로애락을 함께해줄 '내 편'만 있다면 그것만큼 다행인 일이 또 있을까요. 부모님은 확실한 내 편이지만, 마음을 의지하고 나누기에는 조금 부담스러운 것이 사실입니다. 그리고 언젠가는 부모의 곁을 떠나 혼자인 나로 존재해야만 합니다. 혼자인 나로 존재하는 데 가장 많은 도움을 주는 것은 역시나 친구가 아닐까 싶네요. 부모에게는 못 할 말을 친구에게는 스스럼없이 할 수 있으니까요. 그래서일까요. 인류의 위대한 스승 소크라테스는 "친구란 또 하나의 자신"이라고 말했는지도 모릅니다. 풍진(風塵) 세상에서 더불어 한 길을 갈 수 있는 친구가 있다는 사실, 그와 더불어 우정(友情)을 나눌 수 있다는 것은 세상 무엇과도 바꿀 수 없는 큰 축복임에 분명합니다.

『사기』와 『삼국지』, 우정을 말하다

친구와의 돈독한 정을 이야기할 때 맨 앞자리에 서는 말은 아마도 관포지교(管鮑之交)라는 고사성어가 아닐까 싶습니다. 관중[管仲, 이름은 이오(夷吾)]과 포숙아(鮑叔牙)는 춘추전국

시대 당시 제나라에서 자란 둘도 없는 친구였습니다. 하지만 벼슬길에 오른 후 제나라 양공(襄公)의 두 아들 규(糾)와 소백(小白)이 왕위를 다투는 사이, 두 사람은 적이 될 수밖에 없었습니다. 우여곡절이 많았지만 마침내 동생 소백이 군주 자리에 오르고 적진에 몸담았던 관중은 죽을 운명에 처하게 됩니다. 그때 환공(桓公) 소백을 섬기고 있던 포숙아는 다음과 같이 간하여 관중을 경(卿), 즉 재상의 지위에 오르게 합니다.

> 당신이 제나라만을 다스리고자 하면 고혜(高傒)와 숙아가 있으면 됩니다. 당신이 천하의 우두머리가 되고자 한다면 관이오가 아니면 불가능합니다. 이오는 어느 나라에 있든 그 나라에서 소중히 여길 인물이니 잃어서는 안 됩니다.

포숙아는 관중을 환공에게 천거한 것을 한 번도 후회하지 않았습니다. 평생 관중의 아랫자리에서 그를 보필한 것이 이러한 사실을 증명합니다. 환공과 친구 포숙아의 전폭적인 신뢰 아래 관중은 40여 년간 제나라 재상으로 일하며 정치·경제·군사적 개혁을 단행했고 결국에는 제나라를 춘추시대 첫 번째 패자(霸者)의 자리에 올려놓습니다. 훗날 관중은 이렇게 고백했습니다.

> 나를 낳아준 이는 부모지만 나를 알아준 이는 포숙아다.

핵심만 간단히 말씀드렸지만, 관포지교의 고사는 이렇게 탄생한 것입니다. 동양 최고의 역사서로 평가받는 『사기』에 사마천이 수많은 영웅과 호걸, 수많은 지혜로운 사람들 가운데 관중과 포숙아를 포함시킨 이유는 무엇일까요. 특히 사마천은 명재상 관중의 현명함보다 사람을 알아보는 지혜로운 눈을 가졌던 포숙아를 더 앞자리에 두고 칭찬합니다. 그 이유는 한 사람의 신뢰, 곧 우정이 세상을 변화시키는 작은 시작이라는 사실을 보여주고자 함이 아니었을까요.

관포지교와 함께 아주 친밀하여 떨어질 수 없는 사이를 이르는 말이 수어지교(水魚之交)입니다. 수어지교 하면 저는, 광대무변한 책의 세계로 저를 인도한 『삼국지』의 한 장면이 떠오릅니다. 유비는 『삼국지』의 주인공 격인 사람이지만 초반에는 연전연패하면서 동가식서가숙(東家食西家宿)하며 훗날을 기약합니다. 유비 휘하에는 관우와 장비 등 천하를 호령하는 맹장들이 있었지만 그들을 전장에서 지휘할 마땅한 참모는 없었기 때문에 그럴 수밖에 없는 상황이었죠.

그때 등장한 인물이, 지금까지도 지혜의 대명사로 일컫는 제갈공명〔이름은 량(亮)〕입니다. 유비는 집안 형님뻘인 형주자사 유표(劉表)의 배려로 신야라는 작은 성에 머물고 있었습니다. 중간에 많은 이야기가 있지만, 유비는 그제야 참모의 중요성을 절감했고 소개를 받아 제갈량을 만나러 갑니다. 눈길을 뚫고 아우들, 특히 장비의 불평을 뒤로 하고 융중으로 찾아가지만 제갈량의 초가는 비어 있었고, 결국에는 세 번이나 발걸음하게 됩니다. 삼고초려(三顧草廬)를 한 것이지요. 유비는 삼고초려 끝에 제갈량을 세상에 불러내고는 감격에 겨워 스스로를 "물 만난 고기"에 비유합니다. 그 정이 오죽이나 돈독했으면 장비는 쳐들어오는 조조군을 앞에 두고 "물 보고 막으라 하쇼"라며 형님에게 막말을 내뱉기도 합니다. 불퉁스러운 장비의 얼굴이 떠올라 엷은 미소가 떠오르는 대목입니다.

유비와 제갈량은 분명 친구가 아니라 군신 관계였습니다. 삼고초려 당시 유비는 47세, 제갈량은 27세였지만 두 사람은 막역한 사이, 흉허물 없는 사이가 되었습니다. 두 사람의 신의와 우정은 죽음도 갈라놓지 못했습니다. 유비는 죽는 순간까지 제갈량을 신뢰하여 후사(後事)를 부탁했고, 자신의 아들 유선(劉禪)이 제왕의 자질이 못 된다면 스스로 황제의 자리에 올라 촉을 다스릴 것을 부탁합니다. 이에 대해서는 유비가 죽는 순간까지 정치적 계산, 즉 충의지사 제갈량을 자극해 자신의 아들을 잘 보필하게 했다는 해석도 있습니다. 어쨌든 제갈량은 유비의 신의와 정성에 감복해 죽는 순간까지 유비의 유지를 받들기 위해 분골쇄신(粉骨碎身)했습니다. 관중을 알아준 포숙아처럼, 제갈량의 재주와 인품을 단박에 알아봐 준 유비의 깊이와 넓이, 높이도 참으로 크다고 할 수 있습니다. 제가 『삼국지』를 유독 사랑해서겠지만, 이보다 더 빛나는 우정을 찾는 것은 쉽지 않아 보입니다.

우정의 달인, 임꺽정과 친구들

중국에 유비와 제갈량의 우정이 있다면, 우리에게는 임꺽정과 그의 친구들이 있습니다. 벽초 홍명희의『임꺽정』을 읽노라면 조선 시대 하층민들의 고단한 삶이 절절해 때론 책장을 넘기지 못할 때가 많습니다. 하지만 때만 되면『임꺽정』을 읽고 또 읽을 수밖에 없는 이유는 그 안에 무궁한 삶의 진리와 진실이 숨겨져 있고, 또한 헐벗고 굶주렸으나 유쾌한 우정을 쏟아내는 주인공들의 삶이 대견하기 때문입니다.

잘 알다시피 꺽정은 소백정의 자식이지만, 열심히 일한 흔적은 책 어디에도 보이지 않습니다. 그저 "아무것도 안 하고 놉니다", "얹히어 먹는 것이 편하지"라고 당당히 말하는, 요즘 말로 하면 백수 중의 백수입니다. 요즘 같으면 백수와 친구할 사람이 많지 않겠지만, 꺽정은 동류인 백정들과 흉허물 없이 지낼 뿐 아니라 양반 친구 덕순과도 막역하게 지냅니다.

또한 평생지기들, 그러니까 축지법의 도사인 처남 천왕동이, 이십 대를 앉은뱅이로 보냈으면서도 댓가지(표창)의 달인이 된 유복, 돌팔매 고수 돌석, 힘이 장사인 곽오주와 막봉이 등과는 간과 쓸개를 빼줄 정도로 진한 우정을 나눕니다. 벽초 홍명희의 월북으로『임꺽정』을 정치적으로 읽으려 하는 불순한 사람들이 많아서 그렇지, 실은『임꺽정』은 세상을 바꿔보고 싶었던 사내들의 끊을 수 없는 우정을 담아낸 작품입니다. 고전평론가 고미숙은 『임꺽정, 길 위에서 펼쳐지는 마이너리그의 향연』에서 다음과 같이 말합니다.

> 그러니까 이들에게 있어 친구란 한가할 때 만나 수다 떨고 쇼핑하고 회식하는 대상이 아니라 일상의 거의 모든 것을 주고받는 관계를 의미한다. 즉 거창한 이념에 입각하여 우정과 의리를 실천하는 것이 아니라, 삶의 모든 과정을 친구와 함께하다 보니 친구 없이는 살 수가 없고, 그래서 친구를 위해선 부귀공명도, 목숨도 기꺼이 버릴 수 있게 된 것이다.

『임꺽정』을 읽을 때는 그다지 생각하지 못했던 이야기를 고미숙을 통해 알게 되었습니다. 친구, 즉 우정을 나누는 사이란 삶의 모든 과정을 함께하는 것이고, 결국에는 친구를 위해서 부귀공명도, 목숨도 기꺼이 버릴 수 있는, 그야말로 지고지순한 관계라는 것을요. 경쟁에 지친 나머지 우정을 챙길 여력이 없는 우리 시대는 얼마나 삭막한 세상인지요.

화제를 조금 바꿔보겠습니다. 임협(任俠)의 우정, 소설 속의 우정이 아닌, 우정으로 삶을 살아낸 철학자와 작가도 있습니다. 20세기 지성계의 두 거인 장 폴 사르트르(Jean Paul Sartre)와 『이방인』의 작가 알베르 카뮈(Albert Camus)는 지성적 우정의 본보기를 보여준 사람들입니다. 애초에 일면식도 없던 두 사람은 서로의 작품에 호의를 보이면서 벅찬 만남을 준비합니다. 카뮈는 사르트르의 『구토』와 『벽』에 대한 서평을 썼고, 사르트르는 카뮈의 『이방인』을 호평합니다. 결국 두 사람은 제2차 세계대전이 한창이던 1943년 만나게 되고, 우정은 점점 돈독해져 갑니다. 두 사람의 우정은 선의의 경쟁을 불러일으키기도 했는데, 카뮈가 적극적인 레지스탕스 활동으로 앞서가면 사르트르는 '실존주의의 교황'이라는 칭호를 들으며 지성계를 주도했습니다.

하지만 안타깝게도 두 사람의 우정은 10년을 채우지 못하고 막을 내리게 됩니다. 1951년 카뮈의 『반항적 인간』이 출간되면서 두 사람의 우정은 삐걱거립니다. 사르트르와 카뮈의 우정과 투쟁을 다룬 『사르트르와 카뮈』는 파국의 원인을 이렇게 설명합니다.

> 프랑스의 해방 이후 줄곧 반공산주의를 표방하면서 '정의'와 '중용'을 추구했던 카뮈와 한때 공산주의 동반자가 되어 '폭력'과 '혁명'을 주창했던 사르트르 사이에는 이미 상당한 틈이 벌어져 있었던 것이다. …… 냉전 시대를 거치는 과정에서 그 틈은 점차 메울 수 없는 것으로 드러나게 되었다.

이데올로기의 대립으로 민족이 갈라진, 아니 부모와 형제는 물론 처자까지 갈라놓은 한반도에서 카뮈와 사르트르의 우정과 결별은 시사하는 바가 제법 큽니다. 때론 이념과 가치관이 우정을 키우는 동기이기도 하지만, 안타깝게도 어떤 때는 한때의 우정을 뒤로 하고 철천지원수로 만들기도 합니다.

책으로 맺은 우정, 보르헤스와 망구엘

친구의 약혼녀를 사랑해 자살한, 그래서 수많은 유럽 청년들을 죽음에 이르게 했다는 오해를 받기도 했던 요한 볼프강 폰 괴테의 불멸의 고전 『젊은 베르테르의 슬픔』은 '우정'을 갈망하는 사람들이라면 꼭 읽어봐야 할 책입니다. 절절한 사랑과 그것으로 승화된 삶과 죽음의 이야기에서 어떤 우정의 이야기를 찾을 수 있느냐고요? 『젊은 베르테르의 슬픔』은 주인공 베르테르가 친구인 빌헬름에게 보낸 우정의 편지이기 때문입니다.

주인공 베르테르는 친구의 약혼자를 사랑하고 있다는 사실, 즉 한 사회에서 매장당하고도 남을 이야기를 친구에게 솔직하게 풀어냅니다. 일상의 소소한 행복을 전해주는 베르테르의 편지는, 친구의 존재 자체만으로도 이토록 행복할 수 있다는 사실을 여실히 보여줍니다. 사랑하는 여인 로테에 대한 그리움을 풀어낸 대목에서 저도 모르게 눈시울이 붉어진 것을 보면, 그만큼 베르테르가 빌헬름에게 솔직했다고 할 수 있습니다. 더욱이, 자살하고자 하는 자신의 속마음까지 가감 없이 고백합니다. 자살을 미화하거나 옹호하고자 함이 아닙니다. 어쩌면 베르테르는 때론 메모 수준의, 때론 장문의 편지를 쓰면서, 그 고백만으로도 큰 위안을 받았을지 모릅니다.

나는 이제 끝장난 것 같네! 나는 정신이 혼미하고, 벌써 일주일 전부터 뭘 제대로 생각할 수가 없어. 나의 눈에 눈물이 가득 고였네. 어디에 있어도 마음이 편치 않으니, 아무데나 있어도 상관없다네. 난 이제 원하는 것도 바라는 것도 없다네. 차라리 떠나버리는 게 좋을 성싶네.

우리 모두는 누군가의 친구입니다. 데면데면한 친구도 있고 '절친'이라 부를 만한 친구도 꽤 있을 줄 압니다. 그러나 마음속 깊은 이야기를, 자신의 온 존재를 걸고 말할 수 있는 친구는 그리 많지 않을 겁니다. 베르테르는 빌헬름이라는, 마음을 그대로 뒤집어 보여도 하나 흠허물 될 것이 없는 친구가 있었습니다. 그런 점에서 젊은 베르테르가 빌헬름에게 보낸 80여 통의 편지는, 말 그대로 우정과 신뢰의 기록인 셈입니다.

살아가면서 자연스럽게 여러 사람과 우정을 맺을 수 있지만, 개인적으로 가장 소중하게 생각하는 인연은 책으로 맺은 우정입니다. 과거에도 그랬고, 지금도 그러하며, 앞으로도 책과 더불어 맺은 우정은 잊지 않을 것입니다. 사실 책을 쓰는 작가와 그 책을 읽는 독자는, 비록 작가는 독자들의 얼굴을 볼 수 없지만, 깊은 우정의 관계라고 할 수 있습니다. 독자는 작가를 신뢰하기 때문에 그이의 책을 사서 읽고, 작가는 자신의 책을 읽어줄 한 사람의 독자가 있음을 믿기 때문에 한 권의 책을 쓸 수 있습니다. 세상 모든 책은 기본적으로 그 신뢰를 바탕으로 태어난 셈입니다.

작가와 독자의 관계는 아니지만, 책으로 맺은 깊은 우정이 있어 소개합니다. 아르헨티나의 국민 작가로 칭송받는 호르헤 루이스 보르헤스(Jorge Luis Borges)는 "어딘가에 천국이 있다면 그곳은 바로 도서관일 것"이라는 말로도 유명한 작가죠. 아르헨티나 국립도서관 관장을 역임하기도 했는데, 유전적 요인으로 나이가 들면서 서서히 시력을 잃어가고 있었습니다. 시력이 약해진다고 책을 포기할 수는 없는 법. 보르헤스는 자신의 집을 방문하는 모든 사람들에게 책을 읽어줄 것을 부탁했습니다. 기자들은 보르헤스가 그만 되었다고 할 때까지 책을 읽어주고야 인터뷰를 할 수 있었죠.

하지만 그 정도로 성이 찰 보르헤스가 아닙니다. 보르헤스는 아예 밤마다 책을 읽어줄 사람을 물색했고, 그중 한 명이 『독서의 역사』, 『밤의 도서관』 등으로 세계적인 작가의 반열에 오른 알베르토 망구엘(Alberto Manguel)입니다. 아르헨티나 부에노스아이레스의 피그말리온 서점에서 아르바이트를 하던 소년 망구엘은 단지 보르헤스에게 책을 읽어주는 데만 만족했을까요. 망구엘은 『보르헤스에게 가는 길』에서 보르헤스가 "우주라고 부르는 무한한 도서관으로 들어가는 통로"를 알려주었다고 고백합니다.

보르헤스는 동서양의 고전들을 작고 아담한 서가에 꽂아 두었고, 망구엘은 4년 넘게 밤마다 보르헤스에게 책을 읽어주었습니다. 키플링(Joseph Rudyard Kipling), 스티븐슨(Robert Louis Stevenson), 체스터턴(Gilbert Keith Chesterton), 조이스(James Joyce), 와일드(Oscar Wilde), 트웨인(Mark Twain) 등 영미 작가들의 작품은 물론 쇼펜하우어(Arthur Schopenhauer), 슈펭글러(Oswald Spengler), 기번(Edward Gibbon), 마이어(Richard M. Meyer) 등이 쓴 철학·역사서가 보르헤스의 장서 목록 중 앞자리를 차지했습니다. 당연히 망구엘은 보르헤스의 천국에서 밤마다 책이라는 광대무변한 세계를 만난 것이 분명합니다. 보르헤스와 망구엘의 열혈 팬으로서, 책이 맺어준 인연만큼 아름다운 것은 세상 어디에도 없다고 저는 믿습니다.

신화와 종교가 말하는 우정

이야기를 신화와 종교의 세계로 돌려볼까요. 그리스 로마 신화에도 사람들이 가끔 등장하지만, 신들의 세계에서 사람은 마치 들러리와도 같은 존재입니다. 프로메테우스 정도가 사람들에게 서글픔을 느껴 불을 전해줄 뿐, 대다수의 신들은 자신들의 세계만이 온전하다고 여기며 그곳에서 갇혀 지냅니다. 말이 나온 김에 프로메테우스에 대해 좀 더 알아보죠. 프로메테우스는 땅의 여신 가이아(Gaea)와 하늘의 신 우라노스(Uranus) 사이에서 태어난 다섯째 아들 이아페토스(Iapetus)의 아들 중 하나입니다. 이아페토스는 별 볼 일 없는 신이었지만 그의 아들들만큼은 특별한 신입니다. 책을 쓰고 읽는 사람들이라면 누구나 알고 있는 신이기 때문입니다. '먼저 아는 자'라는 뜻의 '프로메테우스(Prometheus)'에서 머리말을 의미하는 프롤로그(prologue)가 나왔고, '나중 아는 자'라는 뜻의 '에피메테우스(Epimetheus)'에서 맺는말을 의미하는 에필로그(epilogue)가 나왔기 때문이죠.

프로메테우스로 이야기를 집중해보겠습니다. 흔히 프로메테우스가 신들의 불을 훔쳐 인간에게 전해줘서 독수리에게 간을 파 먹히는 형벌을 당했다고 생각하지만 선후가 조금 다릅니다. 프로메테우스가 인간에게 불을 전해준 이유는 단순한 동정심이 아니라 자신의 손으로 진흙을 빚어 최초의 인간을 만들었기에, 그들의 불편한 삶을 두고 볼 수 없었기 때문입니다. 사실 이보다 앞서 제우스(Zeus)가 불을 감추는 장면이 등장합니다. 프로메테우스에게 속아 고기 제물 대신 뼈와 기름을 받은 제우스가 화가 머리끝까지 치밀었기 때문이죠. 복수의 화신이기도 했던 제우스는 프로메테우스를 캅카스의 바위에 사슬로 묶고는 매일 독수리를 보내 간을 쪼아 먹게 했던 것이죠. 그리스 로마 신화에 도전해보시려거든, 비록 오래된 책이지만 『이윤기의 그리스 로마 신화』로 시작해보세요. 열두 가지 열쇠를 통해 알기 쉽게 그리스 로마 신화를 설명해줍니다.

거두절미하고 저는 인간에게 불을 가져다준 프로메테우스의 마음을 우정이라고 정의하고 싶습니다. 스스로 창조한 인간에 대한 연민의 마음은 더불어 살고자 하는 우정의 마음 아닐까요. 대다수의 신화와 종교에서 신들은 인간과는 거리감이 있는 존재입니다. 하지만 프로메테우스만큼은 인간을 친구로 생각했던 흔치 않은 신입니다.

프로메테우스와 비슷하면서도 다른 신이 또 있습니다. 물론 프로메테우스가 신화 속 등장인물이라면 이 신은 종교와 연관된 인물이라는 점이 다릅니다. 인간의 몸을 입고 지상으로 내려왔다며, 스스로를 모든 인간의 친구라고 선포한 신은 바로 기독교의 '예수'입니다. 갈릴리 어부인 베드로 등 열두 명의 제자가 부를 때만 해도 예수는 "주와 또는 선생"으로 불렸습니다. 3년 가까운 시간을 동고동락하며 어떤 제자들은 예수를 정치적 리더로, 또 어떤 제자들은 종교적 구원자로 믿었습니다. 하지만 예수는 제자들을 친구라 부르며 이렇게 말합니다. "이제부터는…… 너희를 친구라 하였노니"(요한복음 15장 15절). 신이라 불리는 사나이가 인간을 친구라 부르며 먼저 손 내민 것입니다.

결국에는 "사람이 친구를 위하여 자기 목숨을 버리면 이보다 더 큰 사랑이 없나니"(요한복음 15장 13절)라며 십자가의 제물로 자신의 몸을 내어줍니다. 『성서』에 등장하는 예수는 우리가 아는 보편적 신과 조금 다른 정도가 아닌 파격 그 자체라고 할 수 있습니다. 예수와 제자들은 종교적·정치적 관계를 뛰어넘는, 어쩌면 우정에 기초한 전적인 신뢰가 그 밑바탕에 있는지도 모를 일입니다. 『성서』, 그중 마태, 마가, 누가, 요한이 쓴 '사복음서'는 교양적 소양을 위해서라도 꼭 읽어봄직한 책입니다.

참된 우정, 스스로 욕됨이 없게 하는 것

우정을 직접 다룬 책 중에도 흥미로운 것들이 많습니다. 20세기 최고의 전기 작가라고 불리는 슈테판 츠바이크(Stefan Zweig)가 쓴 『우정, 나의 종교』는 나치의 박해를 피해 유랑할 때 자신의 삶을 위로해준 사람들과의 우정 어린 관계를 정리한 책입니다. 그 우정 어린 관계의 대상은 역시 책에서 비롯된 것인데, 프루스트(Marcel Proust), 프로이트(Sigmund Freud), 톨스토이(Lev Nikolaevich Tolstoy), 바이런(George Gordon Byron), 말러(Gustav Mahler), 릴케(Rainer Maria Rilke) 등 역사 속 인물들입니다. 그들은 비록 자신을 몰랐다 해도 츠바이크는 이들과 우정에 기반을 둔 신뢰를 품고서 어지러운 세상을 헤쳐 나갈 수 있었습니다.

『우정은 세상을 돌며 춤춘다』도 주목할 만한 책입니다. 에피쿠로스(Epicouros)의 『쾌락』, 사마천의 『사기』, 장 자크 루소의 『에밀 또는 교육론』, 도스토옙스키(Fyodor Dostoevsky)의 『죄와 벌』 등 작품에서 읽어낸 우정에 관한 사유가 제법 묵직하고 충실합니다. 철학자 키케로(Marcus Tullius Cicero)의 『우정에 관하여』는 우정에 관한 한 빠질 수 없는 고전입니다. 두 청년의 대화를 통해 우정이란 무엇이고, 어떤 가치가 있는지, 우정이 지켜야 할 원칙은 무엇인지 두루 정리하고 있습니다. 천병희의 번역으로 '노년에 관하여 우정에 관하여'라는 제목으로 출간되었는데, 번역자의 이름만으로도 읽어볼 만한 책입니다.

우정은 기쁨의 순간은 물론 슬픔과 고통의 순간에도 삶을 윤택하게 합니다. 그래서일까요. 괴테는 "인생에서 우정을 없앤다는 것은 세상에서 태양을 없애는 것과 같다"라고까지 말했습니다. 중요한 것은 우정을 맺는 방법이 아닐까요. "충고하여 벗을 선도하고, 듣지 아니하면 곧 중지하여, 스스로 욕됨이 없게 하는 것이 참된 우정"이라고 공자는 말씀하셨습니다. 내가 먼저 이런 우정 어린 사람이 되어야 하겠지요. 삶이 고단하고 경쟁만이 살 길이라고 외치는 시대다 보니 오늘 우정이라는 말이 더 절절하게 다가옵니다. 사족처럼 제 생각 한마디를 덧붙입니다. 우정이 없으면 태양도 없다고.

14장.　　　　　사랑

오늘 우리의 사랑이
궁금합니다

_____

유행가 가사를 유심히 들어보신 적 있으신가요. 요즘은 아이돌, 그것도 걸그룹이 대세인데 대부분의 유행가는 '사랑'을 노래합니다. 아이돌 멤버 중에는 미성년자도 많은데 어쩜 그렇게 맛깔스럽게 사랑을 노래하는지, 중년(?)을 향해 달려가면서도 사랑을 온전히 이해 못하는 저로서는 신기하기만 합니다. 아무튼 사랑은 남녀노소, 동서고금을 떠나 모든 인간의 주요 관심사임에 틀림없습니다. 그래서일까요. 대문호 괴테는 "사랑하는 영혼만이 행복하다"라고 말했고, 테레사(Teresa) 수녀는 "유일한 치유는 사랑"이라고까지 말씀하셨죠. 사랑에 관한 명언을 열거하자면 아마 끝도 없을 겁니다. 그만큼 사랑은 우리 삶에서 없어서는 안 되는 것이며, 사랑 그 자체가 인간 삶의 역사라고 해도 과언이 아닙니다. 어제나 오늘이나 또 내일도 사랑은 인간의 삶과 역사를 추동하는 진정한 힘인 셈입니다.

사랑, 생명을 일으키는 색다른 열정

사랑의 형태는 다양하지만 흔히 우리는 '사랑' 하면 남녀 간의 사랑을 떠올립니다. 요즘 힘겨운 나날을 보내는 젊은 세대를 일러 '3포', '5포', '7포' 세대도 모자라 'N포 세대'라고 부릅니다. 각박한 현실을 이겨내기 힘들어 연애, 결혼, 출산,

인간관계, 내 집 마련, 희망, 꿈을 포기한 것도 모자라 '모든 것'을 포기한 세대라는 것이죠. 사랑에 눈뜨고 알아가는 가장 중요한 시기, 그 사랑의 아름다움에 도취되어 장밋빛 나날을 꿈꿔도 모자란 세대에게 너무도 가혹한 별칭이 아닐 수 없습니다. 그럴수록 "사랑하는 영혼만이 행복하다"라는 괴테의 말이 절실합니다. 사랑하여 행복한 영혼의 대표적인 사례로 저는 '춘향'을 생각해보았습니다.

오래전 영화지만 혹시 영화 〈방자전〉을 보셨는지요. 몽룡과 춘향, 방자와 향단, 심지어 변학도까지 제각각 사랑을 꿈꿉니다. 우리가 익히 아는 몽룡은 지고지순한 사랑의 대명사지만, 영화 속 몽룡은 입신양명(立身揚名)을 위해 사랑을 이용하는 교활한 인물입니다. 영화 내내 변 사또는 어그러진 사랑, 즉 육체적 탐닉만을 사랑이라고 생각하는 조선 시대 양반들의 일탈적 인식을 대변합니다. 춘향이도 과거 시험 보러 간 몽룡을 오매불망 그리워하는 캐릭터는 아닙니다. 오직 방자만이 시간이 흐를수록 사랑의 참 의미를 알아가고, 그것을 삶으로 살아냅니다.

고전(古典)이자 고전(古傳)인 『춘향전』은 사실 몽룡과 춘향의 애절한 '사랑'만을 키워드로 읽기에는 불편한 작품입니다. 『춘향전』에는 당대의 지배 구조를 강화하려는, 몽룡으로 대표되는 권력층의 복선이 깔려 있습니다. 기어이 신분 상승을 이루어야만 하는, 춘향으로 대표되는 하층민들의 절박한 질고도 담겨 있지요. 하지만 이 모든 복선과 해석을 내려놓고 다시금 순수한 마음으로『춘향전』을 읽어보는 것도, 요즘처럼 뒤틀린 사랑이 난무하는 세상에서는 정신 건강에 도움이 될 듯합니다.

『춘향전』으로 우리네 사랑을 읽다가 문득 떠오른 책은 쥘 미슐레(Jules Michelet)의『여자의 사랑』입니다. 19세기 프랑스를 대표하는 역사학자요, 정치적으로는 공화주의자였던 쥘 미슐레는 "진실한 사랑을 통한 정신의 해방"을 역설합니다. 그 중요한 통로가 여자의 삶을 이해하는 것이었죠. 쥘 미슐레는 "여자를 이해하는 것, 그것이 사랑이다"라는 믿음 아래 여자의 사랑이 인류의 삶에 가져다준 혜택을 유려한 필치로 그려냅니다.

쥘 미슐레는 사랑은 "우리의 생명을 주고, 또 거듭나도록 자양을 주는 아주 색다른 열정"이라고 말합니다.『춘향전』을 읽다가『여자의 사랑』이 떠오른 이유가 바로 이 때문입니다. 온갖 정치적이고 사회적인 해석을 완전히 배제한『춘향전』은『여자의 사랑』에서 쥘 미슐레가 말한 것처럼 몽룡과 춘향뿐 아니라 진실한 사랑을 일궈가는 모든 사람들에게 생명을 주고, 거듭나도록 자양을 주는 색다른 열정을 선사합니다.

한국에『춘향전』이 있다면 영국에는 셰익스피어의『로미오와 줄리엣』이 있습니다. 로미오와 줄리엣의 사랑 역시 정신적 해방을 이끈, 그리하여 우리에게 생명을 주고 거듭나도록 자양을 주는 색다른 열정이라고 할 수 있습니다. 두 사람의 사랑은 비극적 운명의 굴레에서 벗어나지 못하지만, 사랑은 결과가 아니라 과정이기에 그렇습니다. 사랑의 완성은 무엇일까요. 해피엔딩으로 끝나는 것, 이를 테면 결혼까지 이르러야만 사랑은 완성되는 것일까요.

사랑은 순간순간 완성되는 과정으로서의 사랑을 얼마나 만끽하느냐가 중요합니다. 사랑 때문에 일희일비할 수 있지만, 그 일희일비가 바로 사랑의 완성입니다. 로미오와 줄리엣이 죽음으로 사랑을 완성했다고 생각할 수도 있지만, 그들에게 죽음은 사랑의 완성을 이뤄가는 하나의 과정일 뿐 결과가 아닙니다. 하루하루를 소중하게 살아내는 것이 인생의 참의미를 알아가는 방법인 것처럼 사랑도 일상에서 경험할 수 있는 소중한 가치입니다. 『춘향전』과 『로미오와 줄리엣』 그리고 『여자의 사랑』이 알려주는 진정한 사랑이란, 바로 지금여기서 누리는 행복을 깨닫는 것입니다.

에리히 프롬과 버트런드 러셀, 사랑을 논하다

사랑에 관한 고전을 꼽으라면 많은 사람이 주저하지 않고 에리히 프롬의 『사랑의 기술』을 이야기합니다. 에리히 프롬은 『사랑의 기술』에서 사랑의 개인적 차원을 넘어 사회적 차원에 대해 예의 그 해박한 지식을 풀어놓습니다. 그는 사랑을 신앙과 같은 위치에 놓고 이해하는데 "사회적 현상의 사랑의 가능성에 신앙을 갖는 것은, 인간의 본성 그 자체에 대한 통찰을 기초로 하는 합리적 신앙"이라고 말합니다.

프롬이 말한 신앙과도 같은 사랑을 갖기 위해서는 부단한 자기 노력이 필요합니다. 프롬은 각 개인이 고유의 정체성 전체를 발달시켜 생산적 방향으로 나아가지 않으면 아무리 사랑하려고 노력해도 반드시 실패한다고 말합니다. 아울러 이웃을 사랑하는 능력이 없는 한, 더불어 참된 겸손, 용기, 신념 훈련이 없는 한 개인적인 사랑도 성공할 수 없다고 강조합니다. 그만큼 사랑은 다차원적인 것이며, 인간의 의지나 지혜로 쉽사리 규정할 수 있는 평범한 것도 아닙니다. 에리히 프롬은 "인간이 사랑할 수 있게 되려면 최고의 위치에 놓여야 한다"라고 말할 정도입니다. 프롬의 말에 따르면 사랑은 인간 삶의 지고지순한 가치이며 위대한 명제인 것이지요.

에리히 프롬과 더불어 20세기 최고의 철학자 중 하나로 꼽히는 버트런드 러셀(Bertrand Russell)도 사랑을 인생의 첫자리에 놓았던 사람입니다. 그는 자서전 『인생은 뜨겁게』의 프롤로그에서 이렇게 말합니다.

나는 사랑을 찾아 헤매었다. 그 첫째 이유는 사랑이 희열을 가져오기 때문이다. 얼마나 대단한지 그 기쁨의 몇 시간을 위해서라면 여생을 모두 바쳐도 좋으리라 종종 생각한다. 두 번째 이유는 사랑이 외로움 – 이 세상 언저리에서, 저 깊고 깊은 차가운 무생명의 심연을 들여다보며 몸서리치도록 만드는 그 지독한 외로움 – 을 덜어주기 때문이다. 마지막으로, 성인들과 시인들이 그려온 천국의 모습이 사랑의 결합 속에 있음을, 그것도 신비롭게 축소된 형태로 존재함을 발견할 수 있기 때문이다. 이것이 내가 추구한 것이며, 비록 인간의 삶에서 찾기엔 너무 훌륭한 것인지도 모르지만 어쨌거나 나는 결국 그것을 찾아냈다.

버트런드 러셀의 인생을 사로잡은 세 가지 열정 가운데 첫 번째가 사랑이라는 것에도 놀랐지만, 사랑이 첫째 자리를 차지하는 세 가지 이유에도 놀랐습니다. 희열을 가져다준다는 첫 번째 이유와 외로움을 덜어준다는 솔직한 두 번째 이유는, 사랑하거나 사랑받는 사람이라면 누구라도 동의하는 이야기일 겁니다. 정수는 세 번째 이유라고 생각합니다. "성인들과 시인들이 그려온 천국의 모습"이 사랑의 결합 속에 있다는 버트런드 러셀의 말은 사랑의 정수를 이해한 사람만이 할 수 있는 이야기 아닐까요. 사랑을 찾아, 온전한 사람으로 살고자 했던 러셀의 발자취가 고스란히 담긴 『인생은 뜨겁게』는 한 번쯤 꼭 읽어두면 좋을 책입니다.

장자의 나비가 꿈꾼 사랑

조금 생뚱맞지만 이 대목에서 천(千)의 얼굴을 가진 고전 『장자』 이야기를 해볼까요. 장자의 가르침이 기본이지만, 연대를 달리하는 복수 저자의 집단 창작물인 『장자』가 사랑과 어떤 연관이 있는지 도무지 이해가 가지 않는다고요? 물론 『장자』 어디에도 대놓고 '사랑' 타령을 하는 곳은 없습니다. 하지만 백가쟁명(百家爭鳴)의 시대였던 중국의 전국시대는 동양 철학, 나아가 동서양을 아우르는 모든 철학과 사상이 등장했던 시기입니다. 자연과 인간, 주체와 타자, 언어와 소통, 실재와 몸 등 현대 철학이 탐구하는 모든 영역을 포괄하는 것이 바로 『장자』입니다. 결국 에리히 프롬이 말한 사랑, 즉 "최고의 위치"에 도달해야만 가능한 '사랑'이라는 명제는 『장자』가 추구하는 핵심적인 사상이라고 해도 과히 틀린 말은 아닙니다.

『장자』 하면 '호접몽(胡蝶夢)' 혹은 '호접지몽(胡蝶之夢)'을 떠올리는 분이 많을 겁니다. 장자가 한바탕 꿈을 꾸었는데 나비가 되어 즐겁게 놀았다고 하죠. 생각의 끝을 따라가다 보니 '자기가 나비 꿈을 꾼 것인지, 나비가 자기의 꿈을 꾸고 있는지 알 수 없었다'라고 합니다. 한마디로 '내가 나비인지, 나비가 나인지'로 요약할 수 있는 장자의 호접몽을, 저는 사랑의 이야기라고 믿고 싶습니다. 자아와 외물(外物)은 본디

하나라는 이치를 알려주는 호접몽이 사랑의 이야기라니 당
치 않다고요? 한정된 시공간에서 살고 있는 우리는 꿈의 세
계, 즉 이상향을 동경합니다. 자유롭게 날아다니는 나비는
은유인 셈이지요. 나비는 아름다운 날개를 펼쳐 이상향을
향해 날아가는 것으로 온전한 사랑을 완성합니다. 대개 꽃일
때가 많지만, 나비가 사랑하는 대상은 우리가 전혀 생각지도
못한 대상일 때도 많습니다. 김기림의 시 「바다와 나비」 전문
입니다.

> 아무도 그에게 수심(水深)을 일러준 일이 없기에 / 흰나비는
> 도무지 바다가 무섭지 않다. // 청(靑)무우 밭인가 해서 내
> 려갔다가는 / 어린 나래가 물결에 절어서 / 공주처럼 지쳐
> 서 돌아온다. // 삼월달 바다가 꽃이 피지 않아서 서거픈 /
> 나비 허리에 새파란 초승달이 시리다.

바다를 향한 나비의 동경은 수심을 알지 못하기 때문입니
다. 그러나 청무우 밭이 아니기에 바다로 나간 나비는 "물결
에 절어서…… 지쳐서 돌아"올 수밖에 없습니다. 그럼에도 나
비는 바다를 향해 끝없이 날아갈 것입니다. 그 사랑이야말로
자신을 완성하는 길이라고 저는 생각합니다. 『장자』에는 이
런 대목도 있습니다.

자신의 몸을 천하를 다스리는 것보다 귀하게 여기는 사람이 라면 천하를 맡겨도 괜찮다. 자신의 몸을 천하를 다스리는 것보다 사랑하는 사람이라면 천하를 기탁해도 괜찮다.

자기 몸만 귀히 여기는 사람에게 천하를 맡긴다고요? 이 기적인 사람에게 세상을 맡긴 결과 오늘 우리 세상이 이처럼 삭막하게 변했는데, 무슨 말을 하냐고요? 그렇습니다. 천하 는 사심 없는 사람에게 맡겨야만 태평성대를 누릴 수 있습니 다. 자기만을 아는 사람은 천하를 맡길 만한 사람이 분명 아 닙니다. 그렇다면 장자는 무엇 때문에 이렇게 말한 것일까요.

이렇게 생각해보면 어떨까요. 자기를 지극히 사랑하는 사 람만이 세상을 사랑하는 진정한 방법을 알고 있다고요. 물론 전제가 있습니다. 자기를 사랑함에 있어 온전한 이성과 감성 이 조화로워야만 합니다. 그런 사람들에게만 세상은 사랑을 허락할 것이기 때문입니다. 또 하나, 세상은 모든 사람의 세 상입니다. 장자는 모든 사람이 그런 사람이 되기를 바라 마 지않고 있는 것입니다. 우리 모두가 자기를 사랑하며 세상을 사랑하는 것이야말로 장자가 꿈꾸는 세상인 것입니다. 『성 서』에서 예수도 "네 이웃을 네 몸과 같이 사랑하라"라고 말 한 이유가 이 때문입니다. 네 몸을 진정한 마음으로 사랑할 줄 아는 사람만이 이웃을 진정으로 사랑할 수 있습니다. 사 랑은 이처럼 오묘한 것이기에 세상 모든 사람들이 그토록 사랑 타령(?)에 목을 매는 것은 아닐는지요.

『파우스트』와 『오만과 편견』 속에 담긴 사랑의 의미

요한 볼프강 폰 괴테의 『파우스트』. 명작 중 명작이요, 심오한 사상과 철학의 집합체이지만 그만큼 난해해 읽어본 이가 많지 않은 작품이기도 합니다. 우주의 신비를 파헤치고 인생 최고의 쾌락을 추구하기 위해 악마와 거래한 파우스트는, 악마를 종으로 부리면서 정신적이며 육체적인 쾌락을 탐닉하지만 종국에는 어떤 만족도 얻지 못하고 지옥으로 향합니다. 괴테가 전 생애에 걸쳐 집필한 작품이라고 해도 무방한 『파우스트』는, 기실 인식과 행위의 부조화가 극에 달한 시기에 쓰였습니다.

괴테가 왕성하게 활동한 18세기 후반에서 19세기 초반은 이성의 전성기였지만, 그에 따르는 행위의 문제는 언제나 뒷전이었습니다. 이성으로 모든 것을 극복할 수 있다는 오만함은 인간 스스로를 전능자의 자리에 가져다 놓는 우를 범하게 했습니다. 파우스트가 악마와 거래한 이유는 쾌락의 늪을 극복하고 고귀한 자아를 실천하기 위해서였지만 결과는 무참합니다. 번번이 쾌락에 몸을 맡기는 것이 인간입니다. '나는 그렇지 않다'고 장담할 수 있는 사람이 있을까요.

파우스트가 세상사에 초월한, 그러니까 이성이 삶을 지배하게 된 결정적 계기는 노년에 눈이 먼 것입니다. 앞을 볼 수 없는 파우스트는 오히려 숭고한 삶으로 나아갔습니다. 감각적 쾌락에 빠져 유혹했던 그레트헨에 대한 죄를 뉘우쳤고 이후 숭고한 사랑을 보여줍니다. 곤궁에 빠진 백성들을 구제하기 위해 나서기도 하지요. 아이러니하지 않습니까? 앞을 볼 수 없을 때에라야 우리는 진정한 사랑, 삶의 지혜에 눈을 뜨게 된다는 사실이요. 파우스트는 말합니다.

> 자유도 생명도 날마다 싸워서 얻는 자만이 그것을 누릴 만한 자격이 있는 것이다.

이런 이유로 『파우스트』는 의지적으로 혹은 의도적으로 '사랑'이라는 키워드를 대입해 읽어야 하는 작품일 수밖에 없습니다. 『파우스트』에서 괴테는 인간 파우스트의 비극적 운명을 통해 인간이라면 겪을 수밖에 없는 사랑과 증오, 성(聖)과 속(俗), 이기심과 희생 의지 등 다채로우면서도 이중적인 인간적 면모를 고발합니다. 이는 모든 인간이 스스로의 이성과 의지에 따라 진정한 자아를 발견하고, 자신의 인생관과 세계관을 확장시키기를 바라는 괴테의 작가적 의지가 담긴 것입니다. 종교를 초월해 인간이라면 누구나 획득해야 하는 '구원'의 비밀을 『파우스트』를 통해 '사랑'이라는 의미로 담아낸 것입니다.

괴테의 『파우스트』가 의지적으로 '사랑'을 대비시켜야 한다면, 19세기 사실주의 문학의 시작을 알린 영국 작가 제인 오스틴의 『오만과 편견』은 작품 그 자체가 사랑에 관한 오마주입니다. 사랑은 때로는 눈을 멀게 하는 묘약과도 같지만, 때로는 겉으로 보이는 인상이 주는 편견으로 인해 커다란 시련을 겪게 하기도 합니다. 특히 내면을 쉽사리 읽어낼 수 없는 사람일수록 '오만'의 멍에를 져야 하기 때문에 사랑까지 이어지는 데는 장벽을 수도 없이 만나야 합니다.

모든 사람에게 첫인상은 중요합니다. 그것이 결국 한 인간의 내면이요 자화상일 수 있기 때문이죠. 그러나 우리의 첫인상에 대한 깊은 신뢰, 즉 편견은 때론 오만 뒤에 숨은 진정한 사랑과 자아를 발견하지 못하도록 방해하기도 합니다. 『오만과 편견』이 말하는 사랑은 너그럽고 사려 깊은 마음, 즉 믿음이며 존경입니다. 결국 사랑은 오만과 편견을 뛰어넘는 절대적 아름다움인 것을 제인 오스틴은 『오만과 편견』을 통해 이야기하고 있는 것입니다.

물론 『오만과 편견』을 사랑 이야기로만 한정할 필요는 없습니다. 현대로 이어지는 다양한 페미니즘적 관점도 그렇지만 인간성의 다양한 면모를 한 가정, 즉 베넷 집안의 다섯 딸로 대변해서 풀어낸 제인 오스틴의 문학적 감수성도 놀랄 만합니다. 사회적 모순에 대한 풍자와 해학적 요소를 가미한 것도 흥미롭습니다. 다만 갈등과 모순, 즉 오만과 편견이 낳은 숱한 문제를 결혼으로 해소하는 것에는 비판이 끊이지 않고 있습니다. 그럼에도 제인 오스틴의 『오만과 편견』은 사랑이 우리 삶에 어떤 가치가 있는지, 그 가치는 인간의 삶을 어떻게 변화시키는지 섬세하게 그려냈다는 점만으로도 높이 평가받아 마땅합니다.

사람들은 '사랑'이라고 쓰고 수많은 의미로 해석합니다. 사랑의 의미는 저마다 각기 다르기 때문이겠지요. 『성서』에서 사랑이라는 마음 자세가 갖추어야 할 행동 지침을 보면서 '깜놀'한 적이 있습니다. 우선 사랑은 오래 참습니다. 온유하며 시기하지 않고, 자랑하지 않고 교만하지도 않습니다. 사랑은 무례히 행하지 않고 자기의 유익을 구하지도 않습니다. 성내지 않고 악한 것을 생각하지 않습니다. 불의를 기뻐하지도 않습니다. 어찌 보면 『성서』가 말하는 사랑은 '금기'처럼 보입니다. 하지 말아야 하는 것투성이기 때문이죠. 그러나 『성서』가 말하는 사랑은 금기가 아니라 오히려 적극적인 행동과 포용입니다. 금기들을 스스로 제어함으로써 사랑하는 사람이, 또 사랑받는 사람이 자유와 행복을 느끼는 것, 그것이야말로 온전한 사랑이 아니고 무엇이겠습니까.

기독교의 『성서』를 포함한 모든 종교의 경전은 사랑을 이야기합니다. 종교심을 키우기 위해 경전을 읽을 수도 있습니다. 어떤 이들은 교양을 키우기 위해 각 종교의 경전 읽기를 권하기도 합니다. 모두 맞는 말입니다. 거기에 더해 사랑을 위해 중요한 종교의 경전을 읽어보는 것은 어떨까요. 세상이 사랑으로 충만할 것입니다.

종교의 경전은 조금 부담스럽다고요? 그렇다면 괴테가 "인간의 손으로 만든 최고의 것"이라고 찬사했고, 위대한 소설가이자 시인 호르헤 루이스 보르헤스가 "모든 문학의 절정"이라고 치켜세웠던 고전(古典), 알리기에리 단테(Alighieri Dante)의 『신곡』을 읽어보시는 것은 어떨까요. 영혼의 아버지로 존경했던 로마 시인 베르길리우스(Publius Vergilius Maro)의 안내로 영원의 세계를 순례하는 단테, 그 앞에 형상화된 것은 순수와 환희로 빛나는 '사랑'입니다. 인간사의 모든 문제, 즉 선과 악의 문제, 죄와 벌의 문제, 정치와 종교의 문제 등은 결국 하나의 진리를 통해서만 해결책을 얻을 수 있습니다. 단테에게 그 진리는 '사랑'과 다르지 않았습니다.

'지고자(至高者)의 노래' 또는 '가르침'이라는 뜻의 고대 인도의 대서사시 『마하바라다』에 수록된 『바가바드기타』는 어떠신지요. 깊은 철학과 영성을 담고 있지만 스승 크리슈나(Krishna)와 전사 아르주나(Arjuna)의 대화를 따라가다 보면 "이 땅에서 어떤 행복을 맛보며 살아갈 것인가"에 대한 해답을 만날 수 있습니다. 『바가바드기타』에는 "모든 고통과 슬픔에서 벗어나는 길, 그 길에 이르는 지혜는 누구나 쉽게 알아들을 수 있고 즐겁게 실천할 수 있으며 직접 체험할 수 있다"

라는 대목이 있습니다. 누구나 쉽게 알아듣고, 즐겁게 실천
하고, 직접 체험할 수 있는 것. 저는 그것을 사랑이라고 말하
고 싶습니다.

사랑, 결과가 아닌 과정

사랑은 위대합니다. 그것이 잉태한 수많은 삶이 바로 우
리 자신이기 때문입니다. 우리 몸뿐 아니라 생각과 사상 또
한 사랑에서 탄생했습니다. 목표를 향한 끝없는 도전이 그
자체로 사랑이기 때문입니다. 또한 사랑은 숭고합니다. 때로
는 위태로운 사랑과 편협한 사랑이 우리를 두려움으로 몰아
넣기도 하지만, 사랑 자체는 흠이 없고 완전한 것이기에 그
렇습니다. 하지만 사랑 그 자체만으로는 아무런 변화를 일으
키지 못합니다. 사랑은 어떤 모습으로 표출되느냐에 따라 때
론 아름다움의 모습으로, 때론 추악한 모습으로도 드러납니
다. 사랑은 결과가 아니라 과정입니다. 수많은 시간 공을 들
일 뿐 아니라 사랑을 완성하기 위해 노력해야만 진정하고 온
전한 사랑의 모습이 드러나게 됩니다. 누군가 사랑은 허다한
죄를 덮는다고 한 이유가 바로 이 때문일 것입니다. 오늘 우
리는 어떤 사랑을 하고 있는지 궁금합니다.

15장.

여성

아름다운 이름,
여자

_____

남자이기에, 당연히 여자에 관심이 많습니다. 아, 오해는 하지 말아주세요. 이성으로서의 여자가 아니라 남자와 더불어 살아가는 여자, 아니 남자를 더불어 사는 존재로 받아주는 여자에 관심이 많은 것뿐입니다. 어쨌든 여자에 대해 알려고 애썼으나 실전 경험(?)이 많지 않았으니, 책 읽는 사람답게 그저 책으로 여자에 대해 알아왔고, 앞으로도 그럴 것은 명약관하(明若觀火). 오늘의 주인공 여자에 대해 몇몇 책들은 무슨 말을 하고 있는지 귀 기울여 볼까요.

세계는 여자의 힘으로 살아간다

19세기 프랑스 민족주의 역사학의 거장 쥘 미슐레는 중세사와 여성사 연구의 태두입니다. 그는 역사 연구에 있어 남성 편향을 지양하고, 양성의 조화를 꾀했던 선구적인 학자였습니다. 쥘 미슐레가 쓴 『여자의 삶』은 "산업사회의 모순 속에서 여권 신장의 초석이 된 책"이라는 평가를 받는 그의 역작 중 역작입니다. 『여자의 삶』은 한 여자가 수태되고 태어나 아기, 소녀, 처녀, 숙녀, 부인, 과부, 노파로서 대자연의 품으로 돌아가기까지 여자의 일생을 다루고 있습니다. 딸 없이 아들만 둘 키우는 이의 마음도 모르고 쥘 미슐레는 이렇게 말합니다.

딸자식을 키우는 것은 사회 그 자체를 키우는 것과 다름없습니다. 사회는 그 조화가 곧 여자인 가족에서 시작합니다. 딸자식을 키우는 일은 헌신적이고 숭고한 작업입니다.

이어지는 쥘 미슐레의 말은 여자 혹은 딸에 대한 최고의 찬사와도 같습니다.

딸자식은 사내자식보다 더욱 소중하며 종교가 됩니다. 딸은 사랑의 불꽃이고 가족의 불꽃입니다. 딸은 미래의 요람이고, 학교이자 또 다른 요람입니다. 한마디로 '딸은 성스러운 제단'입니다.

여자에 대한 쥘 미슐레의 헌사는 입바른 소리가 아닙니다. 『프랑스 역사』, 『프랑스 혁명사』 등 수많은 걸작을 남긴, 또한 '르네상스'라는 용어를 만든 걸출한 역사학자로서 쥘 미슐레는 "여성이 일구는 가정생활이야말로 역사를 움직이는 거대한 바탕이고 그 동력은 사랑"임을 확신하고 있습니다. 그는 첫사랑을 시작으로 연애와 결혼에 이은 출산, 육아와 교육, 섭생과 재활, 노년의 과부 생활 등 필연적으로 겪을 수밖에 없는 여자의 온전한 삶을 '사랑'이라는 키워드를 통해 풀어냅니다. 제목 그대로 '여자의 삶'이 책을 관통합니다. 흥미로운 것은 여자의 삶과 사랑을 이야기하며, 그것을 완성하는 남자의 역할, 즉 "아들과 아버지, 총각과 남편으로서 남자의 사랑"을 강조한다는 사실입니다. 쥘 미슐레는 남성 위주의 가정과 사회질서를 에둘러 비판하면서 거칠고 무지막지한 세상에서 자유와 행복, 주체적인 삶을 추구하기 위한 남자의 사랑과 "여자의 교양"을 새롭게 부각시킵니다. 심지어 남자의 기를 죽이는 발언(?)마저 주저하지 않는데요.

여자의 기를 꺾는 자에게 저주를! 그녀가 지닌 자부심과 용기와 혼을 없애려는 자에게 저주를!

쥘 미슐레가 가정의 중요성과 그 중추인 여자의 사람을 예찬한 이유는, 사실 침체되었던 19세기 사회를 중흥시키기 위해서였습니다. 19세기 프랑스는 혁명의 기운이 세상을 들썩이게 했지만, 사회 분위기는 가라앉을 대로 가라앉아 있었죠. 특히 여성에게 가혹했습니다. 기 드 모파상(Guy de Maupassant)이 『여자의 일생』에서 보여준 것처럼 여성의 행복은 결혼과 함께 퇴색해갔습니다. 그런 세계를 향해 쥘 미슐레는 다음과 같이 조언합니다.

이 세계는 여자의 힘으로 살아갑니다. 여자는 모든 문명을 만드는 두 가지 요소를 내놓습니다. 그 아름다움과 섬세함을. 하지만 이것은 특히 그 순수함의 반영입니다. 이런 요소

가 부족하다면 남자의 세계는 어떻게 되겠습니까? 여자가
아니라면 누가 생명을 바라기나 하겠습니까?

세상의 반은 여자라 했습니다. 이 말은 이제 이렇게 바뀌
어야 할 것 같네요. 세상의 반은 남자라고요. 여자의 삶을
아름답고 오롯한 언어로 살려낸 쥘 미슐레의 『여자의 삶』은
여자라면, 아니 그들의 사랑으로 살아가는 남자라면 한 번
쯤 읽어야 할 책입니다. 전작 『여자의 사랑』과 더불어 읽으면
금상첨화.

정절이 조선의 국법이었다고?

서양에서의 여자들의 삶을 살펴봤으니 동양, 특히 조선 시
대 여자들의 삶도 한번 살펴보죠. 그중 조선 시대 여자들을
옭아맸던 '정절'을 키워드로 살펴보고자 합니다. 정절은 기본
적으로 애정을 바탕으로 한 배우자 간의 상호 의무의 개념입
니다. 하지만 우리 사회에서 정절은 여성에게만 일방적으로
요구되는 그 무엇이죠. 시계를 돌려 조선으로 가보면 이런 인
식은 더하면 더했지, 절대 덜하지 않았습니다. 조선 사회에서
정절은 임금에 대한 신하의 충(忠)과 어버이에 대한 자식의
효(孝)와 맥락을 같이할 정도였습니다. 정절은 지킨 아내를

국가가 나서서 보상하고, 반대로 정절을 헤친 아내에 대해서는 국가가 분노하고 응징했습니다. 정절은 곧 국법이었던 것이죠. 『정절의 역사』는 정절에 내포된 복합적인 의미와 숨겨진 비밀을 밝히는, 그래서 조선 시대 여성의 삶을 복원하고 있는 책입니다.

유교를 국가 이념으로 삼은 조선은 중국의 정절 개념과 방법, 사례를 수입했습니다. 기원전 중국 고대 경전 시대에 기원을 둔 정절은 주로 기혼 여성의 성과 관련한 것이었습니다. 중요한 것은 "부계 혈통의 순수성을 지키기 위해 아내의 성을 통제하면서 그 도덕적 개념으로 정절이 대두"되었다는 사실이죠. 앞서 정절이 배우자 상호 의무의 개념이라고 정의했지만, 정절은 그 시작부터 여성 차별을 배태하고 있었던 셈입니다.

"충신은 두 임금을 섬기지 않고 열녀는 두 남편을 얻지 않는다", "굶어 죽는 것은 작은 것이고 절개를 잃는 것은 큰 것이다" 등등의 말이 중국에서 들어왔고, 이내 조선 사람들의 정절 의식을 부추겼습니다. "풍속과 교화의 정치"를 표방한 조선은 정절녀를 발굴하는 정려 사업을 활성화했고 "정책을 운영하는 관리들의 '충성심'으로 교조화된 형태의 열녀들이 생산"되는 지경에 이르렀습니다. 왜란과 호란이 초래한 국가적 위기를 해소하기 위해 여성의 정절을 사회 통합의 주요 수단으로 사용하는 못난 행태를 보이기도 했습니다.

여성의 정절을 권장하는 방법으로 경제 제도가 사용되었습니다. 『조선경국전』에 "과부로서 수절하는 자에게는 토지를 준다"는 구절이 있습니다. 수신전(守信田)은 여성이 받을 수 있는 유일한 전지(田地)였는데 "과부여야 하고, 과부 중에서도 재가하지 않은 사람이어야 하며, 그중에서도 과전을 받았던 관료를 남편으로 둔 사람"으로, 조건이 매우 까다로웠습니다. 하지만 "정절 부녀의 물질적·정신적 지원"을 목적으로 했던 수신전은 토지 상속 문제와 같은 이해관계가 얽히면서 의미가 퇴색되기도 했죠.

여자와 남자의 평등 의식이 엄연한 이때, 유독 정절만큼은 여성에 국한된 것이라는 인식은 여전히 우리 사회에 팽배합니다. 그런 점에서 『정절의 역사』는 단지 조선 사회 이야기에 그치지 않고, 오늘 우리 사회의 민낯을 보여주는 책이라고 할 수 있죠. 여성에게만 국한되었던 정절의 역사를 읽으며 남성의 현재와 욕망을 읽을 수도 있어, 유용성이 큰 책이기도 합니다.

백마 탄 왕자를 기다리는, 그대의 이름은 여자?

조금 색다른(?) 여자 이야기를 해볼까요. 모든 여자가 그런 것은 아니지만, 어떤 여자들은 지금도 백마 탄 왕자를 기

다릅니다. 숱한 TV 드라마에서 그런 여자 주인공들이 제법 여럿 등장하기도 합니다. 그만큼 삶이 팍팍해서이기도 하지만 어려서부터 봐온 서구의 전래 동화 탓이 크다고 할 수 있습니다. 그 이면을 소개한 재미난 제목의 책 한 권이 있으니, 바로 『백마 탄 왕자들은 왜 그렇게 떠돌아다닐까』입니다. '명작 동화에 숨은 역사 찾기'라는 부제와 제목에 들어간 '백마 탄 왕자'라는 말에서 그저 어릴 적 읽었던 동화를 사회적 관점에 맞춰 조금 비틀어 읽은 책이려니 했습니다. 틀린 말은 아니지만 『백마 탄 왕자들은 왜 그렇게 떠돌아다닐까』는 명작 동화 속에 숨겨진 창작 당대의 사회상을 풀어낸 책입니다.

세계 명작 동화를 읽으며 자라지 않은 아이들이 어디 있을까요. 누구라서 『백설 공주』와 『신데렐라』를 사랑하지 않았으며, 어떤 아이들이 『플랜더스의 개』와 『안네의 일기』를 읽으며 눈물짓지 않았을까요. 하지만 좀 더 냉철한 이성으로 동화를 살펴보면 우리가 간과했던 그 시대의 적나라한 모습이 드러납니다. 그런가 하면 욕망을 숨기고 살아야만 했던 여성들의 은밀한 사생활도 만날 수 있습니다.

우선 『백설 공주』를 보죠. 계모 왕비는 아름다웠지만 사악했습니다. 왕비는 거울을 통해 세상 모든 일을, 특히 가장 아름다운 여인이 누군지를 알 수 있었습니다. 저자는 이 대목에서 중세 마녀 사냥을 들춰냅니다. 암흑의 시공간이었던 중세 당시, 억울하게 마녀라는 누명을 쓴 사람에게서 공통적으로 발견된 물건이 거울입니다. 깨진 거울 조각이 나오면, 그것은 마녀라는 결정적 증거였던 것이죠. 그렇게 거울과 대화하는 백설 공주의 계모는 마녀가 될 수밖에 없었던 것이죠. 그래서일까요. 저자는 백설 공주보다 계모 왕비에게 더 측은한 눈길을 보낼 수밖에 없다고 말합니다.

할리우드 영화의 영원한 소재 중 하나인 『드라큘라』에도 만만치 않은 이야기가 숨겨 있습니다. 드라큘라 백작을 잔인한 영주로 알고 있지만 그 실존 인물인 왈라키아 공국의 영주 블라드 3세(Vlad III)는 루마니아에서는 이슬람 세력과 맞서 싸운 용맹한 장수이자 민족 영웅으로 평가받는 사람입니다. 이슬람 세력에게 공포의 대상이었던 드라큘라가 뱀파이어의 원조가 된 것은 연극과 영화, 그중에서도 할리우드의 공이 큽니다. 한편으로는 이슬람과 기독교가 물고 물리면서 새로운 드라큘라가 탄생했는데, 앞으로 또 어떤 드라큘라가 탄생할지 예측할 수 없는 상황이기도 합니다.

다시 여성이 주인공인 『빨간 구두』로 가보죠. 안데르센의 동화는 대개 슬프고 잔인한 장면이 많습니다. 그중 『빨간 구두』의 잔인함은 단연 첫손가락에 꼽힙니다. 저자의 표현은 이렇습니다. "세상에, 잘려서 피 흘리는 발목을 담고 춤추며 눈앞을 지나가는 빨간 구두라니!" 종교개혁 이후 서북부 유럽과 영국은 물론 청교도들이 건너간 미국은 엄격한 금욕주의 풍조가 자리 잡았습니다. 술 마시고 춤추는 일은 엄청난 죄악이었던 것이죠. 또한 검은 옷에 검은 구두만 착용하는 게 하나의 전통이었습니다. 그런 사회에서 빨간 구두를 신고 춤을 추는 행위는 죄악 중 죄악이었던 것이죠. 특히 여성에게는 더 엄격했던 것이 당시 종교적 풍토입니다.

『백마 탄 왕자들은 왜 그렇게 떠돌아다닐까』에는 『베니스의 상인』, 『로미오와 줄리엣』, 『노트르담의 꼽추』, 『돈키호테』 등 이른바 고전은 물론 『해리 포터』 같은 현대 작품의 숨은 뜻을 짚어내기도 합니다. 흥미로운 것은 명작에 숨은 대부분의 이야기는 당대의 약자인 여성과 관련이 있다는 사실입니다. 동화는 어린이들에게 꿈과 희망을 줍니다. 하지만 그 안에 담긴 새로운 의미를 볼 수만 있다면 어른들에게 사회를 읽는 통찰력을 제시해줍니다. 『백마 탄 왕자들은 왜 그렇게 떠돌아다닐까』의 미덕은 바로 그 깨달음을 알려주는 데 있습니다. 잠깐, 정작 백마 탄 왕자들이 왜 그렇게 떠돌아다니는지는 알려주지 않았다고요? 그 이유는 직접 책을 통해 만나 보면 어떨까요.

문학을 읽는 새로운 눈

다양한 문학 작품을 읽다 보면, 대개 주인공은 남자인 경우가 많습니다. 여성 작가가 쓴 작품도 남자가 주인공일 때가 많은 건, 그만한 이유가 있을 겁니다. 남자가 주인공인 작품 들은 대개 남자의 시선으로 읽게 됩니다. 이야기를 추동하는 힘이 거기서 나오기 때문인데요. 하지만 살짝만 비틀어 보면, 남자보다 여자의 모습이 더 선명하게 부각되는 경우가 많습니다.

몇 해 전 뮤지컬 영화 〈레미제라블〉의 열풍이 거셌습니다. 500만 관객을 훌쩍 넘기면서 그 여파로 원작 소설이 다시 팔려나갔고, 뮤지컬이 무대에 오르기도 했습니다. 때 아닌 〈레미제라블〉 열풍에 대해, 그해 연말 대선 결과와 프랑스 혁명을 소재로 한 내용이 결합해 묘한 울림을 주면서 관객들의 마음을 움직였다는 분석이 떠돌기도 했었죠. 책과 영화 등 대부분의 문화 현상이 시류를 반영한다는 점에서 영 틀린 분석은 아닐 것입니다.

그런데 '비참한 사람들'이라는 뜻의 『레미제라블』보다 주인공 이름을 딴 『장발장』이 더 친숙한 독자들도 분명 있을 겁니다. 어려서 세계 명작 동화를 읽은 사람이라면 더더욱 '장발장'이 낯익을 수밖에 없죠. 물론 여기에도 말 못할 사연이 있습니다. 군사정권 시절, 프랑스 혁명을 담은 내용이 읽는 사람들을 자극할 수 있다는 판단 아래 범죄자 장발장의 회심과 선행만을 부각시켜 『장발장』이라는 책이 탄생한 것이었죠. 실제로 영화를 보고서야 배경이 프랑스 혁명 당시임을 안 사람들도 적지 않다고 합니다.

사실 『레미제라블』의 주인공은 장발장이지만, 실제로 그의 변화를 이끌어내는 것은 두 명의 여성입니다. 장발장의 공장에서 일하다가 창녀로 전락한 팡틴과 그녀의 딸 코제트가 그 주인공이죠. 팡틴은 코제트를 사기꾼 부부가 운영하는 여인숙에 맡겨두고 마들렌, 즉 장발장의 공장에서 일하며 근근이 생활비를 보내고 있던 터였습니다. 그러나 팡틴의 미모를 질투한 주변 여성들의 모함으로 공장을 떠나게 되고, 결국 창녀가 되고 말죠. 창녀가 된 팡틴과의 만남, 이내 죽음을 앞둔 팡틴과의 대화는 법정에서 스스로의 정체를 밝히는 기폭제가 됩니다.

팡틴의 임종 순간에 딸 코제트를 돌보겠다고 약속한 장발장은, 코제트를 자신의 딸처럼 키우면서 또 다시 새로운 인간으로 거듭납니다. 코제트를 금지옥엽으로 키우며 선한 사람으로 살고자 노력했던 것이죠. 그런가 하면 그는 코제트와 마리위스의 사랑을 지켜주기 위해 자신의 몸마저 혁명의 현장에 초개처럼 던집니다. 결국 장발장의 삶을 선하고 아름답게 이끈 것은 팡틴과 코제트, 두 여성이 존재했기에 가능했던 일입니다. 이렇게 본다면 『레미제라블』의 실제 주인공은 장발장이 아니라 그를 빛으로 이끈 팡틴과 코제트가 아닐까요.

격랑이 몰아친 19세기 프랑스 사회를 온전히 담아내며 그 안에서 남녀의 사랑과 인간애를 깊고 유려한 필치로 그려낸 『레미제라블』은 누구나 읽어야 할 고전이 아닐 수 없습니다. 가난한 사람들, 버림받은 여인들, 착취당하는 아이들, 자유를 외치며 죽어간 사람들이 읽는 내내 마음을 안타깝게 하지만, 그 모진 슬픔을 이겨내야만 새로운 세상을 꿈꿀 수 있는 것이죠.

여자의 마음은 갈대라 했던가요. '미국 문학사에 남을 빼어난 걸작'이라는 수식어에 압도된 탓일까요, 원작을 읽을 때는 전혀 떠오르지 않았던 생각이 영화를 보는 내내 머릿속을 떠나지 않았습니다. 서가를 뒤져 번역자가 다른 두 권의 원작을 찾아냈고, 마침 믿을 만한 번역가의 새로운 번역본이 출간되어 또 한 권의 원작을 구입했습니다. F. 스콧 피츠제럴드가 쓴, 요즘 사람들에게는 리어나도 디캐프리오(Leonardo DiCaprio)가 주연한 영화로 더 유명한 『위대한 개츠비』 이야기입니다.

사람들은 이구동성으로 왜 개츠비가 위대한가를 묻습니다. 순수한 사랑, 희망에 대한 끝없는 애착 때문에 위대한 것일까요. 아니면 한미한 시골 출신으로 아메리칸 드림을 실현한 것이 위대한 것일까요. 이도 저도 아니면 위대한 것이라곤 찾아볼 수 없는 개츠비라는 인물을 위대한 시선을 바라보고자 했던 사람들의 노력이 위대한 것일까요. 제목에 대한 설왕설래는 『위대한 개츠비』가 읽히는 내내 있을 것인데, 어쩌면

『위대한 개츠비』는 제목 하나로 위대해진 작품이라고 볼 수도 있을 것 같습니다.

원작을 읽고, 영화를 보고, 또다시 원작을 읽으며 제가 주목한 사람은 개츠비가 아니라 데이지입니다. 데이지의 사랑을 폄하할 생각은 없지만, 그녀의 사랑은 오로지 돈을 따라 움직이는 것처럼 보입니다. 집안 대대로 부자인 톰 뷰캐넌과의 사랑과 결혼은 당연한 선택이었죠. 신기루처럼 다시 만난, 과거와는 비교도 할 수 없는 부를 축적한 개츠비와의 사랑도 불가항력이었을 겁니다. 어떤 사람들은 "사랑이 어떻게 변하니?"라고 물을 수도 있지만, 누군가는 "사랑은 움직이는 거야!"라고 대답할 수밖에 없습니다.

문제는 움직여야만 하는 이유가 무엇이냐 하는 것이죠. 사람들이 보기에 데이지의 사랑은 돈을 따라 움직였지만, 실상 데이지의 마음을 움직인 것은 오로지 '사랑'입니다. 남편인 톰에게 오직 자신만을 사랑했노라 말하라고 강요하는 개츠비에게 데이지는, 비록 수시로 바람을 피우는 남편일지언정 그와의 사랑도 진정한 '사랑'이었음을 고백합니다. 물론 개츠비와의 사랑도 진솔하고 아름다운 사랑이었음을 데이지는 강조하죠. 개츠비처럼 한 사람만을 지고지순 사랑하는 것도 아름다운 일이지만, 데이지처럼 사랑의 감정에 충실한 것도 또한 아름다운 사랑 아닐까요? 결국 "사랑이 어떻게 변하니?"라고 묻기 전에, "사랑은 움직이는 거야!"라고 대답하기 전에, 그 사랑이 진짜 사랑인가를 내면 깊은 곳에 물어보아야 합니다. 어찌 보면 작품 속의 개츠비가 위대한 것이 아니라 인간사에 드러난 사랑의 내면 풍경을 가감 없이 드러낸 『위대한 개츠비』라는 작품 자체가 위대한 것은 아닐까 싶기도 합니다.

그렇다고 세상 모든 사랑이 위대한 것은 아닙니다. 데이지의 남편 톰의 불륜은 사고를 부르고, 사고는 다시 협잡을 통해 살인으로 이어집니다. 물론 그 배경에는 데이지의 갈팡질팡하는 사랑이 있었습니다. 모든 사람이 자신의 사랑만큼은 지고지순하다고 강조하지만, 그것이 배태하는 삶은 부조리할 때가 많습니다. 하지만 그 부조리를 뛰어넘는 것 역시 결국 사랑이 아니겠는지요. 누군가 여자의 마음은 갈대라 했다지만, 그것은 갈대처럼 흔들릴 수밖에 없도록 바람을 일으킨 남자의 책임일 겁니다. 『위대한 개츠비』의 원작을 읽고 영화를 보는 사이 사랑을 대하는 남자와 여자, 아니 인간의 마음이 참으로 간사할 수밖에 없다는 사실을 다시 한번 깨닫게 됩니다.

앞서 언급한 쥘 미슐레의 "여성이 일구는 가정생활이야말로 역사를 움직이는 거대한 바탕이고 그 동력은 사랑"이라는 말은 예나 지금이나 금과옥조처럼 여겨야 할 말입니다. 여자 없이 남자 없고 남자 없이 여자 없습니다. 여자와 남자는 더불어 살아가야 할 존재이지, 따로 존재하지 않기 때문입니다.

지금부터라도 세상 모든 사람들이 여자의 이야기에 귀 기울여 보는 것은 어떨까요. 우리 앞에 새로운 세상이 펼쳐질 겁니다.

어떤 책을 읽을까 고민하는 당신에게

모든 사람이 고전(古典)임을 인정하지만 쉽게 접근하지 못하는 작품 중 도스토옙스키의 『카라마조프가의 형제들』도 둘째가라면 서러울 겁니다. 그래서인지 『카라마조프가의 형제들』을 읽는 데 막막함과 두려움을 가진 독자들이 많으리라 생각합니다. '벽돌책'이라 불릴 만한 두께의 책을 그것도 2권으로 구성한 출판사도 있고, 어떤 출판사는 500쪽 분량의 책 3권으로 출간했으니 독자들이 지레 겁먹을 만도 합니다. 제목도 『카라마조프 가의 형제들』, 『까라마조프 씨네 형제들』 등으로 각기 달라 어떤 책을 읽어야 할지 망설이게 되죠. 풍문으로 '어렵다'는 이야기를 많이 들어 두려움과 망설임은 더 커질 수밖에 없습니다.

그럼에도 도스토옙스키의 『카라마조프가의 형제들』은 전

세계 독자들이 지난 140년 가까이 되풀이해서 읽고 또 읽어 온 고전 중의 고전입니다. 도대체 왜 시대를 달리하는 수많은 독자들이 『카라마조프가의 형제들』을 읽고 또 읽는 걸까요? 가장 큰 이유는 인간 내면의 추악함 혹은 인간만이 가질 수 있는 숭고함을 잘 표현했기 때문입니다. 많은 사람들이 이 책을 읽고 그렇게 이야기하니 그럴 수도 있지만 그건 닳고 닳은, 너무 뻔한 정답 같은 이야기일 뿐입니다. 저는 『카라마조프가의 형제들』이 전 세계 독자들에게 사랑받는 첫 번째 이유를 조금 다르게 생각합니다. 과문하여 깊은 의미를 제대로 파악하지 못해서이겠지만, 제가 생각하는 『카라마조프가의 형제들』이 사랑받는 이유는, 기본적으로 추리소설이기 때문입니다.

다들 알고 계시리라 생각합니다만, 아버지 표도르를 살해한 사람이 누구인가를 찾는 게 이 작품의 가장 큰 줄거리입니다. 살인 사건을 토대로 얽히고설킨 아버지와 네 아들의 심리적 갈등, 즉 인간 심연에서 어떤 일들이 벌어지는지 보여주는 작품이 바로 『카라마조프가의 형제들』이죠. 아버지 표도르는 음험하고 욕심 많은 인물입니다. 표도르에게는 두 번의 결혼으로 세 아들이, 거기에 부적절한 관계를 통해 사생아 아들까지 있었죠. 여기서 끝이 아닙니다. 표도르에게는 점찍어 둔 또 다른 여인까지 있었습니다. 어느 날 맏아들 드미트리는 아버지와 유산을 담판 짓고자 왔다가 그 여인에게

홀딱 반해버리죠.

드미트리는 사실 도스토옙스키 자신이라고 할 수 있습니다. 러시아의 전형적인 열정을 품고 있으면서도 순수한, 세상 말로 선과 악이 공존하는 인물이죠. 둘째 아들 이반은 세상 지식으로 무장한 무신론자입니다. 하지만 그도 형의 여자를 마음에 품게 됩니다. 셋째 알료사는 수도원에서 영적인 삶에 헌신한 사람으로 세상일에 매몰된 두 형의 삶을 안타깝게 바라보는 인물입니다. 그런가 하면 넷째 아들임에도 인간 취급을 받지 못하는 사생아 스메르쟈코프는 논리적이고 계산에 밝습니다. 야수와도 닮아, 어쩌면 세 형의 특징을 모아놓은 듯한 인물이기도 하죠. 시간이 지날수록 아버지와 네 형제 사이의 욕망과 분노는 절정에 이르게 되고, 끝내 아버지 표도르가 시신으로 발견됩니다.

살인범을 찾아가는 과정에서 도스토옙스키는 인간 심연의 감정들을 가감 없이 드러냅니다. 증오와 분노는 예사죠. 인간의 마음속에 이토록 처절한 악의 세계가 존재할 수 있을까 싶은 정도의 장면들도 부지기수입니다. 이를 테면 "예술적으로 기교 있게 잔인하게" 아이를 죽이는 방법이라든지, 버려진 아이를 향한 말로 형언할 수 없는 학대, "더 효과가 있는 방법"으로 딸을 때리는 부모의 모습은 마치 지옥세계가 있다면 바로 그 모습이라 생각될 정도로 끔찍합니다. 그렇게 잔인했던 사람들이 때로는 놀라울 정도의 신앙심과 자비심을 보여주기도 합니다. 그게 인간이라는 듯 도스토옙스키는 침착할 뿐입니다. 각기 다른 형제의 모습을 보여주고 있지만, 도스토옙스키는 마치 '우리 모두가 안 그런 척 살 뿐, 실상 우리 모두는 이런 사람이야'라고 말하려는 듯합니다.

에필로그에서 새로운 이야기를 시작하려는 것은 아닙니다. 다만, 누군가의 길을 따라 책을 읽고 해석하는 것보다, 나만의 방식과 생각으로 책을 읽을 때 풍성해지는 기쁨을 말하고자 함입니다. 나만의 생각과 방식으로 어떤 책이라도 읽을 수 있다면 이광주 인제대 명예교수가 『아름다운 지상의 책한권』에서 말한 것처럼 한 권의 책을 통해 "일탈을 음모하고 꿈의 놀이"를 경험할 수 있을 겁니다. 나아가 책이 "수태(受胎)의 성별(聖別)된 시간이요 공간"이 될 수도 있습니다. 그래서 한 권의 책에서 삶의 이상을 발견한 이광주 교수는 서재를 일러 "진리라는 가상의 세계에 열린 금단의 과실을 탐내는 '업'을 짊어진 어리석은 자의 자폐 공간"이라고까지 말했습니다.

"구슬이 서 말이라도 꿰어야 보배"라는 속담이 있습니다. '구슬 서 말'을 꿰는 방법은 백이면 백 모두 다를 것입니다. 저마다 최적화된 방법으로 보배를 만들 것입니다. '구슬 서 말'이 수많은 책을 의미한다면, 꿰는 작업은 저마다의 최적화된 독서 습관이겠죠. 그렇게 각양각색의 보배가 탄생한다고 생각해보면, 이 얼마나 아름다운 일일까요. 이런 일들이 더 풍성하게 이뤄진다면 우리가 사는 세상은 그야말로 총천연색의, 모든 사람의 개성과 인격이 존중받는 세상이 될 겁니다. 책 한 권 읽는 데 그런 엄청난 일이 일어나겠느냐고요? 정녕 궁금하시다면 지금 바로 한 권의 책을 함께 읽어보시죠. 그리고 주변 사람들과 이야기를 나눠보시죠. 바로 그 순간, 그 놀라운 일들이 일어날 겁니다. 그 환상의 세계로 여러분을 초대합니다.